精准扶贫和乡村振兴长篇小说

水车简史

SHUICHE JIANSHI

范剑鸣

著

百花洲文艺出版社
BAIHUAZHOU LITERATURE AND ART PRESS

图书在版编目（CIP）数据

水车简史 / 范剑鸣著. -- 南昌：百花洲文艺出版社, 2022.11
ISBN 978-7-5500-4793-8

Ⅰ. ①水… Ⅱ. ①范… Ⅲ. ①长篇小说 – 中国 – 当代 Ⅳ. ①I247.5

中国版本图书馆CIP数据核字（2022）第176708号

水车简史

SHUICHE JIANSHI

范剑鸣　著

出 版 人	章华荣
责任编辑	郝玮刚　蔡央扬
书籍设计	方　方
制　　作	何　丹
出版发行	百花洲文艺出版社
社　　址	南昌市红谷滩区世贸路898号博能中心一期A座20楼
邮　　编	330038
经　　销	全国新华书店
印　　刷	江西千叶彩印有限公司
开　　本	720mm×1000mm　1 / 32　　印张 10.25
版　　次	2022年11月第1版第1次印刷
字　　数	210千字
书　　号	ISBN 978-7-5500-4793-8
定　　价	55.00元

赣版权登字　05-2022-188

邮购联系　0791-86895108
网　址　http://www.bhzwy.com
图书若有印装错误，影响阅读，可向承印厂联系调换。

天无不久，惟通能久；天无不通，惟变故通；天无不变，惟穷始变。

——陈炽《续富国策》

目 录

0. 直 播

这是一个流量时代。我不相信流量能够成就世界，但我相信流量能够成全一部分人生。在这个我寻找过爱情又失落过爱情的海滨城市，我大部分时间把有限的流量贡献给文化传媒网页和文艺公众号。这成为我日常生活的两个维度，总是在生计与兴趣之间摇摆，总是在物质世界与精神世界之间徘徊。

流量见证了人生。二十多年过去了，我渐渐在这个沿海城市里扎根，一步步创办了自己的智乡文化传媒公司。我不断向员工发出号令，用抖音、快手、微博、微信、QQ、火山小视频、音乐直播间等一切互联网手段，向全中国发布我们的业务广告。但我又是多么痛恨这些洪水般的互联网产品。作为事业有成后想涉足艺术界的企业家，我是多么讨厌自己事业赖以生存的互联网。在这个问题上，我渐渐看到了我和妻子之间巨大的鸿沟。

这么说吧，我晚上睡觉前总是喜欢安静地翻几页书。来自孔夫子旧书网的名著越积越多。比如最近，我正在犹豫，是先读聂鲁达黑岛故事的《邮差》，还是硬着头皮把张炜的《九月寓言》续下去。我坚信自己的阅读渐入佳境，即使看不进去的书，如果在阅读计划之中，也必定会有始有终，就像我用四年时间把托马斯·曼的《魔山》看完。我有时觉得这就是我们这一代人的特征，有毅力，能吃苦。相反，妻子没有定性，手机上的电视剧常常半途而废。我最不能忍受的是，每天睡觉前妻子都要刷一遍抖音。哈哈哈，呵呵呵，公鸡演唱的《浏阳河》，异常悲情的老歌曲……这些格式化的配音，加上一些家长里短市井故事，仿佛把我带回了宋朝的话本或明清的警世小说。

但最近，我和妻子却取得了惊人的一致。我每天晚上装模作样地看书，一半的心思却在期待妻子刷抖音的声音。

互联网有个惊人的功能，就是向你推送你最关切的信息。最关切，是地域上的，是兴趣上的。比如妻子，在抖音里看到了白发苍苍的姑妈，在农村的新房子里跳操。妻子哈哈大笑，总是要打断我的阅读，手机向我晃来。后来，梅江边的老姑妈仿佛成为故乡的代言人，拉来了一大帮乡亲。我可爱的乡亲们，无论是在梅江边还是全国各地大大小小的城市，都能在抖音平台里相聚和狂欢，似乎再没有以往外出打工背井离乡带来的凄惨离别。他们或在乡下大声招呼吃擂茶打米馃，或在城里炫耀般地逛公园进超市，乡村文明与城市文明奇妙地并置在一起。他们明星一般的装扮和美颜，彻底改变了故乡的气象。

时时有多年不见的故人，突然会在抖音中冒出来，我不得不朝妻子的手机瞄上一眼，配合她的惊喜和感叹。毕竟，我们安居沿海城市几十年，所谓的乡愁是无法掩饰的。我的公司即以智乡命名，而智乡就是老家白鹭镇的别名。就这样，在被艺术封闭的这年头，我对妻子的热心播报越来越不反感了。

最近，我甚至跟着妻子共同追踪着一位美女的抖音。

这真是一位美女。妻子问我认识不。我当然不认识，虽然可能就是我的学生。我也想多看几眼。虽然被妻子打趣成"好色"。这确实是好色，多么美丽的姑娘！不知道是不是美颜的效果。于是我和妻子开始讨论美丽来自于软件还是天生丽质。于是我们讨论这姑娘的菱形的耳环，淡淡口红，苗条的身材，俊俏的鼻子。我们甚至一致认为她水灵灵的眼睛，是梅江的另一个版本。而最吸引我们的，还是她无法丢掉的口音。照理说她做的是面向全国的直播，但她始终不用普通话，但她的方言又经过些微改编，夹进了大量普通话书面语的词汇，似乎有意让听众感到新鲜好奇，就像电视剧《山海情》那感觉。

方言出现在互联网公众平台，我并不十分欣赏，但也慢慢不再反感，似乎是被姑娘的美貌所改变。而真正吸引我和妻子一起看下去的，是她玩直播的路线。这姑娘似乎懂得策划，每天跑到一个不同的地方，把梅江两岸的村落都刷了个遍，有说有唱，风光民俗，老人孩子，集市戏台，这就不能不吸引我们这些可爱的乡党。老姑妈那点跳操的视频很快被观众遗忘，而这位叫大单的姑娘成为乡亲们追踪的网红，流量唰唰唰地直线上升。评论区是大片的错别字或方言：一多子都硬不到了（一点都认不到了），底革黑艾多子（这是哪里），底下革圲都嗡同须（现在的圲都不同了）……

老姑妈的跳操彻底被淹没了。乡情竟然大于了亲情。我当然不承认我成为美女主播的粉丝。但我得承认，我在呼应着她，就像妻子一样忠心耿耿，每天在追寻她的抖音号。这当然不是由于她的颜值，而是由于故乡的颜值。这几年梅江边的变化真让我吃惊。

但我知道，这个美女直播注定会过气。我熟悉互联网的规律，什么热点都只能是一时的。就像那阵子让我气不过的学籍事件。我曾经在梅江边的学校工作过，自然知道那年代农家子弟跳出农门的不易。一个学生利用互联网把班主任置于死地的做法让我愤恨多时。我曾经想发动公司的员工帮我好好咒骂她一顿，后来翻翻网页，发现事件已经自然冷却，也就作罢。卖惨，榨取同情心，什么事情都将翻篇，狂热归于安宁，包括互联网制造的一切热点。

我衷心希望互联网少些暴力，多些温情。温情即使不能喧嚣，但更能长久。而这一个思路，似乎我的乡党，也就是这个叫大单的美女主播，竟然懂得。

美丽的姑娘就是在资源快要枯竭的时候，在跟粉丝聊天时不经意切入了寻亲的主题。那天妻子晃着手机，把大单的提问转给了我。我一看场景，就知道是一座油坊。我当然熟悉，当年在梅江边工作时，学校仍有勤工俭学的风气，不时放个小假安排学生上山捡拾茶籽，即油茶的果实。当地不叫油茶，叫木梓。每到霜降过后，学校的大操场就变成了茶籽的晒场，蔚为壮观。这些学生（当然也有家长帮忙）捡来的茶籽，为学校增添浓郁的时令气息。我曾经带着学生们早晚翻晒，打包，运送至小镇附近的一个山坳里，开始等待茶油的到来。

妻子当然也熟悉。她早年没有工作，我跟她在学校处对象的时候，都知道这是学校难得的福利。油坊榨油需要派出老师看管，于是我不时带着《唐诗三百首》来到油坊，一边听着水车的吱吱声和榨坊的轰击声，一边进入诗里的铜驼之叹和山水之美。那是二十世纪九十年代的事情，别的地方油坊早已经被电力取代，但小镇的电力严重不足，特别是秋冬季节，榨油时恰逢枯水期，于是山中的水车仍然唱响那支古老的歌。

妻子打断了我的回忆，因为她发现大单的直播重点，并不在于认识这些油坊水车，而是跟水车相关的乡村故事。清丽的溪涧，虎跳一样的瀑布群，古朴的油坊，涧水转动着古老的水车。腐朽的部分已经更换，门窗有打过桐油的痕迹。从油坊的门窗来看，是一道修复不久的景观。我知道，现在全国的乡村都在造景，有的是为开发乡村旅游点，有的是为提升乡亲们的人居环境。听说这是地方官的成绩单，政府有款子拨下去。

我开始以为大单要延续风光民俗的老路子。但不久，她把镜头对准了一位小姑娘。她介绍说这个小姑娘叫嘉欣，而村子里的这架水车，最早就是嘉欣发现的。而现在，水车见证了村子的变化，嘉欣有一个心愿，就是妈妈能回到村子里来，看看她和两个妹妹，帮着爸爸一起建起新房子，建一栋可以安装水车的房子，就像村子里的别墅那样，就像别的小伙伴们家中那样。

嘉欣是个忧郁的小姑娘。大单看到嘉欣老不吭声，就把镜头拉回到自己身上。漂亮的耳环，淡淡的口红，糯糯的乡音。抖音前无数的观众，分散在全国各地，一齐静静地关注着漂亮的小姑娘。在孩子的一阵空白之后，我们又看着美丽的女主播。大单变得庄重起来。这可不是我们熟悉的风格。

大单对着围观已久的粉丝说，你们有谁认识这个小姑娘吗？你们有谁知道她的妈妈在哪里吗？今天开始，我们要一起来为嘉欣找妈妈。大单仿佛要开始讲述一则小蝌蚪找妈妈的童话。

但不是童话，而是忧伤的现实。

大单说，感谢几个月来乡亲们跟我一起来重新认识赣南，认识梅江，认识过去和现在的时代。如果梅江成为我们的纽带，如果所有在梅江边生活过的乡亲们，都围观过我大单的抖音号，那么正好，嘉欣能找到她的妈妈了。我将感到非常荣幸。

我不知道这几个月的直播中，这些忠实的粉丝里，有没有包括嘉欣的妈妈。大单为了小女孩嘉欣，毅然来到了那个梅江边的村子，专门直播村子的变化，播报小姑娘近年来的欣喜和忧伤，似乎要拍摄一部留守孩的纪录片。我知道这直播只有一个观众，一个隐形的观众，而我们，这些梅江边的乡亲，都只是陪衬。

妻子已经不再吭声了。我相信她也在观看。妻子还说，嘉欣的妈妈也一定在看，一定是粉丝。妻子说，真是难以理解，当妈妈的能舍下三个孩子，舍下自己的骨肉，永远离开，永不回去。妻子当然无法理解。女儿到现在参加工作几年了，还像第一天去外地求学一样，每晚睡前保持视频通话的惯例。一旦女儿忙得没时间回应，妻子就担心女儿在忙什么，是不是遇到什么麻烦。

我安慰妻子说，有大单的帮助，嘉欣肯定能找到妈妈。这相当于中央电视台的节目《等着我》免费做到了梅江边，而大单姑娘就是节目中的主持人倪萍。我们就等着小马带来让我们怦然心跳的消息吧。请按下心门。为爱等待。我们都是亲友团，想象着嘉欣的妈妈被寻找人小马带到舞台中间。我们过于熟悉小马故弄玄虚而又无比诚实的语调了。那段时间我和妻子一起看《等着我》，时常泪水哗哗的。而现在，妻子又被小姑娘的身世吸引住了，像刚看完电影《妈妈再爱我一次》那样无法自控——几十年前，就是那场电影让我迷失了自己，我丢下在这座海滨城市打工的姑娘，和妻子走到了一起。

妻子说，万一嘉欣的妈妈不玩抖音呢？就像你一样。

我安慰说，一定玩的，我现在不也跟着你玩吗？因为大单的直播。

妻子担忧地说，这也难说，不知道她离开村子是因为遇到什么伤心欲绝的事情了，既然她选择了回到陕西，她就会下定决心彻底忘掉赣南，忘掉孩子，这样才能重新开始。

我无法否认，这可能是来自妻子对世事的体认。

那又怎么样呢？我问。

妻子说，这样大单的直播，只为一个观众的直播，就是空对空了，注定无法帮助嘉欣。那样的话，也许真的要等到嘉欣长大以后，自己走到中央电视台《等着我》的节目舞台了，等着小马打开寻找之门。但那时已经是老马了，或另一个小马了。

我问，那又怎么样呢？

妻子说，你不是一直想为梅江写一部书吗？你应该现在就写了。这位美女主播的视频固然是好的，是热的，但网上的东西都是一阵风，过了几年人们就忘了这事。而你应该把这事写下来，你的著作经过艺术加工显然比直播更能流芳百世，如果这书流到了陕西，嘉欣的妈妈看到了，就有了新的希望。

我惊讶于妻子的热心。我们已无法放下大单的直播。漂亮加上善良，大单的流量居高不下。我没想到故乡的人和事，以这样一种方式裹挟着我。妻子刷抖音，我看书写书，本是风马牛不相及的，互相看不惯但又能和而不同。这次，我们居然走到了一块，她竟然承认了文字的价值或高于视频。

妻子说的确实有道理。我们无法知道嘉欣的妈妈遇到了什么，为此丢下了贫穷的村子、热闹的家庭、可爱的孩子，但嘉欣的希望源于新的时代。我发现自己有了写的冲动。于是，我追踪着大单的直播，开始了书写和记录。也许，大单的寻亲直播将无限延续，而我作为一个特殊的观众、一个特殊的乡党，将写下梅江故事的第一篇。

当然，我也是为你们的团圆而写的，嘉欣的妈妈。你在哪里呢？你也玩抖音吗？你会在城市或乡村的某座书屋看书吗？——原谅我在这里写出嘉欣的真名，是因为我确实想帮助她找到自己的妈妈。

1. 散　步

　　去高寨遇到水车那天，嘉欣其实是想要彻底理解一个新的名词——散步。几乎每天下午五点左右，村第一书记张雅都会出现在学校边的马路上。自从那次妹妹嘉怡赖着张书记上她家之后，嘉欣知道了一个新词——散步。

　　嘉怡那时都还没有上学前班。但她认定了张书记是她的干妈，而且似乎把准了张书记的出行规律，每到五点左右就会在公路边等着。而这时，张书记只要是晴天，就雷打不动要从村委会小楼里出来，过一座拱桥，走一段河堤，就到了马路边，就来到了学校前，就来到了嘉欣家。

　　马路从嘉欣的家和学校之间穿过。嘉欣的家原来是一栋土屋，后来土屋边建起了一栋两层的新房子，张书记说这叫"保障房"，政府专门为贫困人家建的房子。六户人家，屋顶上蓝色的瓦顶掩映在高大的树下，屋前的空坪还围起了花圃，种植着一种会散发香气的树，爷爷说这是桂花树。空坪里不但有花圃，还有路灯，爷爷说这是太阳能路灯，不用电，没有太阳照样会亮，亮起来的时候，当然是晚上。

那天下午快放学的时候，嘉欣一走出校门，就看到妹妹在公路边玩，嘉怡在攀爬太阳能路灯的灯杆。灯杆一截蓝色一截白色，她在蓝白之间爬上溜下，自得其乐。而嘉萱在过道的岸坡上滑溜。从公路进入保障房的路有两三米宽，能进小车，岸坡是石头砌的斜堤，水泥封了堤面，光溜溜的，像专门为嘉萱做的滑道。两个妹妹在公路边各得其乐，但突然同时收住了滑溜，往马路边跑来。

嘉欣当然知道，妹妹们不是迎接自己。嘉欣扭头一看，就看到张书记在马路上往学校这边来了。这是一段上坡路，两个妹妹如撒欢的小马驹一样跑向张书记，拉着她的手，要张书记去家里坐坐。

张书记笑着说，我要去散步。

显然，三姐妹都不知道散步是什么。嘉怡不管散步是什么，攥着张书记的手就是不放。张书记仍然笑着说，我往山那边散步，等下还要回来，从这里路过的呀！

嘉萱毕竟更懂事，放开了张书记的手。而嘉怡仍然不肯撒手。嘉欣劝告妹妹说，赶紧撒手吧，人家张书记有事情，不能这样拉着不放，人家要散步。"散步"，这两个字人生第一次从嘉欣的舌头上跳出来，让她感觉非常奇特。嘉欣有种感觉，一个词不知道意思，却被自己说了出来，就像奶奶有时匆匆忙忙做出来的夹生饭，那饭粒固然是香，但又不是熟透后的香。

散。步。嘉欣把两个字分开来想了想，把脚步散在马路上？散在山中？散到河边去？还是不知道确定的意思。她不知道自己什么时候也可以"散步"。她决定当自己知道什么是散步的意思了，也要像张书记一样，去散一次步。妹妹听从了姐姐的劝告，放了张书记的手。嘉欣一直盯着张书记的身影，上坡，上坡，又从马路拐进了那条山路，直到消失在峰回路转之中。

妹妹继续玩着她们的滑溜游戏。嘉欣回到家里，打开书包做作业。她拿出字典，找到"散步"这个词——散步[拼音][sàn//bù][释义]随便走走（作为一种休息方式）：休息时，到河边散散步。嘉欣觉得这字典太随便了，竟然给出这么一个说法。张书记是随便走走吗？那我现在不做作业，去看看桂花树，也是随便走走，能叫散步吗？不对，显然跟张书记的散步不同。

在梅江边这个村子里，老老少少走路的方式分成了两种，一种是随便走走，一种不是随便走走。如今随便走走的大有人在，但又界限模糊。爷爷要去河湾对岸的村子里，奶奶说去干吗，爷爷说随便走走。但爷爷不是散步，而是去对岸小店里找酒喝。奶奶有时去地里看看，说是随便走走，但其实是去看看长势和田水。

当然，有一些行走是有专门的叫法的。去上山叫打柴，去集市叫赶圩，去读书叫上学，去打工叫出门，去串门叫走亲戚，就是忙完一切农活家务活，乡亲们也不把休息时走的路叫散步。如果按这个定义，学校的老师倒是会散步，但从来不像张书记那样，总是一个人，而且一去就是个把小时，从山里回来时汗水淋淋的，像是刚刚做了一番体力劳动。哪有这样休息的呢？

总之，散步是城里人与农村人的最大区别。而张书记是这个区别的标定者。嘉欣觉得张书记肯定是去山里寻找什么，这样的"散步"，村子里从来没有过。

张书记还有一种行走，叫走访。那是最初到嘉欣家里时，张书记握着爷爷的手说，我刚到村子里当第一书记，我来走访走访，看看你们。

嘉欣对"走访"这个词也研究了好久。它跟"散步"相似极了！但嘉欣最终看出了两者的不同。她后来终于知道走访就是找爷爷奶奶聊天，还顺便问问三个孩子几岁了，有没有念书，爸爸妈妈在哪里，房子想不想改建，家里的冰箱里有没有猪肉和鸡蛋，那些渔网是用来干吗的……跟老师的家访有很大不同。当然，就是在那一次，嘉欣听到爷爷和奶奶忧伤地说起了妈妈。

张书记问起妈妈是怎么出走的。对了，张书记有文化，说出了一个新词——"出走"。这当然跟"散步"也不同，散步是准时出去准时回来的。爷爷似乎懂得"出走"的意思。爷爷说，嫌家里穷吧。你看这村子里，我这样住土屋的人家还剩有多少？这当然怪他们自己在外头不会挣钱了。张书记说，三个孩子能舍下吗？是不是发生了什么事情？

嘉欣想跟张书记说，是妈妈跟爸爸吵架了，是爷爷也骂妈妈了，是妈妈没有出路了，是妈妈找不到帮忙的人了，是妈妈想自己千里之外的妈妈了……但嘉欣不敢说，怕爸爸会打她，爷爷会骂她。

就是那一次走访，跟张书记一起来的小姐姐张琴，劝奶奶把嘉怡送给张书记带养，这样减轻家里负担。那时嘉欣一家还住在土屋里。从马路上看去，黑乎乎的。张书记打着手机里的灯，爷爷呵斥着汪汪叫着的狗。蓝色的渔网到处都是。房子里乱七八糟。嘉怡可好笑了，听到张姐姐的建议，马上就走到了张书记身边。张姐姐故意逗她，愿意跟着张书记到城里去吗？嘉怡认真地点了点头。那天晚上，张书记走到马路上，嘉怡还拉着她的手不放。张书记告诉她，现在不去城里，就住在村里。奶奶把嘉怡的小手拉开了。

就这样，两个妹妹粘上了张书记。张书记跟妈妈还真有点像，一样的高个子，喜欢穿黄色的大衣，笑起来不能放任自如，只是微微眯着眼睛，说话时细声细气，糯糯的。张姐姐正好相反，活活泼泼，放声大笑毫无顾忌，大嗓门。两个妹妹真正粘着张书记，是那年六一儿童节前夕，他们的家里第一次出现了生日蛋糕。以前妈妈也为嘉欣过生日，从小镇托人做了一个蛋糕，但那时马路还不是现在这么宽阔的水泥路，妈妈骑着自行车，蛋糕还没有到家里就散架了。

张书记带来的蛋糕，完整，漂亮。解开绸带，点上小蜡烛，张书记让嘉欣许下一个愿。嘉欣突然觉得不知道该说些什么。过了一会儿，想到了妈妈，就默默地握着小拳头。邻居家的一个孩子也过来，四个孩子围着蛋糕发出了欢乐的笑声。寿星的帽子戴在了嘉欣的头顶上。妹妹大胆地把蛋糕上的奶油抹到了姐姐的脸上。这些孩子，电视看得太多了，但从来没有想到也能像电视里的孩子，吃上蛋糕，玩起蛋糕。

从此以后，嘉怡就真把张书记当成干妈了。

而现在，正好无处可去，正好无人可玩，嘉欣决定像张书记一样，休息，去山里散步。

　　好久没看到张书记散步了。过年的时节，张书记当然要回城去。学校放寒假了。正月的时候，是孩子们最开心的时候。爸爸有几年没回家过年，而妈妈已经有七八年没有回来了。奶奶说她走了，不回来了，妈妈在嘉欣心里的影子越来越淡。但她相信妈妈肯定是找自己妈妈去了。既然妈妈会找妈妈，就知道自己也想找妈妈，就一定会回来。没有妈妈的年，嘉欣一直跟着奶奶，换新衣服、拿压岁钱、找同学玩、去姑姑家、放鞭炮、玩焰火，欢乐似乎并没有减少。

　　但是这一天，虽然是正月初三，村子里的人不被允许出门，只能在家里老老实实地待着。时时有干部远远地站在门口问，体温有没有不正常？有没有外地回来的人？而他们的脸上，一律戴着口罩。

　　村子里出什么事了呢？嘉欣很好奇。这是她从小到大没有见过的事情。爷爷也在一边埋怨，这是他七十多年来从来没有遇到过的事情，怎么正月不让走亲戚呢？奶奶告诉嘉欣和妹妹，天上降了"瘟神"，打工的人把"瘟神"带到了村子里，大家不能乱走，要等到政府把"瘟神"捉起来赶跑了，才能出去玩。

　　爷爷整天在家里喝酒，但似乎没有酒伴，喝得不开心。穿白衣服的人占着电视画面。嘉欣还接到老师的电话，说待在家里不能出去。爷爷想到河湾对岸的村委会去，看小店里的人打牌，找酒喝，但还没走到桥上，就看到一顶蓝色帐篷堵截在桥头。村里的干部躲在里头取暖，看到有人就走出来拦住。嘉欣，爷爷，奶奶，谁想过去都不行。对岸的村民说，牛在老家的栏里，饿了两天了没吃不行呀。干部就说，打电话叫别人去帮忙放点稻草。

嘉欣想找雅丽玩，找晶晶玩，也不让过。

马路边居住的两位老爷爷，想去河湾对岸小店看看，也不让过，他俩转身却没有回家，而是来到嘉欣家的房子里，三个老人喝起了酒，大声聊起了天。嘉欣家的房子小，一个厨房，一个客厅，两个住房，嘉欣和妹妹住一间房，张书记送来了一张架子床。嘉欣大，就睡在上层。

正月初三这天，嘉欣在屋子里待不住了。在家里看书，妹妹吵吵闹闹的。想看电视，爷爷的酒气熏得头晕。也不能出去找伙伴。嘉欣就告诉自己说，去散步。对，去散步。就沿着张书记平常走的山路，往高寨走走。看看那里到底有什么，吸引着张书记如此进进出出，大汗淋漓。

嘉欣从马路拐进了山路。山路也是一条水泥路，在群山之间像蛇一样穿梭。不远，嘉欣闻到了一阵臭气，绿色的苍蝇嗡嗡飞舞。原来有一个垃圾处理站。要是以前，每天有垃圾清运车从小镇开来，听张书记说是运到城里集中焚烧。但是由于躲"瘟神"，垃圾车也停开了。过年是垃圾猛增的时候。人们欢天喜地大吃大喝，留下大堆的垃圾，却不能清运。嘉欣捂着鼻子，赶紧跑了起来，冲过垃圾站上了坡，就拐到了一个大山坳。

大山坳里的稻田都长满了草。那枯黄的茅草像伏着一群群狮子，风一吹沙沙响，让嘉欣有些害怕。但嘉欣想到张书记，就仿佛受到了鼓励，继续往前走。水泥路不时有破损的路面，还有轮胎擦过的墨黑胎印。

转眼来到一个小山坳。嘉欣喜欢这个地方，包括它的名字——涧脑排。这里原来有一户人家，住着晶晶和她的爷爷奶奶。那年晶晶的爸爸出门打工去了，晶晶的爷爷眼睛瞎了，到了春耕时节就叫嘉欣爷爷奶奶前去帮忙耕地。就像去外婆家一样，那是嘉欣在村子里最快乐的时光之一。如今晶晶一家已搬到山外河湾的新房子里。嘉欣发现，土屋已经被推倒了，地上满是房梁瓦砾，茅草从斜倒的窗户伸出来，长得高高在上飞扬跋扈。

老房子，为什么一定要推倒呢？站在水泥路边那棵树下，嘉欣有些伤感，回想起春耕时节屋檐下热闹的情景：桌上摆着热气腾腾的茶钵和酒壶，帮人家耕地的爷爷被叫到上席的位置，女主人一会儿热情地添擂茶，一会儿殷勤地倒酒，爷爷被各种果品和大盘米馃塞满肚皮，任凭女主人反复劝酒，就是捂着碗口不让添加。一只黄狗在桌下钻来钻去，却找不到一块骨头，爷爷丢下一块果皮，黄狗跳过去一咬，又失望地趴下。爷爷为自己的恶作剧开心大笑，这笨狗，不知道这还是吃茶的时候，哪来的骨头？倒是想把我这把老骨头咬了，你们看，它把我脚上残留的泥巴都蹭干净了……

山坳里，爷爷耕过的地已经长满了茅草。路边一排排树木还保留着原来的样子。李树，柿子树，灵精子树（学名"枳椇"），桐树，还有无数的毛竹，在蜿蜒的山路两边排列。哗哗的涧水传了过来，就像一群小孩子在山坳里唱儿歌：灵精子树，灵精子卡，灵精树上吹吹打……嘉欣正要往溪涧走去，突然看到一头野猪在路边菜地拱着嘴。那是一块种过芋头的菜地，绿色的嫩芽从地里冒出来，但稀零的样子显然不是人家种的，而是野生的了。野猪正在拱地，听到有人来，飞快地蹿过一片草丛，钻进溪涧的灌木之中。

嘉欣不由得"啊"了一声，又紧紧地捂住了自己的嘴巴。她想到了爷爷打野猪的故事，说受伤的野猪会咬人，人跑不过野猪就得往树上爬，等待救援。嘉欣看到路边有一棵高大的桐树，赶紧跑了过去，攀爬起来。她蜷在树上朝溪涧看去。草木森森，风吹之后一片声响，仿佛野猪马上就要出来。

嘉欣想，张书记来这山坳里散步，就是为了看野猪？难道她不怕野猪吗？

2. 失　踪

　　梅江边的风俗，是初三才过年的，除夕到初三早上都得吃素。这是祖宗定下的规矩，听说是元朝时许下的盟约，就这样一代代传着，用素净的饮食来表达心志，提示后人的生活跟前人息息相关。

　　这天吃过早饭，嘉欣的奶奶就开始忙碌了。她叫老伴去小店买点八角香料，但老伴没买到，说封路了，倒带来几个老家伙，坐到一起喝起酒来。

　　正月初三哪，哪还会有空闲聊了呢？家家都忙着宰杀头牲，到祠堂敬奉祖宗，准备一家子的年饭。要是往年，出嫁的闺女也提前走亲戚回娘家，跟着父母一起吃团圆饭。奶奶一边忙一边心里嘀咕，我们这一家子倒好，老的在喝酒，少的不回家！奶奶一个人在那里杀鸡，打血，拔毛，下锅，忙得不可开交。叫嘉欣，叫了几次没人应。奶奶以为看电视看得入迷，就满手鸡毛地进屋子看，还是不见。

　　问了几次，嘉欣的两个妹妹都说，不知道，出去玩了。

　　快到午餐的时候了。奶奶看到老头喝醉了，只好自己从锅里架起那只鸡，带着鞭炮香烛，带着两个小孩，往祠堂奉神去。干部看到了，倒不是拦着，只是提醒说不要聚集，一家一户分散着进祠堂去。外头回村的年轻人个个都戴着口罩，到了祠堂，家长就叫他们摘下来，说得让祖宗看清面目。

奶奶和孩子们回到家里，几个老头还在喝酒，问嘉欣，说没见到。那时奶奶就知道出事了！奶奶冲几个喝酒的老头大喊一声，嘉欣真的不见了！

喊声像一个尖声爆响的鞭炮，轰地起来，回音旋转。光顾着喝酒的老汉们听了，清醒了过来，意识到这是老太婆第三次提起嘉欣"不见了"的事情。但仍然不太明白"不见了"的意思。

要是在平日，"不见了"就是没见着，就是不在眼前，就是独个儿玩去了，这对于乡下来说就太普通了，不需要操心。但现在是过年的时候，"不见了"就是应该见的时候不出现，就是吃年饭的时候还没来吃，就是一年中最隆重的团圆时刻少了个人，就是喜庆的大气球上扎了一个大窟窿，就是过年的气氛陡然崩塌。

的确，就算是喝了酒，几个老人也知道"不见了"怎么来理解，要怎么对待。特别是陪嘉欣爷爷喝酒的两个老头，陡然发现自己坐在别人的餐桌前，觉得就是自己把嘉欣从屋子里挤走了一样。

几个老人赶紧起身，把酒碗倒空，抹了抹嘴。嘉欣的爷爷在醉意中感觉到，"不见了"是一件跟过年严重不协调的事情。就像那些桥头平白无故设卡的村干部一样，跟过年完全很不协调。怎么会这样呢？老人们不太明白，只能纷纷起身，准备去寻找孩子。一人走向河湾村落，一人走向高寨，一人走向通往小镇的公路。

马路穿村而过，东边去往小镇，西边去往另一个圩镇，北边是村委会。三个方位都有人守着，不让出村，也不让进村。奶奶知道这三条路不可能找到嘉欣，只剩下一条路了，那就是去往高寨的山路。但嘉欣去深山密林干什么呢？没有理由哇。但奶奶还是叫两个小孙女待着看家，自己一个人就往南边的山里找去。

奶奶捂着鼻子跑过了垃圾中转站，来到涧脑排。她看到一棵树下丢着几个馃衣，那塑料包装的馃衣有些熟悉。不久前，她到小镇买过旺旺雪饼，她知道嘉欣她们几个孩子喜欢吃。当然，现在的孩子都喜欢吃，奶奶不敢肯定那包装袋是自家的。那桐树有人攀爬的痕迹。那路边的菜地里，有野猪拱过的样子。奶奶望着群山绵延，一片茫然。

没看到嘉欣。

奶奶坐在桐树下发愣。对面的山坡，有棵高大的灵精子树。秋冬的时候，奶奶就带着嘉欣来这个山坳里采灵精子。灵精子要霜降之后才甜，但那时多半进了鸟兽的腹中，为此乡民霜降前就上山采摘。果子用来浸酒，或者扎成小把摆在室外，让风霜去了涩味再拿到集市上出卖。嘉欣像猴子一样爬到了树上。灵精子像黄色的小瓶子挂满枝梢，嘉欣摘了往嘴里一送，嚷着说一嘴苦涩。奶奶笑着说，我们这是跟鸟兽争食！

如今，那树上依然有几颗残存的果实，引来几只松鼠。一会儿，松鼠溜到地面，往桐树上蹿去，灰色的尾巴像观音的拂尘。奶奶听着溪涧哗哗地奔流，想着嘉欣去哪里了。这个年，没办法过好了！不是由于突然出现的"瘟神"，而是由于嘉欣的失踪。

回家的路上，奶奶一路想着。想嘉欣，也想嘉欣的妈妈。如果嘉欣妈妈知道失踪的消息，会不会马上从陕西回到赣南来呢？

有一次嘉欣不见了，嘉欣妈妈哭得披头散发，全村子里的人都惊动了，村主任拿出了祠堂里的铜锣，带着人往山上找，他们打着火把去上山，一直找到半夜，才从一个破烂的油坊里找到嘉欣。大家都以为她被拐跑了，找不到了，原来她追着一个彩色的小鸟进山迷了路，越走越远，找不到家了。嘉欣妈妈看到村主任领回了孩子，抱着嘉欣痛哭了起来，又是欢喜又是痛骂！

还是七八年前吧，嘉欣妈妈没有出走，还在村子里，嘉欣还有妈妈。河湾里传来小孩落水的消息。散布在山山岭岭劳作的人，在村村寨寨忙家务的人，孩子是他们时刻搁在心上的石头，忙起来可以暂时放下，但一听到消息，人们都往河湾跑。如果孩子没了，这忙碌和活着还有什么意思呢？孩子落水或失踪，哪能不是一件大事情呢？嘉欣妈妈也听到河湾落水的消息，当然也往河湾跑。

那河湾离嘉欣家不远。那河湾平常好多人钓鱼，在马路边支起一阳伞，车子停在马路边，就没日没夜地蹲着。那时马路还是破破烂烂的。奶奶跟着嘉欣妈妈跑，总觉得走不快。

都怪这水电站，把大坝筑起来，把江水抬到了乡亲们的家门口。村子原来是个老渡口，大船小船只在江面上走。江水被大坝抬起来，马路边这条小河就变成了大河湾，那些大船也能开进来。河边的村子筑起了大电站这可是好事，不愁用电了，但孩子可愁没地方玩水了！乡下的孩子哪能不玩水呢？沙滩上，扑通扑通，每天能看到好多孩子在嬉闹。但渡口成了水库后，这些孩子就被大人管得严严实实，不能沾水了。

可孩子们就是管不住。这不，那天河湾又有人落水了！

江河就像是一个喜欢吃孩子的怪兽，远远近近的，几乎每年都有孩子被吃掉的消息。这倒不能怪江河，所谓落水其实是孩子们主动要去水里玩。但由于大人们只知道一味地封禁，孩子们都不识水性了，那些标语上的教育也只是告诉孩子们危险。没办法，这世界上总是有一些孩子成为江河的食物。只是每个人家都心存侥幸。

婆媳两人一边奔走，一边打听更确切的消息。有人说小孩子是没救了。她们跑到人们钓鱼的地方，一看，不是马路外头的大河湾，而是马路内侧的大水洼。这大水洼原来就是嘉欣家的一块菜地，后来也是被水库抬起来的，跟河湾相通，马路底下有个渠道连着，平时水满满的，绿绿的，深不见底，只有水库放水的时候，才会露出真面目。

两个孩子躺在水洼边。两个妇人抱着放声大哭。嘉欣妈妈一屁股坐在地上，喘着气，喃喃地说，不是嘉欣，不是嘉欣！一脸高兴的样子，但在这悲惨的场合又不敢流露出来。婆媳俩坐了一会儿，一起前往安慰那落水孩子的妈妈。闻声而来的人越聚越多。学校的校长来了，小镇的干部来了，在讲说溺水教育之类的话。

村支书那时还是村里的老支书，对镇里的人说，孩子是自己跑来玩水的，跟我们干部没一点关系！这话像是有道理，但这话大家不爱听。一个老太婆坐在地上呼天抢地哭着，听了这话，突然爬起来扯住村支书的衣服，又是骂又是哭，说陪我们家小孙子，这都是这水库给害了，哪能说跟干部没关系呢？！人们赶紧前去拉架，村支书的一件短袖衫还是被扯烂了。奶奶跟嘉欣的妈妈说，你说失去了孩子哪能不悲伤呢？这悲伤变成愤怒，就能把村支书吃了，都怪他嘴笨不会说话。

奶奶坐在山坳里，坐在桐树下，感到了阵阵的寒意。冷风吹得草木沙沙地响，涧水的声响从草木之中隐秘地传来。嘉欣不见了，是上山迷路了，还是被江河吃掉了呢？奶奶心里非常乱。她想，我倒是希望现在嘉欣出事了，嘉欣妈妈得到了消息，跑回来把我这个老婆子吃了也行，都怪我没有好好看着孩子。如果嘉欣出事了，她妈妈会回来吗？肯定会的！如果听到这个消息，嘉欣妈妈肯定会回来的。

奶奶真想把嘉欣出事的消息告诉嘉欣妈妈。可是，哪里有她的联系方式呢？要说还是男人心肠硬。那天嘉欣妈妈到天黑还没有回家，奶奶对嘉欣的爸爸振生说，媳妇没回来就得赶紧去找。但振生还在置气，不听劝。第二天，第三天，才估摸回陕西去了。奶奶叫儿子去陕西找。去了，但没把媳妇带回来，灰溜溜一个人回来了。

奶奶问，嘉欣的妈妈呢？

振生沮丧地说，不回来了，那几个兄弟不让她回，说我们这边太穷了，说大老远跟着我回赣南，结果没落个好，挨骂受气，哪能说回就回？！

嘉欣三姐妹，就这样没妈妈了！

嘉欣的妈妈出走，奶奶有预感。嘉欣的失踪，妈妈也有预感。那天嘉欣的妈妈和爸爸吵了一架，是为嘉欣生日蛋糕的事情。

这个外省来的媳妇，生的第一个孩子是女孩。爷爷不开心。爸爸不开心。奶奶也不开心。但妈妈独个儿疼嘉欣。接连着生的三个，都是女孩。爷爷和奶奶更加不开心了。但妈妈疼每一个孩子。嘉欣生日那天，大老远到小镇上订了蛋糕，取了蛋糕，但颠簸的公路不成全，一路上坑坑洼洼，加上嘉欣妈妈骑自行车的技术不好，终于在下坡拐弯的地方摔倒在地上。

妈妈忍着痛把摔坏的蛋糕带回了家，本想跟爸爸开几句玩笑自嘲一下，就像以前恋爱时一样。但爸爸那天遇到什么不顺心的事情，看到妻子带回来的蛋糕散了架没用了，黑着脸骂得难听，说她是败家子，乱花钱，在这样的土屋子里想着过城里人的生活，难怪经常说，这是个穷村子，要回老家去。

奶奶说那时就有预感，嘉欣的妈妈会受不了，她安慰过儿媳妇，打架没好拳、吵口没好言，吵吵闹闹的事情不要放在心上。那个老头，嘉欣的爷爷，居然在唱反调，不是一起来安慰媳妇！他听了儿子的话反而在一边帮腔，也数落嘉欣妈妈乱花钱，不像个踏实过日子的人，说生了三个女孩子，还以为自己是皇后了！

那话多难听！嘉欣妈妈肯定会受不了。奶奶早就预感到会出事。果然，过了几天，嘉欣的妈妈借口去小镇赶集，就搭上去城里的车子，再没有回来。人家在家里是被父母惯着过好日子的，后来她也是没听父母的劝告才来到这个穷村子，最终却挨了这样的咒骂，她当然会受不了。

嘉欣丢了，奶奶也有预感。嘉欣不是第一次离家出走，她要去找她的妈妈。但以前都能好好地找回来。这一天，为了捉住"瘟神"，村里的人们布开了一张大网。"瘟神"没听到捉住，嘉欣也没有网住。

嘉欣到底溜哪里去了呢？正月初三这天，奶奶坐在山坳里，坐在桐树下，对如此准确的预感产生深深的反感。她倒是希望这次的预感是错的，尽管从来没有错过。

3. 帐 篷

一边是河湾，一边是高寨。这个依山傍水的村子，叫留金坝。包含美好祝福的村名，赫然刻在公路边一座帆船造型的标志建筑上。景观墙北拐，就是去河湾的路，再过一座拱桥就是热闹的大村落。村委会，小店，诊所，就分布在四条街道上。村委会临水，就在桥头，嘉欣放了学喜欢往那边跑，去找张书记。

因为疫情封村，三个老家伙好不容易坐到一块儿，特别是那个戏精，如果不是封村，正月早就到各个村子唱戏去了。

那天聊得最开心的，是嘉欣的爷爷。他说起村里有个外省的媳妇回村过年，堵在村里不能回娘家。嘉欣知道，爷爷说的是晶晶的妈妈。她是个山东人，以前看到家里只有山沟沟里的土屋，就被父母亲反复劝离，也是丢下三个孩子出走了。现在，她听孩子说住进了保障房，就回到村里看孩子。

戏精说，当妈的，谁能真的丢下孩子呢？！可惜的是，她丈夫有了新欢，坚决不同意复婚。

嘉欣的爷爷是个老兵，他说，如果嘉欣的妈妈回来，一定让儿子复婚，儿子当年对不住嘉欣妈妈，没有好好待人家，我也说了些不该说的气话。

老木匠说，这么说你是后悔了？！乡亲们可是都在传说你媳妇是被你的猎枪吓跑的！

嘉欣爷爷说，我当然后悔了！但儿媳妇出走的原因，根子上还是嫌我们村子穷，现在村子好了，儿媳妇能不回来吗？！

嘉欣爷爷喝多了酒，反复追问，仿佛是几个同伴拐跑了他的媳妇。于是戏精就嘲笑他，早知如此，何必当初！嘉欣爷爷就黑着脸色说，早知如此，何必当初，你们说得轻巧，唱戏文一样，我们过惯了穷日子，我们又不是孔明，哪里分得清当前和早前的转折？我是看到嘉欣几个孩子可怜，没娘的孩子当然可怜！要说现在的政府真是好，共产党对我们够关心，但那张书记再好，也毕竟不是亲娘，关爱也只是一时的，当然，这一时也比没有好！

几个老头正热烈地聊着，嘉欣爷爷突然听到老伴的怒吼——嘉欣不见了！几个老头赶紧散伙，互相道别，分路寻找。嘉欣准是去村委会找张书记去了！嘉欣爷爷一边走，一边想着张书记和嘉欣之间亲密的往事，送裙子呀，打开蛋糕呀，一起唱歌呀……嘉欣爷爷更加坚定了自己的步伐。他朝北走去，朝河湾上那座拱桥走去。他醉意蒙眬地来到了桥头。

村主任从蓝色帐篷里走了出来，说，喂喂喂，老叔你要往哪里走哟？不能过去的！村主任看到老人家不听劝阻，就冲到嘉欣爷爷面前，拦住了他。

嘉欣爷爷说，我要去对岸找嘉欣！

村主任说，没有人去对面的村子，上头的人说了，连一只鸟都不能放过！村主任脑门光光的，呵了呵手，劝嘉欣爷爷回去。嘉欣爷爷说，嘉欣不见了，她喜欢去村委会找张书记，我得去村委会瞧瞧。说着，硬是要往拱桥上走。

一位年轻干部走了出来，看到老人与村干部发生冲突，就对嘉欣爷爷说，现在是过年放假，张书记怎么会在村里呢？人家不要过年吗？你真是糊涂！嘉欣爷爷一看，是个年轻人，不认识，就反驳说，你们怎么不要回家过年？你们在工作，张书记就会到村子里来上班。

年轻人说，我是本地人，是镇里派下来指导防疫的，我也想回家过年呀，但这形势，谁有心思在家里过年？你就好好回家过年吧，我们得在这里守着。

嘉欣爷爷说，张书记真没回村？嘉欣不是去找她，又还能去哪里？还能跑到陕西找她妈妈去？还是让我过去找找吧，说不定你们在帐篷里的时候，嘉欣偷偷过去了！

村主任笑着说，叔，你是借口要到对面小店里喝酒去吧？现在小店封了生意，不营业了，没有谁敢聚在小店里喝酒的，再说现在过年谁家里没酒呢？要喝酒回家喝去。

嘉欣爷爷怔了怔，想想老伴发火的样子，如果这样空手回去，一定不能好好过年。嘉欣爷爷倔强起来，二话不说就绕到河湾边，解开竹筏的缆绳。那竹筏是他平常打鱼的工具。他拿起竹篙，就要划动竹排。村主任拉住他，说，叔啊，你还成游击队了，说了嘉欣不在对面，你就是过去了也找不到，你还是赶紧下来吧，醉成这样了你，划过去太危险！实在不信任我们要过去看看，你还是走陆路，我放你过去就是！

嘉欣爷爷说，我是游击队，你们就是那王八羔子了，守得这么严的，我这个老兵总得想个法子吧！

两人带点儿说笑地吵着，说笑中又突出自己声音中的正经和严肃。正在说笑，远处传来车子的声音。村主任一看，就赶紧往帐篷跑去。他担心是上级领导检查来了。车子停在了帐篷前。

村主任上前拉开车门，一看，却是张书记和一起驻村的队员张琴。村主任惊讶地说，你怎么进村里来了？疫情再紧张，也轮不到一个准妈妈上阵呀！

张雅摸了摸肚子，开着玩笑说，你吃了那么多代餐食品，吃了那么多减肥茶，但我这肚子还不如你的大，现在根本看不出是吧？你都在上班了，我哪能不来？

村主任挠挠头，说，张书记你真是幽默，这不是衣服厚着嘛，谁的肚子也看不出来呀，哈哈！再说这是战场，上战场是我们男人的事情，你应该在后方好好休养，为了下一代的健康嘛！

张雅走进帐篷里看了看，跟几个干部打着招呼，送达问候，就笑着对村主任说，你怎么跟我家那个大男子主义一个腔调？

村主任说，可不是，至少有六个月了吧，应该休产假了，这又是过年放寒假的，如果我是你男人，我也不放心你下乡！

张雅说，还早着呢，才三个月，不能提前休产假，上头有命令，不能不执行。我单位有个同事也在这个白鹭镇驻村，客车坐到小镇，进村没有车子了，就走路进去的。我这是向他学习！我家那个大男子就是听到这同事的事情，才勉强答应我进村来。不过他不答应也没用，他自己在医院里忙得跟狗似的！这不，我有一个美女保镖，没事的。一路都是张琴开的车子，我一说进村，这姑娘吃了一惊，说，她可以进村，但我这个准妈妈不能进去。看来当妈妈真是好，幸亏有了个二宝，都被大家当大熊猫！只可惜这新冠病毒不把我当熊猫。

张雅说着，把大家都逗笑了。

可张雅却没有笑下去，严肃地对村主任说，看看你们，口罩怎么不戴起来？这么严峻的形势，口罩可不能忘了戴呀，是不是供应紧张，没有口罩？我正好从城里带了些进来。

村主任拍拍光光的脑门，把几根头发拍得沾在了皮肤上，一只手从夹克衫口袋里拉出一只口罩，跟张书记解释说，刚才跟村民聊天了就扯下来塞进口袋里了。

张书记笑着说，你们上班了，我当然应该进来，现在是非常时刻，上面要求所有工作队立即进村。你看看，我们的老兵觉悟高，也来帮助干部站岗放哨了吧？

嘉欣爷爷说，我可不是王八羔子，我是游击队。我们家嘉欣不见了，我以为她去村委会找你去了，就想冲卡过去看看呢！

村主任说，幸亏没放你过去，否则我就要犯错误了！你看，张书记不是没在村委会吗？你就是不信。我们这是为人民服务，怎么是王八羔子呢？！刚才有位村民说要赶圩，说常年在外头打工，家里没有种菜，得上圩镇买菜过年，我也给拦住了。

张书记说，防疫要紧，但群众生活也要紧呀，过年得买菜，又不让上圩镇，这怎么办？

村主任笑着说，没事，我们帮忙联系好了，青菜就在乡亲们种的地里摘一点，肉和蛋就叫小店里送了一些过去。你看这么一闹疫情，村民都更和睦了。特别是那些打工回来的人，以前衣锦还乡那个个尾巴翘上天，这次收起来了，要不是这些留守在村子里的亲友，看他们吃什么去！

张书记说，都别扯什么闲篇了，当务之急，是找嘉欣！

村主任耐心地跟张书记解释说，找孩子和抗疫，是两件事，其实也是一件事。我们张着大网呢，防疫的卡口都有人守着，嘉欣能溜到哪里去？！你看看这外头的标语。张琴听了，跑出帐篷，一看远远近近贴着的标语："在家是亲戚，上门是敌人""没事待家里，有事打电话"……张琴回到帐篷说，这是村主任的字吧？太有才了！

村主任说，当然得来点狠的。镇里说了，我们是小镇的西大门，邻近的县都有了病例，听说是一个赤脚医生感染了，我们这可是边界，得严防死守啊。

张雅问，大家是怎么守的呢？

村主任说，要是以前，正月初三村子里可热闹了，走亲戚的车子来来往往。这一回，我们铜锣一敲，大家都吓怕了，待在家里不敢出来。当然也有胆子大的，在电站边我们设了一个卡，那是去往邻县的路，常有人开着车子说要去走亲戚，不听劝的。东南西北中，我们都安排了党员干部轮班站岗。所以，找嘉欣的事情，我们问问各个卡口的干部就清楚了。

村主任掏出电话，各个卡口打了一遍，说，都没有看到嘉欣。

嘉欣爷爷说，这可怎么办呢？！不行，我得去找她，否则我家的那个老太婆会把我吃了！这个年真没法过了，都怪我只知道喝酒聊天，自个儿聊得痛快，把杀鸡奉神的事情都给忘了，看来祖宗也不满意了！我得去找，我知道她在哪里。嘉欣去她姑姑家里了！

姑姑？张雅问，怎么这么肯定呢？

嘉欣爷爷说，她姑姑嫁到邻县了，那里吃年饭是在除夕，我们村子除夕是过斋年，吃三天素，到了正月初三才正式杀鸡奉神过荤年，以往她姑姑正月初三都要来我们家一起吃年饭。今年没有来，嘉欣小孩子不懂得疫情，八成就是去叫她了——她姑姑家就在电站下面，跟我们村相邻近。

村主任笑着说，你真是老糊涂了，我刚不是打了卡口的电话，说没见着小孩子，倒是有几个开车的想过去，给挡住了。嘉欣怎么会过去呢？

嘉欣爷爷说，孩子们都聪明，看你们守着大路，她可以爬山路走小路。

张雅觉得嘉欣爷爷说得有道理。

4. 冲 卡

群山之中，村庄延续着过年的喜庆，有一份城市无法比拟的固执。除了移民新村街户密集，大多民房零散坐落，显得安宁自在。特别是不时放响的鞭炮，缓解了紧张氛围。而在城里，由于禁燃禁放，疫情中的楼厦更加显得苍凉。站在拱桥边的帐篷前，张雅想，希望像人们热烈讨论的那样，鞭炮的硝烟能拦住"瘟神"的脚步。

张雅和几名干部商量了一下，决定立即去沿江的公路找嘉欣。姑姑在电话里说没见着嘉欣，于是两头找了起来。张琴开着车过了拱桥，在村委会停了下来。张雅说，不要停，行李回来再放到村里也不迟，现在找嘉欣要紧，我们直接往电站开！

嘉欣爷爷坐在后头，扳着张书记的副驾座靠椅说，找孩子要紧，找着孩子了我们带着她和姑姑一起回村，今天你们就在我家吃年饭，我给你们带路！

张琴笑着说，张书记还要你带路？有些路你都未必有她清楚，她这几年哪一天不是在村子里散步走访的？嘉欣爷爷挠挠头说，这倒是，但张书记没去过嘉欣姑姑家，人家那村子不归我们县管!

从村委会出发，拐进热闹的移民新村，果然一片冷清。关门闭户的。以前可不是这样啊，张书记感叹地说，你看，这家小店以前常有人在一起打牌喝酒，一到晚上，店主就会拉一阵子二胡。我坐在村委会楼上，天天听着二胡声，开始不成曲调，慢慢就像模像样了。二胡过后，是跳操时间，全村的媳妇都聚到这里，那跳操的音乐跟城里一样，都在我脑子里扎根了！现在可好，哪有过年的样子！

嘉欣爷爷说，你没在我们村过年，过年的村子就像真正的村子了，老老少少男男女女，能把这四条街道挤满，特别是正月初一初二中午吃茶，全村人都涌出来，几张桌面连成一排，那些外地媳妇没见过那阵势，晃着手机就是拍照，给远方的父母炫耀村子的热闹。这可好，好不容易盼来了过年，我们村子里的老人难得欢喜这热闹，却不让我们出来！我当然只好在家里喝起闷酒来了。

几个妇女在门口压水洗菜，清水从井口白花花地流出来，红色的塑料盆里漂着一捧大蒜。洗菜的妇女把大蒜冲洗好，分成几把，递给一起洗菜的乡亲，说，不用客气，要不是这"瘟神"，这大蒜种得多长得好还吃不过来，老在地里呢！张书记摇开窗户打着招呼，几个妇女手里拿着大蒜转过头来，脸上露出吃惊的神色，热情地叫着张书记，邀请她上她们家吃年饭。

沿着一丈来宽的水泥路，经过一片大水洼，车子就到了梅江边。嘉欣爷爷说，不要往大桥上开，她姑姑家不在河对岸。张琴把方向盘往左一打，车子沿着江边的水泥路朝电站开去。

流水的轰鸣声越来越清晰，一座大坝巍峨地屹立在前方。阴云之下，两岸青山显得更加沉重。大坝前波浪连绵拍向两岸，像一张折过的纸页。靠近大坝浮着几根白色的管子，圈着大片水浮莲，防止它们涌向发电的机轮。大坝南端是职工宿舍边，一条路通过大坝通向梅江对岸，一条路沿江而下通往邻县。

这显然是一个颇为重要的卡口。几根木头拦在路中间，卡口前已经停着几辆车。一位青年张开双臂拦着一辆小车，说，你没看到这路边的标语吗？——"在家是亲戚，上门是敌人""没事待家里，有事打电话"。

车子上的人却说，我当然看到了，但我不是跟你说了吗？我不是走亲戚，而是要去相亲，这是我一辈子的大事情，可不能给耽搁了！

拦车的人仍然不放行，说，相亲也不行，别说相亲，人家支书家儿子结婚酒还给取消了！人家也是人生大事，现在的大事就是抗疫，只有大家平平安安了才能谈自己的大事。

张雅戴上眼镜，摇开窗子朝那人看去，对张琴说，看样子像是九生！张琴对张书记说，他就是九生呀，这可是你的结对户啊，你可没少劝他要好好挣钱，给孩子们找一个妈妈，但最好是能跟孩子妈复婚，他怎么这个时候还闹着去相亲呢？

张雅点了点头，也一片疑惑。

当初讨论九生家的贫困问题，大家意见可不少。说他一个大男人不去外头打工，成天在村里打牌，挤在小店赌博，还在外头找了个女人，真是嫖赌逍遥快活得很！张雅知道，自从九生的老婆出走回到了山东，他从此就没了上进心。他是做小木的，他那木匠手艺找不到事情做，现在木匠都用现代化工具，他也没心思重学。最后还是评了他家贫困，就因为他父亲是个盲人。

一个盲人，靠政府补助养着三个孙子，和一个不成器的儿子，能好吗？能不贫困吗？张雅好不容易说服了大家。她对九生家，可谓知根知底。

张雅刚到村子时，曾和老支书去他家商量土屋的问题。土屋实在破败，九生也不讲卫生，房前屋后的水沟垃圾都懒得清理，由于连日大雨，厨房边有一堵墙倒塌了。土屋改造这些年有政策，红军后代的家庭政府给予四万元补助，但他家最终没有起意。乡亲们都在传说，九生有一次赌桌上挣了十来万元，他父亲劝他赶紧用来改建房子，老房子旁边倒是打开了一块地基，但迟迟没有动手建房，听说后来又赌输了！

张雅可没少劝他走正路。一年前，张雅联系了爱心企业来村里送鸡苗鸭苗，这九生倒是热情，在老家搭起了大棚，领去了七百多只鸭苗。张雅对他说，养蛋鸭吧，外头有个壬田镇，廖奶奶咸鸭蛋全国有名，当地的田里种莲不太养鸭子，那合作社就跟偏远乡镇联系，到处收购鸭蛋，养蛋鸭不愁销。可九生没想跟外头交流合作，只冲着腊月去，大家备年货都会腊鸭子。张雅也支持他，养殖场是山坳荒废的稻田，几百只小鸭子喳喳叫着，黄绒绒一大片很热闹。

到了年底，九生辛苦一年也就挣了六七千元，建房子的事情又搁了下来。风雨飘摇的老房子让人担心，村里就帮他家申请了保障房。九生觉得村里难发展，就去了东莞。出门之前，张雅得知他想去广东和人合伙办五金厂，就帮助申请了八万元政府贴息贷款，作为创业启动资金。五金厂开办了半年，九生又改成了木艺加工场。

张雅说，没想到九生现在出息了，还开上小车回家过年了！怎么又闹着去相亲呢？他真不打算复婚了？！

嘉欣爷爷说，可不是，我们上午在家里喝酒，就在聊九生媳妇的事情呢！

张雅问，怎么聊的？

嘉欣爷爷说，九生家住上保障房了，孩子的妈妈也愿意回村子里了！这不过年嘛，听说九生的老婆原是打算看看孩子就回山东过年，却被"瘟神"挡在了村子里！九生现在是钱多心大了，这开上小车了，老家房子也建起来了，想要过新日子，连老婆都要换新的了！可惜他父亲没福气享受，年前发病走了！

张雅说，九生的父亲临走时，我还特意到县城医院看望过。老人家和我一样的想法，都想叫九生早点复婚，让孩子早点有个完整的家庭！老人家真是可惜，走得这样快！说起来也算是村子里的功臣！

张琴说，功臣？不就是个残疾人吗？！

张雅说，这老人可是个劳动能手，插秧耕地样样能行，那年集体修桥时他被一块小石头砸伤了眼睛，从此落下个残疾。他虽然住进了保障房，但他的心愿就是回到老家去，住上自己家的新房子。

嘉欣爷爷说，九生这人花心，住上了保障房，媳妇回来看孩子，但九生竟然不肯跟人家复婚，只想为孩子找个后妈。嘉欣的妈妈如果回来了，我就叫儿子立即复婚！

张雅说，我看过九生带回来的女人，并不比原来的妻子漂亮，可能夫妻两人实在没感情了吧！或许真是去相亲，问题是，他的前妻还在家里，怎么又把后妈带回家里呢？！这不乱套吗？

在关卡边，九生一直在跟拦车的人吵口，说道理讲政策，九生就是不听。说到最后，九生干脆停了车，一摔车门走到卡口边，拉起那根拦路的木头抛到路边，怒气冲冲地说，我今天就要过去！看谁敢拦住我！

看到九生就要冲卡，张雅赶紧叫张琴开前去。车刚停好，张雅就提起宽大的外套，习惯地护着肚子从车上走了下来。张雅扶了扶眼镜，冲九生喊了起来，九生，这都什么时候了？还这样冲动！

九生听到有人喊，刚刚想拉开车门上车，又停了手，转过身来。他看到张书记从车上出来，一脸吃惊的样子，说，张书记，这大过年的，你怎么进村里来了？！

张雅说，上级派我们进村来，就是怕你们会这样乱来！防疫防不好，会出大事的！你这样冲卡不好，干部都在保护大家的平安，你却不领情！

九生有点羞惭地说，我也不知道冲卡还会把你冲到村子里来！我这不是遇到特殊情况嘛！今天是正月初三，我开车去接晶晶的新妈妈来家里吃年饭。我开着车子去，保证不会感染和传播病毒！

张雅说，我听嘉欣爷爷说，你家媳妇不是从山东回来了吗？你跟人家复婚不就得了？孩子毕竟还是跟亲妈好。你这样把后妈接到家里一起吃年饭，孩子们会多么尴尬！孩子不接受你们，你这家庭又怎能和睦？！

九生说，正是亲妈回来了，我要让她知道当年该不该出走！她当年丢下我和孩子们说走就走，现在又想来就来，我们家可不是想进就进的菜园子！

嘉欣爷爷也拉开车门，走了前来，劝九生说，孩子亲妈愿意回来了，这不是大好事吗？我们家都在盼着孩子她妈能回来！你可真是，放着好事不享受，你倒赶着人家回去！

九生对嘉欣爷爷说，老叔你也不必劝了，一家人各有一家事，我老婆跟你家媳妇，虽然同样的是离家出走，但走的情况不同！我窝着这口气这么些年了，现在正是出这口气的时候！

张雅听到九生坚决的口气，想了想，就说，相亲当然是大事，但现在没什么比抗疫更大的事情，我从城里进村来都是指挥部打了路条的，没有路条不放行，这是规矩！既然你有特殊情况，今天我就批两个路条，一是你去接新人，一是嘉欣爷爷找孩子，大家早去早回，欢欢喜喜过好年哈！

张雅回到车里，让张琴找出纸笔，临时写了一张路条，递给九生。九生拿到路条，感激了一番，发动车子走了。嘉欣爷爷回到车子里，张琴也发动了车子，紧跟着过了电站边的关卡。

张雅从后视镜里看到，村干部和志愿者迅速把关卡的木头移回原位，躲进了帐篷。张雅指了指后头的帐篷说，村子里的干部也辛苦了，找到了孩子我们来值班，让他们回家去吃年饭。

5.年　饭

　　正月初三的年饭，张雅和张琴是在九生家里吃的。没有应约嘉欣爷爷家，不是由于嘉欣没找到家里没有过年的气氛，而是九生家来了两个女人，九生叫张书记一起去做个中间人，劝劝晶晶的妈妈不要再痴心妄想破镜重圆。

　　张雅对九生家的事情极为重视。她驻村之后，研究分析过村民的困窘，发现最困难的帮扶不是送物送钱，而是家庭完整。光棍的婚事难以解决，叫张书记不要送什么，只要送个老婆来就行。男人没出息，老婆带着孩子出走不回，男人从此成了酒鬼，不让工作队上门，除非帮他找回了老婆孩子。

　　就像晶晶和嘉欣，这种外省婚姻更是苦了孩子。时代在高速发展，财富在日益积累，也许家庭可以重新致富，就像九生，但晶晶没有母爱的童年记忆，将永远是难以抹平的伤口。如今，晶晶的妈妈回来了，张书记多么希望九生不要一意孤行！

　　张雅和张琴把嘉欣爷爷送回家，安慰了一番，表示还会发动大家继续寻找。两人又跟嘉欣的妹妹玩了一会儿，就推托说村委有事，离开了嘉欣爷爷的保障房，赶往电站换岗值守。直到村干部回到关卡，两人才往九生家赶去。

九生家的保障房在河湾边。

跟嘉欣家不同，这里不是一栋依山坡而建的房了，而是临水边而起的两排平房。一条溪河就在脚下汇入梅江，临水的一边围着栏杆，一块宽阔的空坪铺着地砖，太阳能路灯沿着栏杆亮起，到了夏天的晚上，众多的乡民聚集到这里纳凉。从大单直播的画面上看，根本看不出这里是保障房，还以为这些江景房是一群别墅。

九生家就在最里头。面积不大，一家六口显然难以居住。过年这段时间，九生就住在老家。老家的房子虽然装修好了，单家独户的水电问题一时还没有解决，过年就只好还在河湾的保障房里。

张书记答应来家里吃年饭，九生大喜过望，特意把年饭推迟了时间。从电站边回来，张琴把车子停在了保障房边的篮球场上，紧挨着九生的车子。九生新认识的女友热情大方，前来迎接张雅两人时，似乎故意在显示着女主人的姿态，说自己叫葛芳，能来村子里全亏张书记支持。

这时，晶晶的妈妈也出来了，热情地打着招呼。由于她一直在家里跟着婆婆张罗年饭，比起葛芳来当然更有女主人的架势。张雅热情地跟她攀谈起来，似乎要为她的这场拔河赛加油鼓劲。

晶晶的妈妈认真呼应着张书记的关心，说自己太想孩子了，特意从打工的城市直接来村子里，本想过完年再回山东去，但疫情却有意成全她，给她更多的时间跟孩子待在一起，似乎弥补她一直以来的亏欠。而这次，她已经跟一个老乡联系好了，过完年她不再去外头打工，就在小城的重点中学里打工，她一位老乡承包了学校食堂。这样，她就可以周末时间回村子里来看孩子。

张雅称赞她深明大义。她摸着自己的肚子，以一个母亲的身份劝告说，哪个当妈的愿意丢下自己的亲骨肉呢？！

晶晶妈妈的眼圈红了起来。她说，不是我狠心，我也是父母的孩子。那天父母来到了我们村子里，看到山沟沟里一栋孤零零的土屋，就拉着我走。我要带上孩子，但他们爷爷奶奶拼命拦着！我有什么办法呢？骨肉分离的痛，孩子小是不懂得的，只有当妈妈的才能切身体会，那刀子是割在当妈的身上！

张雅说，那当然那当然，我现在怀着二胎，知道每个孩子都是从母亲身上掉下的一块肉。你当年也许是没办法，你舍不得你的孩子，你妈妈舍不得你，特别是舍不得你在这村子里受苦。

晶晶妈妈说，其实我离开了村子才知道，比起想孩子的苦，生活上的那点苦不算什么。但走出去了，就难以回头了！钱可以慢慢地挣，房子可以慢慢地建，但孩子不会慢慢地长大。

看着张书记这边聊得热烈，下着碗筷的葛芳故意前来打断，招呼着吃饭。九生默默地看着这一切，吃饭的时候什么也不说，只是不断地招呼张书记和葛芳吃菜。

饭是晶晶妈妈做的，知道张书记、张琴和葛芳会来家里之后，她特意制备了三份年汤。这是客家人的规矩，凡是过年来了重要客人，都要吃年汤。这汤底是金黄的米粿，汤面是一块鸡腿和一些瘦肉片，由一些蒜叶和生姜末遮盖着，赤橙黄绿青蓝紫，色香俱全，美味异常。

葛芳看着晶晶妈妈把汤端过来放了一碗在她的面前，不吃。她是梅江人家，当然知道这是客人吃的。她不能吃，她不想只是客人。葛芳看到两位客人面前都有一碗，知道晶晶妈妈的意思了，就把年汤端给了晶晶的奶奶。奶奶看了看局面，就把年汤分开，给晶晶几个吃了。

张雅离开九生家时，九生送到了篮球场。在车子边，张雅严肃地对九生说，我一直担心你家庭完整问题，你这可不是不完整，而是太完整了！你接下来到底怎么打算呢？

九生说，我接葛芳过来吃年饭，就是表明我的态度。今天你也来了，算是一个见证。你别问我为什么这么狠心，你不知道孩子妈走后，我在村子里一直抬不起头来！

九生说，我跟孩子妈，是在打工时认识的。

那时他们一起在东莞的电子厂做工。九生做过木匠，做的还是小木，对电子元件拿起来也轻车熟路。当时，他的收入还挺不错，满以为能挣着钱回老家建房子。但是，老家却传来消息，他的妻子出事了。这前妻，还不是晶晶妈妈。九生和前妻认识后，怕第一胎生下个女孩，没有办准生证，躲在家里生孩子，后被人发现，无奈去打胎，竟意外大出血，没抢救过来。

前妻走后，九生心灰意冷，就在这时认识了晶晶的妈妈。两人在一个厂子做工，这个山东女孩时常看到九生失魂落魄的样

44

子，他有几次差点被机器伤着手，幸亏她在一边提醒。知道他家的伤心事后，她更是热心地关心九生。她不介意九生结过婚，勇敢地跟九生好了。九生回到村子里，从悲伤中走出来。那时，带回来了一个外地姑娘，在乡亲们面前，是多大的面子啊！几年时间，他们有了三个孩子。九生怎么也不会想到，才几年的时间，几年的幸福，自己的面子很快就没了！

九生攥紧了拳头，在车子上敲了敲，对张雅说，你没法想象我当时的愤恨！孩子他妈出走之后，我受尽了人们的嘲笑！我为此变成了一个浪子，吃喝嫖赌。你们来到村子里，才把我拉了回来，走上了正道。

张雅说，让孩子找到妈妈，这也是正道！何况人家自己找回来！

九生听了，叹了口气说，我知道，晶晶妈妈是被父母逼着走的，也怪我们村子里穷，家里没有建起像样的房子！她也是个好人，知道舍不得孩子，知道回来见孩子，但我就是忘不掉当时丢掉的面子，我心里容不下她妈妈了。我知道张书记的好意，但这也是没办法的事情！我跟嘉欣家的情况不一样，你也别拿嘉欣的事情来劝我了……

九生把一肚子的怨气都吐了出来，仿佛是一场忆苦会。张雅看到葛芳往这边走来，拉开车门，结束了劝告，告别时叹了口气说，你能让晶晶接受后妈，就算你的本事了！

6. 路　条

　　张雅没有想到，开了一个口子，口子就会越撕越开，开了一张路条，就会有无数张路条蠢蠢欲动。疫情封闭的返乡者，并没有多少人会安心待着，他们回到老家吃年饭走亲戚，早就准备着大年一过就离乡而去，各奔东西。

　　梅江边的年，本来就是漫长的，悠缓的，需要慢慢品味。但欢乐的时光总是过得很快，要是以前，四海归来欢聚一堂的日子，老人小孩都觉得太快了。而这疫情一来，像开始放映一部老电影，这年又慢了下来。故意捣蛋的慢镜头！

　　百节年为首，客家人视过年为最隆重最欢乐的节日。年味老早就开始积攒的。要是以往，九月、十月，开始晒番薯片、米糕片，供过年油炸和炒食。冬至一到，开始蒸酒、晒腊肉。年近三十，家家户户要蒸肉圆、年糕，煎馃子，有的杀猪、做豆腐，为新年的到来做足了准备，仿佛每个年都是饕餮之兽，要吞吃人间的万千美味。

　　农历五、八、腊，首推腊，也就是过年，包括除夕与春节。头年腊月廿四日，是过小年立年架，直至正月节前，年味一直在延续。年架一立，人们忙着购置或加工年货，所以有"年下银子六月雪"一说，穷苦人家就成了过年如过关，经济账得算，债务得清，而外出打工的人回到老家，也统筹着一年的开支。如今好了，梅江人家大都往集市购物，米馃、炸馃子，都成为了年关的大宗商品。年货不费力，搞卫生就不能省事，家家户户里里外外清扫环境，擦洗盆甄，累并快乐着。

过年，从除夕始。大年三十，各家厅堂要陈设供桌，布置香案，摆起鸡、鱼、肉、果品等，敬奉祖先。大门口贴上鲜红春联。大人小孩都要洗澡，穿上新衣，干干净净过年。除夕晚上，吃团年饭，菜肴丰盛。桌上多放几副碗筷，请祖先回来一起过年。饭前，先给祖先筛酒，将酒洒地，然后才开始吃饭。席间，老人小孩吃鸡腿，以示尊老敬幼。但留金坝这个村子特殊，除夕就是素，倒也清洁，黄元米馃白糍粑，一壶热酒一钵茶，豆干青菜，简简单单，就为初三的年饭蓄势。

吃罢团年饭，灶具要洗得干干净净，室内灯火通宵达旦，灶膛留下来年火种。晚上要守岁，辞旧岁，迎新春，每个房间整夜灯火通明，叫"点岁火"。牛栏、猪舍也要点上灯。家长要给小孩、老人发压岁钱。一家人"坐岁"到凌晨，迎新接福，而小孩子早就入了梦乡，等着大早起来捡鞭炮。

大年初一，男女老幼早起出门，燃放喜炮，按历书所示吉利方向走出家门，出行时放鞭炮，谓之"出行"，表示新年走到哪里都顺遂。不止留金坝这村子，梅江边正月初一早上都吃素，家人相互拜年，以吉利话相颂。小孩们穿着新衣欢乐嬉戏，争向年长者拜年。初二初三起，不与父母尊长同住的儿女要回到父母身边，向尊长拜年，拉开了梅江边走亲戚壮观的序幕。

元宵过了才算年过完了。此前梅江边灯彩出动，茶灯、船灯、马灯、擂灯，至元宵节晚达到高潮。小镇人家有钱，各个村落的灯彩在元宵节这天都往小镇跑，店铺相连，灯彩络绎不绝，热闹非凡。过了元宵节，还有"烧花"：队员穿短裤戴箬笠，赤膊鱼贯穿行于高台之上，顷刻间鞭炮炸响，焰火四溅，极其紧张刺激。灯彩烧了，来年再置。

梅江边的人家，如今能把年味一一品尝的，估计没有几户人家。特别是那些回乡者，一边过年一边跟外面的世界保持紧密联系，筹备着出门之事。特别是在外面上班的人，年假有限，七天一过就得离开。遇到特殊的事情，还会提前。

比如张琴的男朋友李勇。

那天晚上，张雅和张琴在村支书家里吃了饭，就回到村委会。吃晚饭的时候，张雅虽然听到了村支书滔滔不绝的牢骚，但张雅对村里的事总算有底了。她知道村里的干部就这样，一边全心地操劳，一边牢骚不断。尤其是这位村支书，事事周密，让自己省心省事。这么说吧，村干部善于铺开锦绣，而自己则多是锦上添花。吐槽和工作，似乎永远是相伴相生的，它们共同造就一条河流的生机。

青山遮不住，毕竟东流去，你不能指望这东流没有洪水和泡沫。张雅回到村委会，正在回想着村支书汇报的一桩桩事情，突然听到张琴说起了路条。

工作队的住处在村委会。张琴烧热水递毛巾，悉心照顾着准妈妈。张雅说，这一路要不是有你照顾，我家那个大男子主义肯定不会放我进村。你也别光照顾我，自己早点洗好，跟家里报声平安！对了，给我递本书过来，书架上的那本，帕斯捷尔纳克的。

农家书屋就安放在村委会二楼，张雅很喜欢与书为邻这种格局。

张琴递上书，说，你不该打路条，一开口子就难收手了！

张书记诧异地说，怎么啦？打路条没犯错误吧，虽然没找到嘉欣，但村支书下午不是把嘉欣找回来了吗？我们也能安心了！

张琴说，人们知道你权力大，有人情味，好多人都想来要路条。

张雅问，谁呢？

张琴说，李勇。

张雅一听，就笑了，你想为李勇打路条？如果你求情了，我倒要答应，毕竟是你的男朋友，我可不能破坏你们的人生大事。今天这路条，还真是要一事过三呀！难道你们俩也是要相亲去？不对呀，你们不是在村子里相遇了？！你就说说看，他有什么特殊情况？

张琴说，我才不为他求情呢，他算什么呀，又不是我初恋。张雅一听，笑了，初恋是用来怀念的，你可得珍惜当下。怎么样？不妨把你们的恋爱史讲来听听，趁着今天我们都有空。张琴说，那我先怀念一下初恋。

张琴和李勇是高中同学，都在绵江边的一所重点高中读书。后来，张琴考到南昌读书，李勇去了无锡，两人的联系就少了。而上大学的时候，张琴喜欢上了一个军官。这个兵哥哥，就是军训的教练。

兵哥哥长得帅，好多同学都喜欢。但兵哥哥就喜欢张琴。军训结束后，兵哥哥回军营里去了。每天早上，张琴还在床上睡懒觉，就能接到同学递来的电话，说，你家兵哥哥的。兵哥哥来电话没什么事，只是说一句，懒猪猪，该起床了，我们可有约定，我要监督你早起早睡，不能浪费大好青春！

有一段时间，张琴不理兵哥哥，说要专心读书准备考研。兵哥哥果然不再打扰她了。周末张琴一个人待在图书馆读书，有些怅然若失，就准备上街散散心，坐上了刚刚停在身边的公交车。茂盛的行道树，苍茫的赣江，白鹭在江上飞来飞去，一路上张琴看着移动的省城，更加失落。公交车停停走走，顾客上上下下。

这时，张琴突然看到前面坐着个军人，心里怦怦跳了起来。不会遇上他吧？不会有这么巧吧？

军人转过来头来，两人的视线就撞在了一起。天啊，果然是他！

两人又开始了交往。军人的魅力，是军训时显现的。但随着深入交往，兵哥哥的那点军容不能满足大学生的心了。她觉得兵哥哥缺少了点什么，老是和战友喝酒游玩。张琴叫他多读点书，为将来转业之后找工作着想。兵哥哥是个富二代，不喜欢读书，就爱理不理地，勉强答应了。张琴发现兵哥哥不听话，两人就不大来往了。

兵哥哥转业那天，张琴去送了他。他回老家，家里人为他在街道办事处找了份工作。张琴说，好好干。后来，兵哥哥邀请张琴去江苏，张琴就去了。兵哥哥不再是兵哥哥，而是一位街道办事处的"老妈子"了。张琴再也不想去了。

张雅笑了起来，说，这么说你们还差点军婚了呀！

张琴说，想起来多么幼稚，多么可爱！但那些学校的往事回想起来，总是那么美好！初恋是用来怀念的，你说得没错，但这个怀念带着酸酸的味道。似乎这种经历，在人间不断上演，我们就是一个道具。

张雅说，看过小说《日瓦戈医生》没有？就是我手上这本。这书里有首诗，叫《哈姆雷特》。有两句是这样说的，"我欣赏你谨严的构思，我愿意扮演这个角色/可另一出戏也正在上映，所以请你把我从现在的舞台上换下/然而剧目已经编好，剧情也已定型/没有什么可以阻挡拉开的大幕/我将孤身挺立，其他一切都被形式主义所淹没/将生命进行到底不再是小孩子的儿戏。"

张琴说，我不懂诗歌。

张雅说，你现在从省城到了这小山村，从兵哥哥过渡到李勇，正是"另一出戏正在上演"，"不再是小孩子的儿戏"。你得说说，你是怎么过渡到李勇的，这才是当下需要弄明白的事情，包括他需要的路条。

张琴说，说来也巧，那次去看望兵哥哥，回来时在火车站正好遇上了同学李勇。我们面临着毕业，就在火车上谈起了将来的打算，李勇开玩笑说要回家种油茶，他在无锡江南大学读的是食品专业。张琴说，现在都时兴考公务员之类的，怎么回去当农民呢？

李勇说，县里有个油茶公司，叫绿野，来江南大学招人，同时把我的导师邀请了去，说是在研发油茶加工。导师是县里的乡贤，为此我报考了他的研究生。他手上有个水媒法的专利，原来已经谈好卖给湖南，但绿野公司得知后恳请导师把部分专利转让给他们，算是报效桑梓！导师答应了，于是又动员我一起回到县里。我还在犹豫，不知道家里人同意不同意。

听到李勇要回家乡，张琴没有吭声。李勇问她的打算，张琴说，我才不回老家呢！落后的内陆省份，怎么比得上江浙一带发达地方呢？我要去沿海城市找工作。

就这样，两人虽然志趣不同，但还是加了微信，最终变成了恋人。李勇没有兵哥哥浪漫，但比较实在、上进，为此张琴一直与他保持联系。后来张琴去沿海城市，找了家公司，搞营销，全国各地东奔西跑的，日子过得好快。父母担心她的婚事，就催她回乡，帮她报名了县里的公务员。

张琴对张雅说，我没想到，我们就到了一块！更没想到的是，我竟然来到这山沟沟！我跟李勇一说，李勇惊讶地说，这就是他的老家呀！我可不喜欢这村子！"恨屋及乌"吧，我对李勇的好感也减去了几分。要不是这些年跟着你在这里锻炼，我可能就辞职不干了。我得为你肚子里的孩子着想，得留下来保护她——是不是呀，我的小妹妹？张琴抚了抚张雅的肚子，说，看到你挺着肚子还坚持在梅江边的村子里，我不敢丢下你这个大姐，抱着试试看的想法，留了下来。

张雅笑了起来，说，那这次进村，你不是来陪我的，而是来找李勇的吧？

张琴说，当然是为你呀。本来约好过年时在城里玩玩，我带他上我们家走走呢，但这形势，又没办法上我家了。

张雅说，你说帮李勇打路条，是他想和你一起回城里？

张琴摇摇头说，这可不是，我这个时候怎么能当逃兵呢？！今天下午，他听到我们打了路条为九生和嘉欣爷爷放行，就在微信里说，他也想打一张路条，让我来求你。

张雅说，你们不是一起回城相亲？这么早出去有什么急事呢？

张琴说，他说公司正在攻克一项技术，叫破乳。这些年，绿野公司的水媒法生产线是建成了，在国内外都是最先进的了，但出来的茶油是白色的泡沫，就是说还没有完全澄净，这样就还要加一道工序，才能得到金黄的山茶油，成本一降不下来，影响了市场营销。李勇和导师已经理论上解决了这问题，这个技术就叫破乳，现在公司正在加紧调试，从数据上分析，眼看就要成功了，明年能参加巴塞罗那的国际展览。李勇说他想初三吃完年饭就回城，没想到被疫情拦了下来。

张雅说，这个路条我得打，我们村子里出了个科学家，可真不容易，人家放下假期来研究科学，你也得支持，不能为了花前月下不让他走啊！张琴说，我跟着你进村子来，本来我还想叫上他一起站岗抗疫弄个先进当当呢，结果他另有战场，我当然不会拉他的后腿的。

张雅说，那就把笔拿过来，我来写个申请吧。这个李勇也真是，父亲就是老支书，不去找村支书要路条，倒来找我们！张琴笑着说，你可能不知道，李勇和老支书找过了村支书。李勇告诉我，家事公事一大堆，村支书这几天正烦得不得了，就简单应付说这个他说了不算！

张琴帮张书记倒了洗脚水，扶着她回房间，叫准妈妈早点休息。临走时，张琴又说，可别说，要不是村支书，这嘉欣还真怕是要出事！

7. 守 卡

张琴所言非虚。那天下午，村支书的脚步差点被两个人绊住，一个是卖鸭子的秋生，一个是要路条的李勇。如果村支书没有果断抽身去高寨巡视，嘉欣将经历最可怕的事情：黑夜，寒冷，甚至死亡。

正是大冷天，梅江的江风一吹，人们都缩起了脖子。坐在风中缩脖子的人不多，大过年的，寒风凛冽，乡亲们都在家里烤火，看电视，玩手机，仿佛守岁的风俗在无限延伸，把一个好好的年过成了扩大版的除夕。能这样闷在家里，还算是一种幸福，最苦的是守卡的人，还得在屋檐下无聊地值班。

张琴在卡口边走动，望了望梅江，两岸的青山也好像人一样，在风中缩着脖子，失去了往日的秀丽和明媚。那库面上的江水，在风中制造无数条波纹，像是北风的手指在不停地纺织。而大坝下游，滩石裸露，几只白鹭在滩石间的水洼里盘旋起落，寻找着鱼虾。

张琴喜欢观看白鹭，但这个时候看去，却觉得白鹭也是可怜的。它们虽然不知道疫情的紧张，没有守卡的烦恼，可以纵情

水车简史

享受天地的自由，但也没有节日的喜乐、衣食的无忧。如果不是疫情，如果不是阴雨，这个时候，下游的河滩将是村民的乐园，四面八方的人都会趁着风和日丽，聚集到大坝上来，看山看水，和白鹭一起享受河滩，制造热闹而自由的喜庆。

当然，张琴刚来村子里并不久，河滩的热闹都是张雅说给她听的。比如国庆，比如春节，回乡的人会把电站当作一个景区，特别是大坝下游的沙滩，是小镇周边人们向往的地方。但这个春节陡然变幻，一片空落。这时，一起守卡的乡亲，也在叹息中为她描绘这样热闹的图景。张琴和守卡的人们坐在一起，先是聊起了这个卡位的设置，再是聊起了这个特殊的年。

关卡就设在电站大坝的南端。关卡倒是好关卡，这里一守，去上游或下游走亲戚的路，唯一的一条路就堵住了。但前后左右，都没有房子。往上点，是电站的院子，再往上是民居。原来，关卡是设在民居边的，这样便于取暖。但是，下游的人往大坝一拐，就到对岸去了。等守卡的人发觉了，车子已经开得老远。守卡的人目送着车子走远，那车子却不是到对岸人家去的，又开到了上游不远的那座大桥上，绕了一个大圈，进了新村。

电站，大桥，两岸的公路，正好是一个环形的跑道。张琴知道这个群山中的环形跑道，张雅带着她走访时指点过。张雅肚子大了，不能陪着一起散步了，张琴一个人起来晨跑，也喜欢到这个环形跑道来，路上经常会遇上电站的职工，也一起跑步。张琴喜欢站在大桥的中间，或者在大坝的中间，驻足停一会儿，看太阳从东边的群山中爬起来，为梅江铺下亮丽的光影。

村子里的人，当然也懂得这个环形跑道是可以四通八达的。上游的人知道，下游的人也知道，于是都不约而同地绕开了原来的卡口，虽然是舍近求远，但通达就是最大的胜利。张雅是在九生家吃过年饭后巡视关口时发现这个漏洞的。于是，电站边的卡口，移了一个位置，从原来的居民家移到了大坝的南端，库区的环形通道，从活结变成了死结。

关口的位置是更好了，但守卡的人却更辛苦了。没有房屋的依靠，而村里的帐篷又安排在村委会前面的拱桥边了，于是守卡的人只好轮流出来巡逻，看有没有人偷偷溜过去。冻得受不了，就回到电站的小院里，就着电暖设备，烤一会儿暖和。

卡口站岗的志愿者还真不少，有党员，有小组长，有回村的年轻人。当然是就近的原则，大都是渡口小组的人。张琴看到陌生的年轻人也来值班，就感到好奇，问，谁安排你们来守卡的呢？

年轻人回答，是自己要来的。

张琴说，觉悟这么高，是冲着什么来呢？

年轻人说，就冲着村委会为大家办了好事。

张琴说，什么好事呢？

年轻人说，多的不说，就说那入户路，修得好，方便了我们通行，有远见。你看下游的村子，车子大都只能停在路边，不能开到屋檐下。张琴往下游一看，还果真是这样。于是跟年轻人聊起了原因。

这个小组叫老渡口。电站建起来之前，两岸村子里的人都靠渡船来往。后来，渡口下游筑起了电站，电站正好在两个县的分界之处，往上是一个县，往下是一个县，但上下游两个村并不把电站当作分界，通婚呀，串门呀，捕鱼呀，打柴呀，都混在一起，不分彼此。

但由于分属两个县管辖，政策总是会有不同，执行政策的过程总是会有不同，乡亲们对待政策的态度也总是会有不同，于是在两个相邻的村子里，就慢慢显出这些不同来。比如电站上游的村庄，入户的水泥路全是三米，而下游这个村子呢，则全是两米。下游的村子知道了，就愤愤不平，但一问政策却是相同的，多出来的一米是村民自己掏的钱。

两个村子的年轻人过年回乡，开车来到电站玩，就说起了村子里的路，一比较，才知道是驻村的干部有远见。原来在修入户的时候，张雅看到入户路只修两米，只考虑了村民摩托车进出交通，但没考虑过年时大量的车子会回来。张雅于是跟村干部商量，是不是发动村民自己掏点钱，增加到三米。

但是也有的村干部极力反对。他们的顾虑不是没有道理。如果村民自己出钱了，将来上面的人来检查工作，村民就会说自己出钱修的路，容易产生误会。再说要跟乡亲们解释政策，要替修路的老板们催补交的钱款，那可是一项老大难的工作。

张雅跟修路的老板一商量，老板好表示支持，愿意自己先垫付钱款，替大家修三米的路，群众自缴部分有困难的可以缓缓，不急着先交。反对的村干部就说，老板增加了三分之一的生意，当然高兴，而且三米的路比两米的路好修，浇捣路面时六轮车送料，一倒下来就摊开了，就是三米宽，如果只有两米，反而要叫人扒拉着归拢起来，费时费力，增加成本。

张雅就说，发动群众虽然增加工作量，但如果是对群众有利的事情，群众肯定会支持，我们当然也就不能怕麻烦！再说，这样也能让群众懂得，凡事不能只靠政府，还要自己参与，至于误会，终究是会有真相说话的。

就这样，电站的分界线，在家家户户的水泥路上明显起来。上游是三米，下游是两米，上游的出路宽阔一些，交通便利一些。不光是这样，过路的人就有了议论，说上游的人更大气，下游的人更小气。这就让下游的年轻人大为光火，又无可奈何。过年的时候，两个村子里年轻人开着车子回村，涌到电站游玩，就会拿这个事情开玩笑。

张琴听了，大笑起来，说，我们村的干部好，群众也好，这个三米的入户路，就是大家共同支持的结果。

年轻人接着说，我们年轻人平时不在村子里，村子里的事情都是你们干部们多辛苦，这时候回村子里过年了，遇上了抗疫的事情，这当然是大家的事情，我们当然也得来。

张琴笑着说，什么你们我们，我不是年轻人吗？我也代表你们呀！

年轻人就说，你是年轻人，但不是我们村子的人，还是不能代表我们的身份，当然我们都要向你们学习！你也知道了，我们村子的年轻人，也有有血性的，那个医学院的大学生还勇敢地报名去了湖北，而一个姑娘在县保健院上班，现在已经成了出征

水车简史

的花木兰。张琴说，知道，当然知道，我们村民组建的大群每天都说这些事情！你们才是我学习的榜样！

和年轻人的一番交流，让张琴对小村心生敬意，增添了几分喜爱，就像是寒冷的天里喝上了几口烧酒，巡视的时候，也就不再感到要在这里待到天荒地老、怨天尤人了！张琴心情顿时像那几只白鹭，在库区和两岸青山间轻盈起来，自由飞落。张雅来电话询问情况时，张琴就把自己的感受说了出来，把年轻人的交谈说了出来。

本来张雅想在这里守卡的，但张琴坚决反对。她说不可能让一个准妈妈在这寒风中站岗。她就主动要求替换原来的安排，来到电站的卡口值班。张雅原是想，这里是薄弱环节。九生冲卡的事情说明了这一点。这里是通往邻县的交通要道，而嘉欣最大的可能，就是沿着这个环形跑道去了下游的姑姑家，只是到现在还没有找到。张雅见张琴有决心吃苦，也就安心回到村委会，一边安排找人的事情，一边让张琴留意嘉欣的身影。

张琴坐在电站边卡口，正想跟李勇打个电话，问问李勇在干什么，突然看到九生开着车子过来了，打开车门，和葛芳一起下来。张琴原以为是九生相亲之后要送葛芳回去。九生有路条，打个招呼就可以放行的。九生却多此一举，停车熄火，来到了卡口边。

张琴说，九生来了，你是要送新娘子回娘家吗？不用下来，我移开木杠就行，你是张书记开的第一张路条，特殊得很啊！

张琴听说过九生的事情，她和张雅一样，是希望九生复婚的，正如希望嘉欣的妈妈能回村子里来一样，所以对九生相亲有些不适，说话的时候就有些带刺了。其实，张琴对葛芳也喜欢，觉得年饭时她的表现是不错的。但嘉欣和晶晶的比较太明显了，从情感上讲，张琴也希望九生复婚，似乎这样嘉欣的妈妈就增加了回来的可能。

当然，张琴也知道这样的逻辑是讲不通的。每个人有每个人的境遇，每个家庭有每个家庭的特殊性。张琴跟着张雅来驻村，在了解村民的时候，虽然努力分类，比如贫困原因呀，比如家庭结构呀，会有许多种分法，但其实分类只是个大概。

要说准确的分法，就是按家庭完整和不完整分，这是最大的分别。而张琴以此归类时，发现那些困难户的家庭不完整的占了一半以上！要么是光棍，要么是离婚，要么是失联。这样的家庭，往往像独轮车，容易陷入命运的泥淖。

九生倒好，时来运转，妻子愿意回来复婚，现在又找了一个称心的新娘！九生当然听出了张琴的口气，说，我不是来冲卡的，也不是去相亲，而是来送供暖的电热器，这么大冷的天，你们守卡真辛苦！

张琴听了有些意外，又说，有这份好心，你去送给张书记吧，她可是你要重点报答的对象！

九生说，我给全村各个卡口都送了一台，全村的人我都要感谢，感谢政府帮我脱了贫，如今国家有难我要回报绵薄之力。九生说完，回到车边，和葛芳一起把电热器搬下来，送到电站小院的房间里，开车走了。车子不是往下游去，而是回上游的村子里，回保障房里。

张琴想，葛芳不回去，保障房里怎么安排两个女人呢？一个后妈，一个亲妈，晶晶是什么感受呢？张琴突然觉得婚姻是一座火焰山，那里有光，有热，也可能制造灾难。

张琴送走了九生，就一个人走到大坝上，急切地给李勇发了一条微信，你在干吗？

张琴其实知道李勇在干吗。两人本来是约好要来一起值班守卡的。春节下乡，这是上天安排的好机会，居然过年的时候能见面，会在工作的村子里遇到回乡的男友。但李勇说有事，要去打路条。

说实话，在李勇的村子里驻村，张琴真的觉得好别扭。李勇的父母每次看到张琴，总是神色异样、满面笑容。这样张琴就更不自在了！张雅曾经打趣过，跟张琴说，你驻村跟我不一样，你驻村是提前"嫁"到村子里来了！

张琴觉得，在这偏远的村子里工作可以，要"嫁"到这个村子里来，那当然并非所愿！当然，这个"嫁"是传统意义上的，比如安家落户，比如生儿育女，比如孝敬公婆。但看到九生的婚姻，看到嘉欣母亲的出走，张琴竟然觉得自己的驻村，就真有了"被嫁"的推想！

张琴和李勇还只是恋人，当然没想那么多，那么远。喜欢一个人，自然而然会喜欢这个人的故乡。只是一想到嘉欣妈妈的出走，张琴就觉得自己的工作和爱情的内容，充满悖论色彩！

李勇当然有着幸福的童年。李勇的父亲是老支书，张琴笑他是官二代。在村子里散步，梅江边的环形跑道，老渡口的大桥，电站边的高山，河湾边的枫树，山上的瀑布群，学校的钟声，都会让张琴想到李勇，想到李勇小时候的样子。张琴常常停下脚步，给正在城里上班的李勇发一条微信，说，我在寻找你的童年！

　　李勇有空的时候，就会用语音讲讲小时候在这些地方的故事，比如捉鱼，比如抓鸟，比如摘野果子。有一种沙丁鱼，最好抓了。你透过清澈的江水，看到沙丁鱼伏在沙滩上，抓起一把沙子，朝江水撒下去，那鱼就一动不动，伸手到江水中捉就是，仿佛撒沙子时制造的声音，有致幻的作用！

　　但是，最让李勇感叹的是，现在的库区完全改变了过往的沙滩，村子其实完全不是原来的样子了！李勇说，你看到的村子，不是我童年时的样子了，正如你看到的我，永远不是我的童年。

　　张琴就说，那我们永远错过了彼此！现在的村子，你并不熟悉，而我比你更熟悉！

　　李勇就说，不是错过，而是交集和重叠，我当然知道现在的村子，跟你所知道的一模一样。于是，张琴就跟李勇说起了嘉欣，说起了嘉欣母亲的出走。这倒让李勇无法回答。他一直在外考学和上班，当然不知道村子里乡亲们后来的事情。张琴于是开玩笑地说，要是我，也会出走的，那么穷，那么偏远，一个人嫁到村子里来，看不到希望！

李勇说，你由于工作的原因，提前"嫁"到村子里来了！现在你的使命，就是改变村子，而不是逃避！贫穷不可怕，可怕的是没有勇气面对和去改变！不论你跟乡亲们发生什么冲突，不论你对这个村子会有什么不好的印象，这就是我的故乡，我觉得你现在就有了喜欢它的理由和义务，你必须面对这个村子。鲁迅说，爱情要有所附丽。这个村子就是我们的附丽，我们的载体，我们当然也不可能超越尘世！

张琴说，我可不是要嫁到村子来，我是要让你村子嫁到外面去，走出闭塞的局面！李勇听了，不由得放声大笑，说，那我就代表村子努力"嫁"到外面去，跟着你一起去外头闯荡吧！

张琴在大坝上发了微信，等着李勇回复，但李勇好久没有反应。张琴知道李勇不是不愿意一起来守卡，而是打路条的事情有些复杂！他听了张琴说九生要路条的事情，更加迫切地想要路条。虽然张琴意外地进村里来了，但李勇知道公司迫切地需要成功的喜讯，来迎接不久到来的巴塞罗那博览会。

张琴无聊地在大坝上浏览。张琴有些不是滋味。两只白鹭飞越大坝，往上游去了。张琴又有了要在这待到地老天荒的感觉！她行走在村子里，总不时会冒出这种感觉。

一年前，张琴还在全国的城市里奔波，为公司的业务东奔西跑，从事一种叫营销的活，被一张张飞机票支得团团转。张琴对考回家乡工作充满怀疑，倒不是怀疑这样的工作，而是对环境的陡然切换充满不适！每次在村子里仰头看到飞机滑过，一条白色的带子在天空晃动和变幻，她就不相信自己这是身处现实。她曾经在这样的白带子上奔赴远方，一年前在飞机上，她从没有想过有一天会深入下面的群山，成为一个驻村干部！

张琴跟张雅说过这种感觉。张雅没有安慰，也没有鼓励，只是淡淡地说，你这可简直是仙女下凡的故事。

张琴考回老家，最大的动力是李勇。现在，两人居然同在一个村子里，但李勇很快就想着回公司，要路条，不能陪她来守卡。张琴不是不理解李勇，但总是有些酸酸的。这就是命运！

张琴继续在大坝上巡视。不时瞄一会儿手机微信。李勇有没有要上路条呢？这倒成为那个下午的悬疑，一直盘旋在张琴的心里。

8. 烧　钱

　　留金坝，是一个老渡口。电站和大桥修建起来，渡口就结束了使命，村子变成了一个库区的移民新村。两岸的移民都集中在这个新村建房子，有本村的，有外村的，有对岸的，有山那边的。房子都是规划好的，按照店铺的样子建，拉了四条街道，还修建了一个农贸市场。

　　最初，这个新村想打造成一个江边的集市，代替原来山脚下的那个老集市。那老圩被山岭困住了视线，实在腾不开地方。但新村建起来后，并没有人来赶集。赶集的人，习惯于老地方，哪怕它旧，哪怕它狭窄。这样，新村就只是一个村子，没有形成集市，让规划的人叹息。

　　但新村的人，倒是捡了一个好地方，大家聚集在一起居住，人气旺了，基础设施也好了，虽然不是集市，但也有了四五家小店，卖起了日杂用品。村委会就在新村的南边，紧邻着进村的拱桥，也紧邻着街巷的小店。

　　老渡口毕竟有一点商业的底子。这里原来是船家落脚的地方。以往，老渡口还是一个码头，放排的，走船的，到了这地界

66

都要泊下来，上岸沽酒寻乐。木排来自上游的城镇，白鹭镇上游还有几个江边小镇，大都在支流的入口处，汇聚着木头，也汇聚着人气。到了这个老渡口，就在出白鹭镇的地界，往下游是离乡，往上走是归乡，老渡口就成了显要的驿站。

吃了老渡口的酒，就要往下游的风波里去，走船放排的人，往下顺着梅江走，进入贡水，转入赣江，走过十八滩，到了九江星子，一路风波里都会记着这老渡口的酒。这里的人善于酿酒，黄酒，谷烧，度数有高有低。就是不喝酒的人，也会迷上一种薄酒。

那酒，是水酒剩余的酒糟，再用谷烧的工具逼出来的一种白色液体。它没有名字，人们就叫它薄酒。它只是水而已，但喝过的人会问，怎么这水里有酒味？空腹喝了，也会有隐隐的醉意，会问，怎么水变成了酒？这酒其实只是当地人的一种饮料，解渴，但也有不少粉丝。走船的人家，总有些是不善酒的，但可能就喜欢这薄酒，当作饮料喝，当作酒喝，随你自己的心意。这酒惹得不少人喜欢，一是便宜，一是一般不会醉，不误事。

老渡口由于是个码头，这里当年就建起了一个粮站。这地界油茶山远近闻名，粮站兼做了油站，收购了村民富余的茶油，运到下游的城镇。有粮，有酒，有油，这岸边的村子就自然是个富庶热闹的地方。正因为有这些商业的底气，人们都以为趁着库区移民，这里会出现一个新的集镇，不亚于白鹭镇。但是，新村始终只是一个村子，始终变不了集镇。

话说这新村没变成集镇，但有些人事，却朝着集镇的方向走了几步。开始时，政府动员了一些做小吃的，开店的，卖杂物的，来新村里开圩，热闹了好几个圩日。圩日用的是老集市的圩日，赶的是农历二五八，跟白鹭镇的三六九错开了。白鹭镇的工商分局，有几个干部管着老集市，新村建起来后，雇请了个当地的威势之人，做起了市场的协管员，在新村吃喝了几天。

新村的集市最终不了了之，这个当地的协管员也就不明不白，时常出现在新村。小店的人看见了，还是免不了点头哈腰讨好。有人说，他不是协管员了，也就不是公家人了，虽然还戴着墨镜，装腔作势，是骗烟抽骗酒喝的。有人说，他还是公家人吧，有一回他带着工商局的干部来到新村，检查小店的烟草和货物日期，有模有样，还像个公家人。

自然，新村的小店，是"墨镜"常去的地方。当然，小店是村子里所有人最喜欢去的地方，是村子里最热闹的地方，谁都爱去。这里虽然没有集市，但小店能形成简易的集贸活动。人们来这里买点油盐烟草，顺便坐在一起聊个天，亲友相遇请个酒，也来这小店。而小店也制备了一个牌桌，喜欢打牌的人也就有了个免费的牌室。当然，打牌的人，会在小店里消费，喝个水呀，买包烟呀，小店就有了人气，各种人间消息在这里传递、集散。

话说这"墨镜"人长得高大、风流，人们对他的看法，主要不是在街市霸道惯了，而是关于他有太多的传闻。尤其是这几年，只要有他在新村出现，绝对是一个重要的新闻。李勇并不知道这个规律，他要找村支书打路条。而村支书的家，就跟这家小店相邻。

李勇路过小店的时候，店门口聚集了几个人，其中就有"墨镜"。这已经有些异常。照理说，虽然是过年的时候，虽然是小店，但疫情的时候，人人都待在家里，小店怎么能聚集呢？村里的干部哪去了？没有好好管管！李勇有些愤愤不平，想跟张琴说说。

这时，李勇看到张琴发来的微信，问，你在干吗？李勇笑了，知道这是恋人之间习惯的套路。问你在干吗，其实就是说想对方了。李勇刚想回复，又觉得不好说明情况。李勇没有干吗，去找村支书要路条，这是早就跟张琴说了的。但究竟在干吗，为什么在小店前停下脚步，他也说不清楚。他倒是想跟张琴汇报一个情况，村里的小店，有村民聚集，这是疫情期间不允许的！

但李勇还没有回复，就被小店门口的一幕惊呆了！那个"墨镜"，手里抓着厚厚一沓的红色钞票，居然放到了打火机前！

李勇听不懂"墨镜"那些激动的言辞，以为那是要验钞，看看钞票是真还是假。用火验钞，李勇倒是听说过。但那火凑到钞票前，居然不移开，一任燃烧起来。"墨镜"一边烧钞票，一边朝店内外的人说，以为这是钱能摆平的事情吗？你们看，我不是要钱，我就是要出一口气！

可惜现场的人实在不多，只有店主，还有几个邻居。"墨镜"很不满意现场的气氛。但是没办法，村民大多是守法的良民，并不怎么敢违反规定出来看热闹。小孩子闻声过来，又被大人劝回去了。"墨镜"似乎感觉烧钱的效果不佳，似乎没有达到理想的效果，就加大了嗓音发表愤怒的声明。

要不是疫情，这大过年的，小店前准围得水泄不通了，一场大戏会更加精彩地展开。"墨镜"没有泄气，又抓起一把钞票点了起来。李勇非常奇怪，怎么说，这钱是在小店烧的，怎么说这小店的店主，作为邻居，都是乡里乡亲的，怎么能默许这些钱就这样白白地烧掉，那可不是冥币啊！

李勇不明白，就有了弄明白的傻劲。那烧钱的举动，就像是他遇到的茶油乳化现象，这太意外了，一定有什么奇怪的原因！让李勇奇怪的，还有人们漠然的反应——既不劝阻，也没人安慰，就让那"墨镜"再次点起火来，以烧钱泄心头之愤。李勇忘掉了路条和张琴，冲了过去。

李勇说，大哥，这是钱啊，怎么可以烧来玩呢？你不是疯了吧？故意损坏人民币，这是违法的。

李勇常年在外，又是个年轻人，平时乡亲们并没怎么认识他。"墨镜"看到有人过来劝阻，更加兴奋起来，似乎终于达到了吸引人们的目的，但对这个冲上来的陌生人感到疑惑。

李勇抢过钱去，弄灭了火苗。"墨镜"有些意外，愣了一下，随即似乎明白了什么，又大喊起来，说，你说我疯了？你是谁？哦，我明白了，一定是你老子叫你过来的，心疼这些钱吧？哈哈哈，那个缩头乌龟，自己不出来，派出来一个小后生，你以为躲得掉这场大事吗？一人做事一人当，你敢侮辱我，我就敢要你的狗命！小子，滚开，回去叫你老子出来！

李勇更加疑惑不解。自己的父亲做了什么事？这是父亲的钱？是赎罪的钱？李勇百思不得其解，只好走进小店，对店主说，这人怎么了，大过年的，发起疯来？

店主叫路路，是李勇的叔叔。路路说，你别管，他不是冲你来的，也不是冲你父亲来的，这事管不得啊！你赶紧回家去吧！

李勇却不愿走开。烧钱的事情，就像破乳的事情，一直塞着他的身心，他总有个执拗的劲儿，想弄个明白。这时，"墨镜"似乎喊得嗓子有些着火了，走进小店来，说，来罐王老吉，这狗东西不敢露面，我倒是要看看，想通过你来送钱，想通过钱来息事，没门！

路路说，都乡里乡亲的，又是大过年的，还是算了吧！人家过年从外头回来一次，不容易，而且是诚心诚意要跟你道歉，把事息了，这事都几年了！

"墨镜"说，他做的事情太绝了，哪能就这么算了，哎哟喂，想起这个事情来，我就受不了，那对狗男女做了坏事，还要故意让我知道，这不是成心不让我活吗？哎哟喂，你们不知道，那放出的话多难听啊！

李勇很好奇，是什么事情让两个人结上了梁子。狗男女，到底又是指谁呢？有什么仇怨，是钱也不能摆平的事情呢？

"墨镜"喝完了王老吉，又开始愤怒地声讨。哎哟，想起来就太难受了！你想想，我回家去，居然不知道那人就躲在我家床底下，居然抱着个茶钵又擂了一次！你说说，这气能受得了吗？这是钱能消的事情吗？我一定要找到他，当场打断他的狗腿！

终于，李勇听懂了一些内幕，原来说的是男女之间的事情。这时，村支书听到隔壁小店的热闹，走了过来。他对"墨镜"说，老哥，你怎么到这村子里来了？我可没有给你开路条啊！

"墨镜"说，书记来了正好，管管你村子里的人吧，可太欺侮人了，还想用这钱来平息这样的事情！哎哟，想起这事情我就受不了！难道你们能受得了？！我要找出那个人来，既然托人捎了钱来，就说明回村子里来了！

路路说，人家是托我办事，我也不知道有没有回村，钱是人家从银行里取出来的，寄在我这里，要我当个中间人，让你别揪着不放，做错了的事情，总得有个回头的时候啊！你就消消气吧。

李勇跟村支书打了声招呼，说，这是哪边过来的人？不是封村了吗？怎么会出现在这村子里呢？

"墨镜"冲李勇说，年轻人，你不认识我，我可认识你，我差点把你当成那狗东西的儿子了！我的事情跟你没关系！我想起来了，你是科学家，是老支书的儿子，这我想起来了，可我在村子里，也是有声名的人啊！这四邻八乡的，集市上走的人，谁不知道我的大名？居然还敢来侮辱我，你说我是能欺侮的吗？书记，这你可得为我做主！

村支书说，回去吧，路路不是说了，那人不一定回村了，只是托他带个信，是来向你赔罪的，谁敢惹你啊！这大过年的，人人都不敢出门了，你也不要乱走啊，会让我们感到为难的！防疫的政策人人要遵守，回家去吧，消消气啊，我不追究你冲卡乱走的！

"墨镜"听了书记的话，嘿嘿笑了，说，我可没有冲卡，我也不要你的路条，我是走水路偷偷溜过来的。路路说店里有人给我寄了个东西，我不知道是这赎罪的钱，就急着来取了！

村支书说，回去吧，回去吧，大过年的大家和和气气的啊！你这喝醉了，不要再走水路了，这样危险！叫路路送你过去吧！我跟守卡的人说一声！村支书说着，让路路推出摩托车，把"墨镜"扶上了后座。

摩托车离开了，村支书刚要转身离开，李勇赶紧前去说，书记，我要开一张路条，听说有特殊的事情，是可以打路条的！村支书吃惊地说，特殊的事情，你能有什么特殊的事情呢？不是好好回家里来过年吗？

李勇正要详细解说破乳攻关的事情，村支书又拿起电话，跟守卡的人说话。刚放下电话，要跟李勇聊天，手机又响了起来。

9. 高寨

老渡口变成了库区新村，南山的油寮停了，走船放排的人从此没有了，粮站的屋子也变成了养猪场。老渡口的酒有名，养猪的人也多，那酒糟便有了去处。新的村支书，就是养猪杀猪致富了，成为当地的说话人。新村建起了六排店铺式的房子，村支书的家就在中间。

那天下午，在大坝边守卡的张琴一直没看到李勇的微信回复。李勇本是找村支书要打路条的，但还没有要成，反倒是看了一场好戏，给张琴回微信的事情就忘掉了。把"墨镜"送走以后，李勇把打路条的事情说了，但村支书却忙得没时间来跟他说话。

村支书被卖鸭子的秋生给缠住了！村支书引着李勇回到家里，一边指点李勇坐下，一边继续在跟秋生打电话。李勇听出来了，是在商量鸭子的事情。

村支书叫曾欢迎，但乡亲们一般就叫职务，不带姓名。如果叫曾书记，会被误以为在讽刺假书记。如果叫欢迎书记，会被以为是在接待领导。村支书是李勇的父亲一手培养起来的。脱贫

74

攻坚那阵子，村容整治排名留金坝落了后，在小镇排名倒数第二，按规定后三名要表态发言，老支书拉不下面子不肯表态，就申请辞职，被安排去敬老院工作了。

曾欢迎是个中年汉子，瘦瘦的，是村子里的养猪专业户，兼做着屠夫。李勇只好耐心地坐着，听村支书处理卖鸭子的麻烦。虽然"墨镜"的故事他没有完全听明白，但秋生鸭子的事情，李勇还是听得比较完整。

中午村支书刚从各个卡口检查回来，就接到镇长的电话，要他亲自去各个村子里排查，看有没有准备办酒席的事情，说是要深入宣传发动，不允许出现偷偷做东道的事情，告诉乡亲们今年情况特殊，寿宴婚宴谢师宴之类的，一概要取消。

村支书去一个西头村子宣传的时候，冷不防秋生站到了他跟前。那个村子，正好有一户人家准备着正月初六做东道。儿女平时不在家，过年正是订日子做结婚酒的时候。一个村民正在反驳村支书，说，这好日子是订了的，好日子能随便变更吗？

村支书故意扶了扶口罩，说，好日子以后还会有，但这疫情传播开来大家都没好日子，需要大家配合支持，为了大家的健康安全呀！大家散去吧各自家里待着，可不能聚集哈！回家里吃鸡鸭去！

秋生这时转到了村支书的跟前，说，书记好，你说不能做宴席，我有点不太相信，你说好事可以后再办、宴席以后再整，但是你们有没有想过，这些准备好的鸭子，怎么办呢？

村支书一看秋生，就知道他说的是什么意思。

秋生家养的鸭，是政策提供的免费扶贫项目，以巩固他们家的收入。到了年关，正好村支书准备为儿子做婚宴，就叫他不要卖，给秋生付了定金，说是帮他销售一部分。现在，却听到婚宴要取消，秋生就坐不住了，跑出来跟村支书说，难道你们家的婚事也不办了吗？

　　村支书说，那当然，我还能搞特殊吗？放心，鸭是我预订了的，我做事会讲信誉、讲诚信，你先养着，我迟早会买下来！秋生有点疑惑，又点相信村支书的话，点了点头随大家散了。

　　但是，过了一会儿，村支书正在劝解"墨镜"的时候，秋生又想起了鸭子的事情，觉得有哪里不对劲，于是又打起了村支书的电话。秋生说，我这是替村支书养着，但这样拖着不出手我可养不起，每天吃着谷子玉米，会把我重新吃成一个贫困户。村支书就在电话里说，鸭的事情再说，现在头等大事就是对付疫情，保证大家平平安安！

　　秋生说，哪能再说，鸭子跟人一样，天天要养的呀！村支书说，放心，不会亏待你，我这忙着，先挂了哈！村支书关了手机，对李勇摇了摇头，说，这疫情来得真不是时候，大过年的，把一切都打乱了！

　　李勇说，可不是，我本来计划着初三过完年就回公司的，现在看来要耽误一阵子时间！村支书说，有这么要紧的工作吗？现在可是全国都停了下来，公司工厂，哪能开工呢！

　　村支书的妻子端来了果品，冲着村支书发牢骚，说，亲家那边怎么交代呢，他本来是一个多事多嘴的人，要解释你去解释吧！就怕他到时责怪我们不懂规矩，哪有定好的日子随便变换的！

村支书没好气地说，需要怎么解释？！自己不会看电视？！中央领导会跟他解释，为什么不能按原来的好日子！

妻子说，你冲我吵有什么用，你家儿子儿媳自在家里生气呢，说是有的村子正常在搞宴席，也就一个村支书的官帽戴着，那么听上面的话！

村支书说，别人家里要造飞机，难道你也去不成？！你们理解也好，没理解也好，说什么官帽不官帽，这事情总得有人出来做，如果疫情传播开来，那东道还会是什么喜事？！就会变成白事！你没听说隔壁那个县，已经有一个赤脚医生感染了？！邻近的村子大家都闹得特别紧张！这时候还敢做东道，简直是狗胆包天！

妻子嘟嘟嚷嚷着，走一边去了。村支书对李勇说，你看，最难做工作的还是家里人。听说婚宴要取消，儿子媳妇和妻子都炸开了。我家那媳妇跟张书记一样挺着个肚子，宝宝有四五个月了，如果取消婚宴，那就要等着出生宴一起做。妻子为此生气，说上头管得严，村子里未必需要这样严。上有政策下有对策，天高皇帝远的，上头怎么能知道？！

李勇说，这时候是够难的，否则人家驻村的干部也不会从城里赶进村子里来，支援村子里的工作啊！

村支书说，是啊，所以你就安心在家里待着，公司的事情，有那么重要？再说张琴也进来了，这不正好可以一起共度寒假吗？

李勇说，哪里还有寒假，只有共渡难关！但我的事情，真的是不一样，比九生相亲的事情更紧急。我们破乳攻关的事情，一点也耽误不起！这破乳，到了关键的时候，就在冲刺的时候了！

村支书说，破乳是什么我不懂，但我眼下实在没时间听你解释，我还有一个村子没有巡视，这是镇长交代的，我得接着去跑完啊！等我到高寨巡视回来，再听听详细解释！

李勇说，可不能再耽误了，我明天是一定要出去的！

村支书说，你不会像"墨镜"一样走水路吧？！告诉你，现在你出了这个村，下一个村你还是走不了！

李勇说，所以，我非常需要你的帮忙！我这个实验这个攻关，可关系着油茶产业发展的前景啊！

村支书说，你说的先进技术我不懂，我们这山里头世世代代种油茶，茶油是这们村的特产，那加工也是老祖宗传下来的技术，几千年了吧，如今只是电力代替了水车，高寨那油寮也破败了。我们村也有油茶山，十来年前倒是改造好了，新种的也一大片，虽然不是你们绿野公司的，但这是村里将来的产业，你们做好了加工，我们就能放心种油茶了！

李勇说，我们绿野公司可不只是做加工，从种植到加工的技术都有。当然我个人只懂得加工生产线的事情。但我这个事情非常关键，推迟了茶油就可能会失去走出国门的机会！

村支书说，路条的事情我再跟镇里汇报一下，你在家里等消息吧，科学研究争分夺秒，我这抗疫宣传也是争分夺秒，我得上高寨走走，那是个最偏远的村子，他们躲在世外桃源里，特别容易侥幸，十有八九是不听指挥的，会自顾自办起宴席来，这几天镇里的干部突击检查，说是偏远村落里发现了不少做寿宴的。

快到傍晚的时候，李勇就接到村支书的电话，让上他家一趟。李勇以为是打路条，但村支书没有说路条的事情，倒是说起了找嘉欣的事情。

原来，村支书告别李勇后，就骑着摩托车往高寨跑去。过了涧脑排，坡度就开始大了起来，山路虽是水泥路，但这些年高寨进进出出的车辆实在多，水泥沙子石头，都是重东西，路面就有不少残损。摩托车吼叫着，呜呜呜地终于吐了一口气，到了最高处的一个隘口。村支书把摩托车支在地上，让这喝汽油的动物休息休息。

回望梅江，一片宽阔。群山四散而去，又向自己的村子围拢而来，鞭炮声远远近近，零零星星，像一群被人追赶的鸟，在群山之中飞翔，消失。右边是一座银光闪闪的电信塔。塔的四周，就是漫山遍野的油茶林。这是村里合作社的油茶林，今年就要进入旺果期。

而山谷的对岸，漫山的油茶林则是老油茶林，更加茂盛苍翠。油茶是花果同期的，秋冬时节采摘的时候就花蕾初结，到了冬天白花全面盛放，像是迎接春天的到来。过年时正当季，雪白的油茶花如涛如雪，在风中飘送着香气。

村支书摘了一朵。花蕊里有一只细小的蚂蚁，村支书拔了一枝草茎，轻轻把这小东西拨拉出去，把花蕊放到了自己嘴边。一阵甜蜜沁向心里，村支书暗自笑了。村支书想起了小时候的事情。

村支书更想起了李勇说起的油茶产业。说起来，油茶曾经是村子里的宝。大集体的时候，这村子耕地少，但山里油茶多，油茶是跟别人村子里交换粮食的产物。当年，村支书还是个小孩子。每到中秋时节，月饼的香味还在嘴角，人们就提着竹钩和扁篓，上山去了。小孩子跟着大人上山，采摘的欢乐并不比大人少，采摘的成果也不会比大人小。

那时候，村里的油茶山主要就在高寨。那高寨的油茶树，乡亲们叫木梓树，有的高大无比，能从山涧的这边伸到对岸。相对于其他农活，上树采摘小孩子比大人灵活，伸到涧水中的大树，也只有小孩子们能够采到。

记得有一回，村支书和小伙伴跟着乡亲们上山，队长把瀑布群边的几株大树派给了他们，让他们承包，四个小伙伴只要采完了，就可以休息，可以计一天大人的工分。四个六七岁的孩子攒足了劲，为了能提前，为了能尽情在山野里啜花蕊、摘木泡、追野鸽子。

山上传来了唱歌的声音。那些调子有些老，但大家也听习惯了。唱歌的有老人，也有年轻的女子。"满山木梓开白花，满山屋子（呃）显光华，（哎呀）祖祖辈辈冇见过，千人万人笑哈哈。"这是老人的声音，村支书听出来了，那是他的爷爷在唱。

有一株树，正长在油寮的旁边，枝叶甚至从临溪涧的一边探进了油寮的木窗。几个小孩子犹豫了一下。那枝柯就在溪水上面，如果不小心，就会掉进溪水里。村支书那时瘦小，就跟小伙伴说，还是得他上去。他带着竹钩，背着扁篓，坐在大树中间的大枝杈里，把竹钩伸向远处的枝梢。风一阵晃动，竹枝向溪里沉下去，大家惊叫起来。

村支书灵敏地把脚一收，树枝又弹了回来。油茶树的木质坚硬，只要踩对了方位，那枝条就不容易断。最末端的那一枝有几颗饱满暗红的茶籽，竹钩总是够不到。踩过去，枝断人坠，当然不行。放弃它们，又非常可惜，好好的果实留在山野，是集体的损失。伙伴们被那几颗茶籽激动得大叫，说这样好的茶籽，十颗就是半斤油！

最可气的是，伙伴们居然打起赌来，让村支书进退两难。采不到，完不成任务，被伙伴小瞧。他沉思良久，终于想到了一个办法！他从大树上溜了下来。伙伴们一阵叹息。他没有回应，悄悄绕到对岸，走到了油寮边。他把竹钩从木窗里伸了出去，枝条听话似的来到了窗前。他贴着窗子，把枝条拉到跟前，十来颗暗红的茶籽采到了扁篓里。

伙伴们折服了！那一天，他们提前完成了任务。大家在山野上玩了半天。在树林里捉了几只竹鸡，当然也看到了一些不该看的事情。捉竹鸡的时候，草木深处，藏着一对年轻的身影，两个人紧紧抱在一起，看不清楚是谁的姐姐、谁的哥哥。村支书没有惊动这两个人。下山的时候，他跟伙伴们说了，伙伴们惊讶地猜测起来，都说是对方的哥哥或姐姐。

村支书说，没有看清楚面孔，但我们可以猜测，等下听他们唱歌，就会知道的。果然，不久山野里传来了情歌：满山木梓（呃）叶又浓，木梓蔸下好谈情，要有哪人会（哇）崖，摘了木梓捡木仁……伙伴们特意钻到林子里去看，却是一个中年妇女，声音清脆，像一个小姑娘。伙伴们都猜错了。

不远处，又响起了歌声：木梓打花（哎）连打连，今年开得格外鲜，哥哥报名当红军，老妹送你到村边（啰）。马鞭竹子（哎）节节连，一节唔连双成鞭，打垮白匪得胜利，全靠工农心相连（啰）……放闲的孩子们又钻过去看，果然是个年轻的女子，但那是在跟着年纪大的婆婆学山歌。

转眼间分田到户，村支书初中毕业没有考上高中，就回村子里务农。秋冬时节，油茶山再没有以前集体时的热闹。油茶林东一家西一家，采摘季节过后，有的人家会铲草肥林，有的人家任凭荒废。

老支书，就是积极响应油茶改造成为村支书的。那时，年轻人都到外头打工去了，留在家里侍弄油茶效益不好。政府派了人来，指导他们叫低改。原来的村支书不肯改，说树就是越高大越好，每片山场都有树王，再怎么科学，也只是铲草加肥，哪能把好好的枝条砍了，把高高的树砍了，变成低矮的灌木？

原来的村支书还开了句玩笑，说，如果油茶树都改了，哪里还有擂茶的棍子？都成了矮矬子，那要找根像样的擂木，到哪里找去？这句话后来一直在村子里流传。

技术员见老支书顽固，拿他没办法，就回镇政府汇报去了。

那些年，李勇的父亲分田后做起了生意，走南闯北增长了见识，也把油茶的收益账算得明白。他知道低改后油茶的收入远比擂茶木重要，于是就到镇里跟干部说，他们家的油茶山愿意低改，请技术员前往指导。

就这样，山改了，村支书也改了。

到了新千年，国家大力发展油茶种植，老支书又支持村里发展，开辟了一片新的油茶林。那时，绿野公司在村子里开辟了山场，也派人来村子里谈合作的事情。条件不错，比如以林入股，以山入股，进山务工，但老支书信政府，不信公司。他以一个老生意人的精明，总认为那是公司在谋取他们村子里的财产。

公司的人只好走了。老支书没想到，自己的儿子却进了绿野公司，虽然不是负责种植管理油茶树，只是跟着教授研究加工，但毕竟是公司的人。公司叫儿子回村洽谈，但终究没有说服父亲。公司只好作罢。

曾欢迎作为新一任村支书，现在，正在去往高寨的路上，自然对高寨的油茶林充满温馨的回忆。他把摩托车支起来，采一朵花送鼻子边，依然是令人觉醒的清香，只是岁月的长河在这清香里，哗哗地流淌，转眼小伙伴都成了大伙伴，除了他，大多到外头打工去了。

木梓花是希望的象征。在赣南的客家话里，富得流油，是好日子的意思。食油自古是富裕的指标，无米难炊、无油不菜，为此，冬花秋实的木梓树向来为人类所重。收获时节，采果是一项单调而漫长的劳作，从大地上站起来的人类这时重新回到树上，中断行走的能力，脚板左攀右附，手臂高伸远引，一颗颗溜圆的茶籽收入筐中。一家一山，一人一树，思春的青年男女唱起山歌，即使没有应声，也可解除劳作的疲乏。

新种的油茶林快要进入采果期。这让他又是高兴，又是担忧。虽说加工的技术在改变，水车不再派上用场，榨油可以用上电力，但翻晒和剥壳仍然是头痛的事情。以前家家户户进冬以后，晚上没有电视娱乐，老人们都窝在家里，一边烤着灰火，一边在漫漫长夜剥壳。多少沉寂的乡村时光，就在一片又一片茶壳里解体、消逝。那些乌黑的茶仁，像是婴儿的眼睛，在一灯如豆的土屋里，看着安静的人间。

老人们，慢慢老去。年轻人在外头做工。这茶山，采下来就是大片，要变成仁，那需要多少枯燥的劳作！村支书不敢想象，自己是否还有当年那样的耐心。村支书觉得，李勇要发明的倒不是先进的榨油技术，现在已有这省力的机械，他们公司要研究发明的，是剥壳机器！

回去，得跟李勇说说。村支书一边往高寨骑去，一边想着，摩托车的轰响在山野间飘荡。

高寨就在南边，翻过这道山梁就是。溪水哗哗地传来，那是高寨的瀑布群。村支书抽了支烟，听着这阵阵瀑水声，感到天地无边的空阔，而新年带来的时间，也让他感到岁月的空阔。而这一切空阔，都被疫情死死地掐着脖子。村支书丢下半截烟头，踩上一脚，就发动摩托车继续前行。

高山出平地。高寨真是奇特，深山里一个小盆地，海拔高。村口就是一座拱桥，桥边两棵苍松像是山寨版的迎客松。深厚的溪水从拱桥下吐出，立即跌落成轰鸣的瀑布，拱桥加了铁栏杆，青年男女拿着手机在拍照，穿着时尚，一脸喜气。走在桥上，看着瀑布和险峰，真有种隔水问樵夫的意境。

宽阔的平畴，残留的莲枝，刷新的房子，鲜红的春联，热闹的牌桌，零星的鞭炮……村支书在寨子里转了几圈，遇到人就跟他们说取消东道的政策。还好，村子里今天没有做寿宴的。

回的时候，村支书拐向了另一条路，从高寨沿着瀑布群，跟着跌落的溪水一路向西。落差非常大，一条新修不久的水泥路蜿蜒而下，村支书频频点刹，不久就看到了那座油坊。这里是瀑水落差最大的地方。路边，一条高大的水沟伸向溪涧，就像一条粗壮的胳臂，把喧嚣的溪流抓住，不让跌落，而朝路边使劲地拉来，放在油坊肩坎上。

夯墙筑成的油坊，建在低处，碾坊的一根支架从油坊的洞口探了出来，咬住了一架高大的水车。但水沟年久失修，漏洞百出，早就没有了溪水，那些溪水被抓到手里，却又被水沟分解成无数破碎的支流，渗回了溪涧之中。而水沟上下草木疯长，只留下大概轮廓，只剩半架水车隐隐约约。

村支书刹车的时候，往水车那边看了一眼。突然，他发现沟渠上的草木翻动倒伏，是新鲜的痕迹。沟渠好久没有人修复了，完全被青草覆盖。奇怪的是，沟边掉落了两只新鞋子。村支书判断，一定有人进沟里去了！

不会是打工回来的年轻人在下面约会吧？村支书这样想，暗自笑了。约会也应该到油坊里面去。何况这鞋子不像是成年人的。他听了听动静，没有什么声音。他停了摩托车，把车子支在路边，摸到水沟边。

　　这时，他隐隐听到有人在沟底呻吟。他拨开草木一看，吃惊地看到一个女孩子躺在沟底，卡在水车的轮轴间，无法动弹。

10. 瀑　布

　　嘉欣看到瀑布之后，才知道自己喜欢的水，是流水。村子见山见水，这绿水青山本不稀罕。村子是个库区，但村边的梅江在她出生不久后就静止了，加上青山的倒影，就更静了。像凝固的胶体，把房子和树木都凝固了。有时爷爷的竹筏和渔网会制造一些涟漪，倒又像是加了无数的丝网，把这静止给网住了。还是平静、平静，像生活一样平静，看久了就疲劳，就无味，就麻木。

　　而瀑布，而瀑布群，会带给人太多的兴奋，太多的遐想。嘉欣还在山梁上的时候，还在攀爬嗡鸣的电信塔的时候，就听到了那不同凡响的水声。

　　当然，嘉欣还没看到瀑布，还没有看过瀑布，只是书上学过，那是李白在庐山时写下的诗篇。嘉欣可不管李白是什么著名诗人，老师上这首诗的时候，她就偷偷地把这首诗给肢解了，七零八碎，都是留金坝的风景。"日照香炉生紫烟"，嘉欣就想着阳光照耀雷公嶂的样子。"遥看瀑布挂前川"，就缩小成电站大坝上那些摔打轰鸣的江水。"飞流直下三千尺"，嘉欣没这么长的尺子，就把大坝上游和下游的河段连接起来，把梅江倒挂起来。"疑是银河落九天"，就想着秋天的夜晚，看到银河落到了高寨这一头。

嘉欣告别电信塔，准备去看看瀑布。她终于知道张书记为什么天天上山散步了，原来就是为了看瀑布、看瀑布群。张书记准是在村子里待久了，那河湾那库区看得太久了，厌倦了，就必须进山去看瀑布群。对，就是这样。

嘉欣从山顶朝梅江回望，宽阔的江河只是一条明亮的线条，长桥大坝，水电站，三面环水的村子，房屋密集，像一些积木。视野里更多就是莽莽群山。嘉欣不知道远处的群山为什么奔跑，为什么向远方跑去。还有更壮观的东西在吸引着它们吗？还有更好的出路在等着它们吗？还是，就像妈妈一样，是受了气？

想到妈妈，嘉欣有些心情黯然。嘉欣几乎想不起妈妈带着她回陕西的情景了。那时嘉欣太小，跟着妈妈回外婆家。坐了不知多久的火车、汽车。嘉欣不知道外婆家是大城市还是小山村，只知道陕西的山河跟梅江边不一样。那里树木少，土是黄土，裸露着，大河里的水也是黄黄的，就是有瀑布的样子也是浑浊的，不像是亮丽的银河。嘉欣看到了外婆外公，他们抱着她又是高兴又是流泪。

嘉欣一直认为，妈妈回陕西了还会回来的。就像以前有几次跟爸爸吵架了，离开了家。只是这次吵得更厉害了，要迟几天回来。嘉欣没想到七八年了，自己还要等下去。嘉欣想，如果将来自己考大学，就要报考陕西的大学，这样去见妈妈就容易了！

就像那些远远近近的群山向陕西跑去一样，她也会奔跑起来的。

但现在，她还没能力跑得这么远。嘉欣也想跑得远一些。她要开始锻炼跑远的能力和决心。

在那山麓上，在洞脑排的那棵桐树上，嘉欣害怕的野猪始终没有出现，嘉欣放大胆子，从树上溜了下来。她准备回家，但又觉得遗憾。张书记天天进山来散步，肯定不是看这个荒芜的屋场。张书记有没有遇到过野猪呢？这野猪肯定不伤人，还怕人，张书记不来散步了，才敢出来找吃的。嘉欣决定继续走下去，看看张书记的散步，是发现了什么天天看也看不够的东西。

原来是瀑布。嘉欣也喜欢。

到了高寨的村头，嘉欣没有拐进村子里去，而是随着溪流往低处去。果然一路上听到瀑水声。高寨的山岭没有庐山那样高大，没有香炉峰那样高大，瀑布是被打断的，仿佛银河落到高寨来的时候被摔断了，一截长，一截短。嘉欣走累了，就坐在溪水突出的石崖上，看到黑熊一样的石头，像爷爷渔网中急着逃跑的鱼一样的溪水，白花花一片。

那流水，真好呀！清澈，透明，比银河好。真实，就在眼前。

它们流动，跳宕，充满生机。它们欢笑，调皮，多么热情。它们忧患，愤懑，像在争论。它们向往的，赞美的，必是憧憬。你看着瀑水无尽地流淌和迸涌，还有什么不能接受和诉说？它们有一条永不磨损的舌头，它们永久的热情仿佛受到天高地阔的鼓舞。它们是风雨造就的，但它们用歌声吻着人间。

嘉欣喜欢读书，学校的图书馆里有好多书。老师说要多摘抄好词好句。嘉欣抄了厚厚的一本，但对好多词语并不理解，只是隐隐地喜欢。她只有六年级的水平，虽然老师说爱看书的人就不只是六年级的水平。嘉欣突然想起了那些好词好句。好词好句突然从脑子里涌出来，和瀑布群成为一个样子。嘉欣把那些不懂的词都塞到瀑布身上：高傲，低沉，疼痛，甜蜜，矜持，开朗，清冽，雄浑……竟然通了！比起庐山的瀑布，比起香炉峰上高高在上的瀑布，眼前的瀑布并不高大，不像高高在上的李白，而像村子里那些普通的叔叔阿姨，一天到晚奔忙着，打闹着，安静着，东奔西跑，又顺着远远近近的路，顺着一年四季的变化，回来。

这瀑布群像冬天的诗章，在昏睡的群山独自醒着。嘉欣看着，想着，有些累了，就起身继续走。半山腰，一座老屋子引起她的好奇。难道有人为了看瀑布群，干脆住到这溪水边来了？她推了推门，几缕灰尘打到她的头发上，她只好拍打着灰尘离开木门，往边上走，朝溪水边走。竟然还有一条大水沟。

就在这时，她看到了那个奇特的东西。是半个轮子。半个方向盘。

那轮子太大了！有一半的木头是破烂的，长着厚厚的青苔，但中间的圆心，那个嘉欣假设的圆心，还在。朝着这个大圆心，有密集的木条向四周散发，但一半的木条断了，因此完整的轮子只是嘉欣的想象。这是嘉欣的思维习惯：看着半块月亮，就能想到十五的月亮；面对妈妈不在的家，就能想到妈妈回来后的家。看到这残损的半个轮子，就能想到一个巨大的轮子！

原来，这座矮小的屋子，竟然是一辆"大汽车"！如果这半个轮子变成了完整的轮子，屋子是不是就像每天进村的公交车，能够跑起来，从这条溪边，跑到梅江，跑到大海呢？嘉欣苦思冥想，就是不知道这轮子是什么名堂。课本里没有。村子里以前没看过。大人从来没谈到过。电视动画片里，也没有。也许有。但由于这是不完整的，像路边偶然出现的几根木头，钉子生锈了，木头腐烂了，除非是丢木头的人，除非是用过这木头的人，否则怎么能知道以奇特方式诞生和转世的木头，叫什么名呢？

嘉欣没办法穿越时光，回到村子的过去，从而知道这半个轮子叫什么名字。直到村支书把她从轮子里抱起来，扶到摩托车上，送回家里，见到又喜又哭的奶奶，直到村支书反复说着一个名词——水车，嘉欣还是不明白。村支书飞快转动的舌头里，"水车"两个字，是指什么呢？难道就是那半个轮子？不对，水车是指那座屋子，那屋子不就像车子一样，有轮子，或方向盘？

嘉欣无法跟大单讲清楚，自己是如何被卡在半个轮子里的。当然，嘉欣现在知道那半个轮子原来就叫"水车"！好听的名字！但她回想不起来，当时根本不像水车，但是它充满神秘的力量，把她叫了过去，沿着水沟，一脚踏空，鞋子被树枝咬走了，而自己，却正好落在水车身上。她想爬起来，但一只手和一条腿，被水车卡住了，酸痛，无法伸出来。从上午到下午，嘉欣叫喊，恐惧，绝望，但这山沟里根本没有人经过。

水车简史

是奶奶说的，"瘟神"把人们牢牢地按在家里，不能出来。这溪涧里，只有嘉欣为之兴奋为之沉思的瀑布，无情地奔流着。嘉欣没想到，自己喜爱的瀑布，张书记也喜欢的瀑布，只能欣赏，无法交流。仿佛无情无义的月亮，一会儿满，一会儿缺，跟嘉欣的等待和期盼，没有一点关系。

11. 夜 色

　　村支书把李勇叫来，当然不是为了介绍救嘉欣的经历。他把李勇叫来，就是想知道这么多油茶林到时剥壳怎么办，榨油怎么办。他问李勇，绿野公司的生产线，真的能生产出外国人也喜欢的茶油？

　　李勇给了肯定的回答。他告诉村支书，公司已经研究出了剥壳的机械，这机械目前在国内还是唯一的，申请了专利。

　　村支书好奇地问，不要人工剥壳了，那用什么剥呢？机器人来剥？那一粒一粒的，就算是机器人也快不到了哪里去呀！

　　李勇说，到时你有机会带乡亲们来公司参观，就知道了，我们公司不是发明机器人，而是发明了机器，用红外线来分辨，剥壳分仁，果仁直接进入烘干室，保持恒温，保护养分，再打磨成粉。烘干室来代替阳光，几千年剥壳的历史，结束了！不需要翻晒了。

　　村支书说，还是你们公司实力强大！那以后我们村子里的茶籽，也可以这样加工吗？

　　李勇说，可以的，公司收购鲜果，而且比市场要高几分钱收购。所以，你们要解决剥壳问题，前提是村子里的茶籽都得卖到公司里去统一加工。只是这样的话，乡亲们恐怕就不大敢吃茶油了，因为它目前价格太贵了！

村支书吃惊地说，为什么？榨油的技术越先进，茶油就越贵？人家都说机器加工只有越来越省事，越来越便宜。

李勇说，首先得纠正你，我们公司的技术不叫榨油，叫提取油。你说的榨油是物理方法，以前用水车，现在用电力，但那样榨取的都不卫生，有股子涩味，放瓮子里久了这涩味就更浓了。我们公司的油是提取的，就是茶仁变成粉以后，把粉里的油和水分离开来，就是纯净的山茶油。这是国际上最先进的技术，研究的费用高，耗费的成本就大，所以目前来说，茶油也就贵。

村支书说，就怕乡亲们按照老习惯，不肯卖鲜果，要自己走老路子。也真是，我不知道你们公司的茶油为什么那么贵，一斤居然要一百多元，比土法的油贵了三倍！

李勇说，我们现在攻关的破乳实验，就是为了降低成本，实验成功后，就可以减少一道程序。

村支书说，如果你们的实验没成功，绿野公司会不会停止收购茶籽？如果真是那样，村里的油坊就得修复了，得重新开始古法的榨油。

李勇听了，笑了起来。李勇倒没有嘲笑村支书无知，而是觉得自己的公司确实应该派出人马做一些科普工作了。村支书的问题，相当于特斯拉的车子被客户投诉，于是有人想起鲁班，问要不要做一辆古代的马车。

李勇把公司的情况做了介绍，村支书得到了保证，心里悬着的担忧终于落地。他告诉李勇，几十户的贫困户，每户五千元，政府给的产业奖补资金都投到这油茶基地了，而今年正是收获期，产业扶贫成败终见分晓，如果收了茶籽无处榨油，那就白费了四五年管理。

但李勇的悬念却没有落地。村支书告诉他，小镇的领导没有答应，说公司科学研究得服从抗疫安排，企业开工得指挥部备案，而要备案得找县里的领导签字。这样程序过于复杂，他签了字就得担责任。村支书劝李勇还是在家里好好待着，世界上这一时还不缺少茶油。

村支书看着李勇离去，突然又说了句，实在要路条，找张书记想办法。正是村支书的这句话，使李勇找到了张琴。而张琴趁着晚上的时机，跟张雅要了一张路条。

张雅休息之后，张琴一直没睡着，虽然守卡守了一个下午。第二天李勇就要回公司，路条还在自己手上，她没办法安睡。于是向李勇发了个微信，睡了没有？李勇似乎在等着消息，这次很快就回复了，没有，等你！

张琴打了几个字，桥上见！过了一会儿，又觉得地点不明确，怕李勇跑到村委会边的拱桥，说，梅江大桥上见！张琴披着厚厚的羽绒服，出了村委会小楼。新村的街巷一片安静。

张琴熟悉这种安静。在小村的岁月里，这样的安静是比较容易到来的，尽管村子里也有跳操的人，也有电视，也有手机，但这些事情制造的声响，都很快会被夜色吞没。一开始，张琴甚至不习惯这种安静。特别是一个人在房间里的时候，在跟李勇、跟爸爸妈妈视频之后，剩下一个人独自承受这种安静，就能感觉到安静就像座山朝身上压下来，让自己喘不过气。

但这个春节的安静，跟往常不一样。张琴知道，家家户户都热闹过，团圆着，喜庆着，村子里的安静不影响人气的旺盛。

李勇从家里出来了，发动了车子，把车子开到了张琴的身边。张琴有些意外，原以为两人散步到梅江大桥，在安静的地方两个人说说话，互相道个别。李勇细心，怕桥上风寒夜冷，冻着了身体。张琴会意地走到车子边，拉开门，坐在了后面的车位上。

车子沿着一条水泥路，朝河湾外驶去。张琴一坐上车，顿时觉得到了另一个天地。车子开着空调，暖意渐起。张琴把路条在方向盘前晃了晃，说，怎么感谢我呢？！

李勇说，这是你应该做的！

张琴笑了，说，哪有这样感谢的？！

车子停在了大桥的中央，江面上一片寂静。李勇并没有熄火，保持着空调的状态。李勇拉了刹车，打开了车门，下去后又拉开了后面的车门，钻进车里，坐到了张琴的身边。张琴说，你过来干吗？在前面不是一样能聊天？！

李勇说，排排坐，吃果果！

张琴知道李勇的意思，说，谁同意你吃的？！李勇却不由分说把张琴拉了过去抱在了怀里。张琴扭了一下身子，就软在了李勇的胸前。

梅江大桥以坚实的脊梁，承受着小村的夜色。桥下，静水流深，神秘莫测，大鱼在深水里恩爱。张琴在车座上翻滚的时候，脑子里突然想起了村委会前的拱桥。张雅说，梅江是多情的，梅江的鱼是狂热的，最懂得爱情！

　　张琴问为什么，张雅说，到时你会知道，到了春天的时候，村委会前的拱桥下，会有鱼的恋爱故事出现。

　　据张雅说，她第一次听到响动，也感到非常惊异。那天晚上，她坐在村委会小楼的阳台上眺望，河湾上波光潋滟，还能看到溪河隐隐从上游流淌而来，在两座高岭夹峙之中东奔西突，最终变成静水深流，进入河湾。岭上树木蓊郁，有时白鹭踩着学校铃声的尾音飞翔，翻飞一阵之后，就落在岭上的树梢。

　　南岸的沿江公路右拐一个直角，就是一道通往新村的河堰，堰坝把河湾一分为二，借助一座丈余宽的石拱桥，河湾便隔而未隔。拱桥是水库修建以前就有的，水库蓄水后桥洞就隐没在水里。那个春天的晚上，张雅半夜醒来，被河湾夜半的泼刺声惊醒。

　　张雅开始以为有人在夜渔。嘉欣的爷爷就经常会夜里下水。她往河湾望去，寂静的拱桥如安眠的野兽，桥面上空无一人，水面上竹筏自横，太阳能路灯的光芒射在水面上，一片波光闪闪，分不清那是晃动的波浪，还是反光，或者大鱼的背脊。星辰的夜空闪耀，银河真实地高悬。泼刺之声连绵不断，一次次让人惊疑，仿佛有巨大的动物在水底升腾，深水中的波纹惊心动魄……

第二天张雅吃早饭的时候，把自己的疑惑跟村干部说了。她说，拱桥下，那半夜的响动不知道是什么情况，响动了整整一个晚上，像是有人投河，但起来一看桥面又不见人影。村干部笑着说，那是谈恋爱的声音。

村干部知道张雅没听懂，又说，现在正是鲤鱼产卵的时节，那响动应该是大鱼的。张雅对张琴说，那声音真是奇怪，那鱼群对这桥洞似乎情有独钟，那翻滚了一个晚上的大鱼，是一群，还是两条？是鱼群在为爱狂舞，还是恋人在双双逗弄、为爱痴狂？从声音的频次和节奏判断，波起浪耸声声缠绵，并不像嘈杂的集体。

张琴故道，张书记这是诗兴大发了，一会儿讲述大鱼，一会儿讲述梅江。但张书记的描述，与村干部的淡定，确实是看世界的不同方式。

一番温存之后，张琴收拾好羽毛，两人开始聊天，用语言来继续情感的交流。张琴有时会疑惑，爱情作为一种情感，究竟是靠什么动力来驱动的？是肌肤之亲，还是深入交谈？前者是纯粹的感性，后者指向理性。理性是深入地认识彼此，一种精神的认识，文化结构的对撞和相容。而感性的，感官的，当然也是交流，肌肤寻找着肌肤，寻觅生理上的信息，那同样是持久而深沉的，是毫不讲理的，是不容中断的，对理性的交融会产生深远影响。

从时间上来讲，理性的交流，语言的交流，比感性的接触会占据更多的时间。就像春节，一年只有一次的春节，人类制造的文明。春节是感官的，也是理性的，是物质的，也是文化的。

而这个春节，由于人类突然面临着前所未有的疫情，与其说是疫情打乱了人类生活，不如说人类有了重新调整自己的机会。而对于每一个个体，疫情给了你无法逆转的停顿和反思、机会和挑战。

在梅江大桥的中段，小村之夜既是相逢之夜，又是分别之夜。两人很快从自身的境遇中脱开，开始了对别人命运的交谈。首先是嘉欣。

李勇把村支书救嘉欣的经历全部说给了张琴听，包括村支书如何去高寨，如何在油寮救起嘉欣。只是他和村支书并没有弄明白，嘉欣为什么会跑到山上去，跑到油坊里去。

把嘉欣带回河湾之后，村支书第一时间把消息告诉了张雅，免得她继续担心。张琴也第一时间知道了这个消息，只是不知道具体的经历。村支书把救起嘉欣的经历讲得颇为详细。他实在想不到，大年初三那油坊里会突然出现一个小孩子。问过嘉欣，却什么也不肯说，哑巴一样。送回家里，奶奶就说她准是山精鬼迷住了魂，吓傻了，说不出话来。

送完嘉欣，村支书回家的路上就在想那片油茶林和油坊。村支书回到村子里，就把李勇叫去了。

张琴又责问为什么迟迟不回微信，他明知道自己一个人在大坝上守卡无聊，烦闷。李勇笑着说，怎么是一个人呢？身边有乡亲，心上有我！李勇接着就说起了自己的奇遇，村子里竟然有人烧钱，毫不心疼！

张琴听完李勇讲起烧钱的事情，一点儿也不惊讶。她知道"墨镜"所作所为是由于什么。李勇说，难道你们都了解"墨镜"的事情？张琴说，那当然，他在村里名气可大了，人们不了解，怎么会由着他发性子，在小店前闹事烧钱呢？那是人人都知道，人人都不敢去劝止的事情啊！

李勇疑惑不解，要张琴讲给他听。长夜漫漫，李勇搂着张琴在大桥上静静地听故事。

李勇听着张琴生动的复述，联想到白天在小店所见所闻，不由得大笑起来。

张琴说，村干部比她复述得生动多了！周围的村民兴奋极了，既不敢发笑，又不敢安慰，倒是把诉说和表情记牢，复述时这段台词就成了重点。一件过去几十年的事情，仿佛在等着村里的新人作为听众。每个村里的干部，每个村里的乡民，学起来都绘声绘色，令人捧腹。

人们无法想象，这个乡村绅士，当年做起风流事大大咧咧，今朝讲起家丑也无遮无挡。他们窃窃私语：是不是一个男人把羞耻说出来，就不会被耻辱伤着？按照一般人心理，这件事完全应该当作没听到，他早年劣迹斑斑，这事就算知道了，也难以抵算孽债百分之一，难道他知道自己一直被乡亲们仇视着，所以要在村场上重新获得难得正义？只听他恨恨地说，我跟他没完，这事不会就这样了断！我要杀了他，打断他的狗腿……

让人意外的自曝家丑，确实为他找回了一些应有的道义，获得了寻仇的理由，同时得到了大家况味复杂的同情。乡亲们很快发现，有几个男人从村子里消失了，过年也没有回来。

李勇说，白天的时候，"墨镜"追问路路，问那个钻床底的男人过年时是不是回来了，但路路不敢肯定。那人想通过路路说和，希望一沓钞票化解仇怨。路路原以为"墨镜"会有绅士风度，会事过气消，不再寻衅。不料，"墨镜"从路路手上拿过钞票，当场烧了起来！

张琴说，还有这事？这可真成了村子里最大的一桩新闻了！

李勇说，你在村子里，会遇到各种奇怪的事情的，怎么样，会不会后悔来驻村了？当时，幸亏村支书知道这些事的底细，轻描淡写地劝开了，幸亏疫情人们没有出来围观，否则"墨镜"会闹腾得更厉害！

张琴说，这"墨镜"是个特别的角色！有一次，他也是得知那人回家，毫不犹豫地寻了过来，要与他打斗。那男人知道这样躲下去不是回事，就表示给钱消气，在小店里当众给了"墨镜"一大沓百元大钞，请求原谅。不料"墨镜"并不买账，掏出打火机把那堆钱烧了，说，这事没完，这不是钱能解决的事情！

李勇说，看来，那男人一直受到威胁，一直想出钱消灾。后来，我问过路路叔，下午烧钱的事情，说是后来事情化解了。

张琴奇怪地说，这么深的积怨，钱都化解不了，是怎么化解的呢？

李勇说，我叔送他回家后，把醉得一塌糊涂的"墨镜"扶上床睡觉了，就跟"墨镜"的妻子商量这事。叔叔是受人之托，看到钱还是解决不了问题，就想到解铃还须系铃人，说如此这般，给"墨镜"的妻子出了个主意。

张琴，什么主意呢？

我叔问那女人，"墨镜"就没有什么把柄落在你手上？你当妻子的，可不要任他去外头发疯了，家丑不能外扬，你得用他的把柄回击他，让他死了心，不再闹腾！

张琴听了，大笑起来，说，你们村子里的人，怎么这个水准？这么多渣男？真想说那句话，男人没一个好东西！

李勇听了，不高兴地说，为什么要扯上大家呢？！我可是受过高等教育的人，你这样说话，冤枉一大片！

张琴说，高等教育，电视剧里受过高等教育的渣男角色还少吗？我是在打预防针，我是说给将来的你听！好了好了，别不高兴，明天你就要回公司去，说说你的科学事业，到底要攻多久吧！

12. 网　课

　　"水车"这个词，当然包括词指向的物，是慢慢在嘉欣脑子里生根的。她以前的小脑袋里根本就没有"水车"这个词。就像她当初不知道什么是"散步"一样。为此，要她把发现的水车描绘成可以感知之物，并非易事。一切追忆性的叙述都无法还原过往。嘉欣不断被问起那天的事情，但断断续续的回忆越来越零碎。尽管眼前是不错的提词者，嘉欣和雅丽的叙述也没有添油加醋，但物与词的分离，让孩子们的回忆非常困难。

　　当初看到的"半只轮子"，如今已经完全修复成为一架漂亮的水车，古老的油坊也成了游客打卡的网红景观，只有瀑布群还是原来的瀑布群。要想象嘉欣当初看到的水车，事实上极不容易。由于岁月流转历尽沧桑，就算哥伦布再世，他也无法说清楚最初看到的新大陆是个什么样子。那新大陆，是一种包涵天命的初见，是特定时空的凝固，是人类认知或文明累积的突然加持。面对上天送来的新境界，人类当然充满兴奋和好奇，初见之物必然披上神秘面纱，就像爱情萌动的初心。

　　当然，高寨的这半只轮子并非新鲜事物，只是腐败未尽的遗物。但它死而复生，就像日落之后轮回的日出，也算是新意重临。世界在飞速发展，有多少事物被时光淘汰，但依凭特殊的契机，当它们重新出现在我们面前，比如博物馆，比如一部部宏大叙事的史诗，它仍然能让我们为之震撼。为此，大单始终在追寻那只修复前水车的影像，就不难理解了。

幸亏嘉欣和雅丽那天拍下的照片，还存在雅丽妈妈的手机里。

雅丽虽然家境良好，深受爸爸妈妈的疼爱，有许多机会走出梅江边的村子，但她看到半只轮子时，还是摇了摇头。不能说山里的孩子无知。是时代日新月异。是这个退出人们视野的庞然大物，已经远远地落在时代后头。那一天，两人上完网课，偷偷溜出，千辛万苦来到了那条溪涧边，雅丽兴奋地转来转去，鼓捣着妈妈的手机，忘记了两人时间有限。

她频频按下相机，甚至录起了视频。

为了不影响原始的形象，雅丽还支使嘉欣把那些草木尽量弄开，就像风神在清除月亮边上的云彩。那个圆只有二分之一，甚至不足二分之一。但雅丽和嘉欣一样，根据有限的几何知识，把这些木头看作是半只轮了，或者古老船只上的方向盘。一个圆心，两道半圆的弧，长短相间的12根条辐，一根粗壮的轴……反正不可能是散乱的农具、可疑的柴堆。雅丽至多加上了一点想象，这大山以前或许是海底，而这屋子和轮子，可能是一架古老的沉船随着地壳运动，露出了水面。

在人间，有太多需要辨认的事物。城里的孩子们，不知道白米是从哪里长出来的，玉米棒子是不是直接从地里挖出来的。他们也分不清田野绿油油的叶子，哪些是稻子哪些是杂草。乡下的孩子们，不知道红绿灯是谁的手在操控着，分不清公交车为什么没人收钱，星巴克是吃的还是玩的，肯德基是外国运来的洋东西还是本地人养的动物。所有的学校和课本，都暗含着无穷的缺陷。孩子们未知的领域可能是最新的文明成果，也可能是几十年前流行的时尚之物，光这些名字，就构成了一门门学问，需要耗尽孩子们无数的时间和智力。

大单的解释没有一点错。就在小城里，我的侄女在初一时就知道近千种女装的名字，日款的韩款的。她的专业知识让父辈叹为观止。而与此同时，在梅江边的一个小村子里，一个六年级的女孩子，想成为半只轮子的专家，也就不难理解了。这就叫兴趣。而兴趣是最好的老师。

回去的路上，雅丽终于不再抱怨嘉欣是个骗子，让她踏上了从未走过的漫漫征程。两人在山顶上休息，喘着气，望着直指天空的电信塔，觉得自己是两只奋飞的小鸟，被群山之中无边的绿色爱护着，鼓舞着。当嘉欣在涧脑排说出了遇到野猪的经历，雅丽对嘉欣更是敬佩有加。两个小伙伴加深了友谊，互相鼓舞着：以后要永远在一起探索大自然的奥秘，人生的奥秘，社会的奥秘。当然，两人还约定了口供：还手机时，就说老师布置的作业非常非常多。

令人兴奋的网课终于来了。嘉欣和雅丽又来到村委会的小楼。这一天，老师上了一堂精彩的语文课。语文老师就是班主任，城里人，年轻，漂亮，知道孩子们喜欢她讲课，就向同学们展示了自己的小区出入证，顺便叮嘱了一些防疫的小知识，叫大家好好宅在家里，但也要适当运动，不能变成书呆子。当她说出运动一词，嘉欣就想到了自己和雅丽的"运动"，那登山运动可锻炼人了，只是雅丽一直按兵不动，还没有把那张相片公布出来，让老师和同学们一起认认。

终于，雅丽开始实施两个人计划好的事情。老师布置好家庭作业之后，说，现在还有一些时间，同学们有没有什么问题？雅丽说，有，我想让老师认一张图片，看看图片里的东西叫什么名字。但是，手机正在上网课，不好发图片。

老师说，下课后把图片发到微信里吧。

嘉欣白白等了一个上午，下课后直说雅丽有些笨。这是嘉欣第一次批评同学。毕竟，那手机是雅丽妈妈的，自己无权干涉。雅丽安慰说，下一次的网课，可就热闹了。

又到了上网课的时候。语文老师讲完课本里的内容，就拿起另一部手机，打开了一张图片，让大家来辨认。嘉欣开心极了，又紧张极了。这就是她和雅丽一起拍下的图片。老师说，这是我们同学发现的东西，这种研究和探索精神值得大家学习。有谁知道答案的，请说出来。

但是，没有人知道这半只轮子是什么。当然同学们发言积极，但只不过是重复着嘉欣和雅丽早就说过的名堂，什么轮子呀方向盘呀之类的，大家莫衷一是。老师笑着说，这是你们村子里的事物，你们竟然也不知道，难怪我也不知道了！看来，这大自然还有许多奥秘，等着我们去探究，所以大家更应该努力学习，就算是疫情也不能耽误了学习。

这时，嘉欣跟大家说，老师，我知道为什么会有"瘟神"了！

老师听了，吃了一惊，瘟神？

嘉欣说，就是，我奶奶说我们只能在家里上网课，是"瘟神"还没有走。而我知道了，村子里之所以出现蓝色帐篷，之所以人们只能待在家里，是由于这只轮子。它不能转动了，地球就停了下来！

老师听了嘉欣的分析，愣住了，一边表扬嘉欣善于思考，一边解释说，这可不能说是"瘟神"，这病毒叫新型冠状病毒肺炎，我们派出了科学家、医生、军队、院士，快要抓住它们了！当然，你们村子是美丽的村子，我们学校是漂亮的学校，我们都在等着开放的一天。至于是不是由于这只轮子让地球停止了转动，我们还需要好好研究。研究的前提是我们要知道这只轮子究竟是干什么的！

同学们七嘴八舌地热闹开了。有的同学说，要让钟南山爷爷来认一认。有的同学说，这是军队的轮船，要让军队兵哥哥来转动它。有的同学说，这只轮子早就不转动了，为什么现在才出现疫情呢？语文老师不做结论，只是下课前特意做了交代。

第一，上山危险，一定不能私自去山上看。

第二，认真研究，争取大家把它的名字找出来。

第三，拭目以待，看疫情先过去，还是轮子先转动。

网课上响起了一片掌声。

水车简史

13. 蓝 图

　　张琴陪着张雅来到嘉欣家走访，了解嘉欣上网课的情况，询问失踪受伤的原因。妹妹高兴地拉着张书记的手，问是不是"散步"回来了。张书记摸着妹妹的脑袋说，肚子里有一个宝贝了，不能去散步了！

　　张书记仍然戴着口罩，那两只眼睛就更加突出，更加明亮。爷爷下河去收网了，奶奶去山上放牛去了，只有三个小孩子在家里。张琴扶着张书记在一张凳子坐下来，叮嘱张书记小心，也提醒三个小孩子小心，千万不要撞到张书记身上。嘉怡看着张书记的大肚子说，将来小弟弟出生了，我还能去你家吗？张琴笑着说，你奶奶不同意你跟着张书记，你想去也不行，说是你妈妈回来了，找不到你会着急的！

　　嘉怡有点茫然的样子。嘉欣和嘉萱却笑了起来。张书记跟嘉欣说，上次你上山失踪，是不是想去找妈妈，结果迷了路呢？

　　嘉欣摇了摇头，说，我是想知道什么是"散步"。

　　张琴听了，哈哈大笑起来说，散步还需要研究？迈开腿不就是了？

张书记对张琴说，你不知道这可能是我们之间的误会。怀上孩子之前，那次我去山上散步，嘉怡拉住我，说要我去她家坐，这小家伙可热情了，我就告诉她们我要去散步，没想到嘉欣听到了，倒研究起来了。

张书记又对嘉欣说，那你说说，你知道什么是散步了吗？

嘉欣说，我知道了，散步就是去高寨看瀑布群和水车！

张琴听了有些吃惊，问，山那边还有个寨子？还有瀑布群和水车？

张书记说，我知道有瀑布群，倒是不知道还有水车呢。我散步不是为了看瀑布群，我每次爬到山顶上，能听到瀑布群的声音，但我只看过一次，因为再往前走，天就会黑下来，时间不够，那次我是特意提前了一个小时才去看成的。

张书记想到了嘉欣的问题，就说，我散步呢，就是为了锻炼身体呀。那时，我家的大男子主义说要再生个二宝。他是医生，说要二胎健康，首先当妈妈的就得身体健康，这样就要求我天天锻炼。我来驻村，他不同意，说不能监督我锻炼。我坚持要来，答应了他锻炼的计划。于是我在村里时，每天打卡散步，每天在散步的山路上拍一段视频，算是接受了他的监督。

嘉欣听了有些失望，说，为了锻炼身体？我们老师告诉我们，锻炼身体就打球跳绳，可没有教我们散步的。再说，村里的人从来不散步，阿姨们只是聚在小店前跳操，男人们下地劳动。你散步肯定不只是为了休息，而是为了看水车，那水车可好看了！

张书记说，我还真没有看过水车，你这么一说，我倒又想去散步了，可惜有个小宝贝在身上，我不能去散步了。

张书记问张琴，你知道什么是水车吗？

张琴说，当然知道呀，大学和同学们一起出去旅游，湖南凤凰呀，广西程阳呀，都有侗寨，都有水车，在溪河边吱吱呀呀地转。

张书记说，这我也知道，电影《那山那人那狗》，就是在湖南绥宁拍的，那个乡邮员带着儿子走邮路，就要经过一条山谷里的溪河，有几架大水车吱吱地转动，把小河的水提送到农田里去。就是那条溪流里，那狗会浮水过河，会替主人捡来树枝取火。

嘉欣听了，说，我们山里的水车可不同，旁边没有农田，而且只有一架，我们不知道是用来干什么的，后来晶晶的奶奶说，这是用来榨茶油的，水车边还有一座油坊。

张书记听了，饶有趣味地问，真有这样的油坊吗？这可好了，我们同事正要找一座油坊，说是拍摄"非遗"片子呢！就是说，这是非物质文化遗产项目了，老祖宗留下的遗产了，你看，多么稀罕！同事知道我们来这里驻村，知道梅江边是盛产茶油的，只是他一直没找到还在用的老油坊。他倒是寻找过油坊，但油坊里都换成了电力压榨，没有这水力的老东西了！

张琴知道张书记说的同事是谁，就是文化馆专门负责非物质文化遗产项目申报和整理的朱老师。张琴说，我开车带你去一趟，拍些图片给朱老师，看是不是他需要的材料。但嘉欣说，这水车破烂得不成样子了，只有半只轮子，溪边的引水沟也没有水了，拍了也没用，除非我们把它修复好了！

嘉欣把"修复"这个词说出口，自己也有些吃惊。这是她无意识的语言，就像她看到半个月亮，就会想起满月，看到半只轮子就会想起整架水车。当然，这是她隐藏在心里的一个想法，所以顺着张琴姐姐的话，就脱口而出了。

张书记想了想，说，虽然是破旧的，还没有修复好的，但可以先去了解一下。她叫张琴现在就去，抓紧时间。张琴问嘉欣，去水车的路能开车吗？那路可不可以通车呢？

嘉欣想了想，那路倒是水泥路，但非常陡峭，就是不知道姐姐开车会不会走这样的山路。张琴听了，吐吐舌头说，我看还是算了，我不熟悉这样陡峭山路，驾照才拿了不到一年时间，再说那山路危险，张书记肚子里的宝宝也不会同意我们去！

张书记听了，有些遗憾地说，那你跟嘉欣一起去吧。

带着张琴姐姐去看水车的路上，嘉欣一路指指点点，兴奋异常，仿佛她的重大发现得到了人们的肯定。嘉欣没有想到，张书记说散步真的不是为了看水车，但知道水车后却比嘉欣还关注那架破旧的水车。

一周之后，张书记又来嘉欣家里走访，正好遇上了来串门的李木匠。张书记说，正好，我正想找你，你家在河湾边山坳里，不大好通车，而我行走不方便。今天我就想上你家走一趟，正好你来找老朋友喝酒了！

嘉欣不知道张书记为什么对木匠这么客气，一边看书，一边支起耳朵听着。原来，张书记热心地向木匠请教，是问这水车还有没有可能修复。木匠说，修复当然没有问题，问题是有没有修复的必要，现在榨油都在圩镇的店铺里了，电闸一拉就是，根本不要水车来带动碾盘。

但张书记说，修复水车不是为了榨油，而是为了观赏。

嘉欣非常吃惊。毕竟是城里来的人，知道水车是用来观看的，而不是做来实用的。难道张书记要把高寨变成一座公园？但接着张书记说了一大通理论，说她跟镇里和村里都商量过了，就想修复这架水车，但大家都认为修复没有意义浪费资金。

镇长说，我们要把村子建得漂漂亮亮，是没错，但我们要把钱花在公路沿线，所谓雪花膏要搽到脸上，修水车就是把雪花膏搽到屁股上，这可怎么行？！镇长那天跟张书记开着玩笑。张书记说，我脸上没搽雪花膏，只是洗了脸刷了牙，我们不是要雪花膏，只是要干净整洁！

没有人同意张书记修复水车的建议。但张书记没有气馁，跟木匠说，我知道我们乡村接下来的事情就是搞建设，会有大量的资金下来。这些资金当然都能落到实处。比如，沿着河湾建一排水岸走廊，让人们来村子里可以走到河面上，像公园一样休闲赏景。比如将所有的街道都美化绿化，变成梅江著名的水岸新村。比如沿河种上排水杉，结束水库修建后沿岸树木光秃秃的历史。比如这河边的公路上建造几个船型景观，让大家远远就知道这个标志性建筑。比如村里要建一座村史馆，记录这座村子的过去。比如可以建一个展览馆，把各家各户渔樵耕读的用物收集起来，摆放在展厅里，让大家有个纪念。还可以让木匠、篾匠制作一些小号的篮子或水车，作为玩具，变成旅游纪念品……

一口气，张书记说出了自己的全部想法，就像描述脑子里的那张蓝图。张书记那晚说得有些动感情。她还摸着肚子里的二宝说事。她说，宝宝越来越大了，在催我回城里去了，两年的驻村时间就要结束了，我想在离开村子的时候，最后几个月时间，给村子里留下一点纪念，到时我和宝宝一起回来看看。

张书记接着说，新村五年后必然会是个乡村旅游点，这里有库区风光又有高山瀑布，成为网红打卡点是没有问题的。到那时，我们的嘉欣就是功臣，是她最早注意这架水车的。现在的关键是，这些项目都得到了镇里的同意，只有这座油坊没有通过。

张书记对这座油坊情有独钟，张琴甚至笑她看电影入了迷，一定是《那山那人那狗》迷住了她，那在日本可是非常受欢迎的电影。张书记并没有否认，也没有承认。她对木匠说，你有没有觉得，如果水车再次修复起来，对村子有非常不一般的意义？

木匠摇了摇头。

张书记说，在梅江边这个村子里，有许多过去的事物只能摆到屋子里观看。你看，那些破旧的小船搁在河岸，破旧的风车放在屋檐下，都离开了原来的所在。那石磨，那耕犁，那箩筐，都只能作为装饰点缀着村民的新房。我到过外头参观，这些旧物摆在各个路头、房前屋后，是增加了一种古色古香，但它们都是死物。只有这架水车，还可以回到以前的场景之中，跟溪水一起转动。这充满象征意义！你看，这水车重新转动起来，意味着这几十年停下来的村子，重新活了过来！

张琴说，张书记真是个饱读诗书的人，像领袖一样指点江山。说一声高峡出平湖，就要修一座水库；说一句天堑变通途，就要架一座桥梁！张书记说，这可不是浪漫的想象，规划是需要能力和事实来检验的。

灯光并不亮堂，甚至比不上张书记急切说话时的目光。嘉欣喜欢看张书记说话的样子。嘉欣的奶奶把一只火笼送到张书记跟前。张琴赶紧接过去，一副小心的样子。接着，张书记又跟木匠谈了起来。

她问木匠，你这段时间在家里赋闲，愿意不愿意用这个水车来练练手，帮村里修好这架水车？当然，没有工钱，但材料我们单位来负责。这样，我们就不纳入上级政府的项目里去，就不需要规划立项了。

嘉欣隐隐懂得，这是张书记让他参加一项义务劳动。

嘉欣更加激动起来。虽然她的小屋子隔着一堵墙，但她能隐隐约约地听着张书记和木匠的交谈。她更加感到自己发现水车，功劳确实不小。而且，张书记说的那个象征意义，对嘉欣触动很大。水车停了下来，村子就停了下来。村子停了下来，妈妈就离开村子。水车重新转动，村子就重新活了过来。村子重新活过来，妈妈就回到村子里……嘉欣越想越开心，这是一个非常有道理的话。只有张书记能够说出来。

那么，那天雅丽跟晶晶说的，要妈妈还是要水车，就不是一个选择题了，而是一道因果关系的答案。

但木匠一直没有吭声，只顾陪爷爷喝酒。嘉欣竖起耳朵，等待沉默的木匠开口。

过了一阵子，才听到李木匠的声音。他说，张书记安排的事情，我当然会支持！但我不能马上答应，我不一定有能力修好这架老水车！李木匠顿了顿，你们知道的，这可比做一架新水车更难！

嘉欣听了，不禁有些失望。

水车简史

14. 血　脉

　　回村委会的路上，张琴对张雅说，修水车的事情，李木匠是不想做，还是不会做呢？张雅说，看他的样子，不像是不支持我们的工作，他自己不是说了嘛！他以前对干部有成见，是记恨那个刘干部，他一直埋怨刘干部把他家补助弄错了，为此对所有干部都不大信任。

　　张雅于是跟张琴讲起了几年前的事情，以及它在李木匠心里留下的疙瘩。那时，张琴还没有来驻村。张琴听出来了，李木匠的疙瘩跟他父亲有关，跟"红军家属"的门楣有关。

　　一天下午，张雅去木匠家走访，看看他家有没有什么政策给漏掉了。木匠在河边菜地里忙碌。菜地在河湾的水边。这河湾原来是溪流汇入梅江之处，成为库区之后耕地都沉落江底了。对岸就是新村，那一栋栋漂亮的房子，像是别墅一样的房子，是政府专门给贫困人家建的。

　　李木匠一边聊天一边在菜地忙碌。不久，张书记就跟着木匠回到小院里。这座河湾小院，门窗都是木匠自己的手艺。张雅夸起了李木匠的手艺，李木匠不以为然苦笑了起来。木匠搬出竹椅，招呼张书记落座。教育的，医疗的，住房的，产业的，张雅一项项政策细心核对，排查下来，木匠家都有享受到，没哪一项有疏漏。张书记放心了，喝了口茶水，准备起身。

在门口离开时，张书记不经意看到门楣上钉着一块金属牌子，心里咯噔了一下，问，你是红军后代？我记得你刚才说这房子改造政府给了两万元的补助，对吧？李木匠肯头说，是，这个我可记得清清楚楚，两万，可是一大笔钱！

张雅心里暗想，红军后代按政策明明是补助四万元，木匠家怎么对不上呢？张雅担心政策有遗漏，于是在门口的椅子上又坐下来，对李木匠说，那你说说，你们家谁是红军呢，这牌子是怎么来的？

李木匠说，我父亲是红军。我父亲叫李德星，当年父亲和伯父都是红军，这说起来真是话长。于是，在河湾的农家小院里，李木匠一边比画着，一边大笑着，为张雅讲起了自己的家史。

父亲能识文断字，在我们这当时算是文化人，十六岁那年参加了赤少队，后来又参加红军。正规红军，不管是否会打枪投弹，均有背负，每人一支枪，腰上一条带子弹，背包夹着几颗手榴弹。班长告诫他们说，每个兵都是平均装备，一个都不能少，一点都不能丢，自己不会用的就带着供能者用。父亲熟悉一句口号，人在枪在，枪就是命根子，如果枪丢了就等着枪毙。

父亲个小体弱，背负了这些枪支弹药，就不能跑动。有一次要占领一个高地，部队发起了冲锋，遇到一道高坎，父亲几次冲锋都不能跳上去，连长转过身来，拉了他一把，才跟上了部队。后来红军组建军团去打赣州，部队整编，父亲由于个小就留在了地方游击队。

游击队的境遇糟糕多了，父亲身上长满了脓疮。游击队山中搭个茅棚，就是宿营地。天气冷，大家抱在一起睡。父亲起来，手老是往身上挠。队长发现，越来越多的战士像父亲一样，伸手不停地挠，有时隐蔽待敌也禁不住，发出沙沙的声响，差点影响战斗的部署。一次打完伏击后，队长拉开父亲的衣衫一看，天啊，脓疮斑斑点点，像是子弹打烂的身体。队长知道真相后，动员父亲离队，让父亲先找个地方把身上的毛病治好再归队。

父亲舍不得离开战友，就说自己单独住宿，一起战斗，自己同时在山上找草药治疗。队长答应了。

有一次，战斗在黑夜中发生。有几名敌人前来探营，父亲和战友突然惊醒，经过了一阵战斗，击毙了一人，捉住了一人。父亲被安排执行押解任务。半路上，敌人突然扯掉头盔，抹净脸上泥尘，叫了一声德星。父亲这才认出来，原来被押解的敌人是水生。

父亲与水生，是在小镇赶集时认识的。水生是小镇蓼溪村的渔家，小镇还是"白"的时候，村子里一大批渔民被国民党军队拉去当兵。父亲就说，水生，过这边来吧，这边的队伍才是穷人的。水生说不行，那边队伍里有他哥，有村里的几位兄弟，如果知道他叛变了，准会受到怀疑。

父亲没有了主意，轻声地说，那怎么办呢？这时他身上一阵奇痒，枪掉落在脚板上，砸出一片血肉。他顺手在脸上抹了一把，对水生说，赶紧走吧！水生看着德星，愣住了。水生走远后，父亲故意朝天上放了一枪，大声叫喊起来。

队长和战士们一致认为父亲的错误不可饶恕。加上父亲一身恶疮用了几个月的土方仍不见效，留在队伍不再适合。父亲被勒令就地离开队伍。父亲带着一杆红缨枪，换下了服装，只身回乡。但他知道，他并没有真正离开队伍，他仍然属于那个队伍，仍然会遇上敌人。

父亲决定找一个山头躲藏。他躲到一片深山里，计划先治好身上的恶疮，再回家看望母亲。他找到一处岩洞住了下来。这个岩洞非常隐秘，四面是蓊郁的林莽，杉树，松树，榛树……他在山里数着那些草木的名字，心里想，人要像那些树木就好了，落在什么地盘就安安静静的，不会因为战争跑来蹿去，上山砍柴，下河摸鱼，过想过的日子。

天气慢慢变热。如果不是战争，该是吃粽子的时节了。有一次父亲下到岩洞外寻了一把艾叶，在石灶上烧了热水，脱得精光，用煎过的艾草擦着身子，一阵舒服快意漫过身体，满身绿草的汁液，使他像一棵走动的树。岩洞附近有一口天池，他下到水里浸泡着身子。这时，他远远看到水中浮起了一只王八的身影，一阵兴奋，好久没看到这东西了，正好可以补补身体。但王八又慢慢沉到水底，不见了踪影。

捕捉王八的记忆在父亲脑子里复活。有一年，他在村子里看到一位汉子，手持一柄长矛在池塘边折腾，像戏台上的关公。

他以为是偷鱼的，扭住他的胳膊肘子，汉子就把捉王八的过程讲了一下，以证明自己的清白。没想到这倒成了学问，让父亲学到了秘诀。

父亲扎到天池的水底，忍着酸涩在水中睁着眼睛，寻找王八在池底留下的痕迹，判断藏身的位置。终于，在一块泥地上看到一条拖过的踪迹，它像蚯蚓一样歪歪扭扭。他浮出水面，透了一口气，然后张开手掌合击，在水面轻轻地拍打。含着水花的掌声充满妖媚，在山谷中不断回荡。波浪一阵阵向岸边走去，沙沙冲击着岸边的草木。过了不久，一只王八果然从波浪翻腾的水面探出了头。父亲改用一只手掌拍击，另一只手持削尖的木棍，静静地瞄准王八，准备刺将过去。

突然，他看到有一个人爬向水边，试图用手掬水，然而手臂刚伸到水边就晕厥过去，手无力地漂在水面。父亲赶紧放下了王八，走到那人身边，翻过身子一看，是一个陌生的男子。父亲赶紧放下他，迅速跑回岩洞，抓过破烂的衣服穿在身上。父亲再次下到天池边，把陌生人背回了岩洞。烧热水，煮野菜，折腾了一阵子，陌生人醒了。

那人开口说话，但"阿拉""侬"之类的字眼，父亲一点也听不懂。陌生人打量着岩洞，从父亲的衣物中看到了红五星的帽子，知道找到了想找的人，掏出身上的证明信，就讲起了自己的来历。

这位陌生人，原来是上海派到中央苏区兵工厂的工人阿明。阿明，当然是工人中的工人——技师。他跟秘密交通站的同志一起穿山越岭，不料遇到白军，同志在掩护中牺牲了。他突出包围，包扎了伤口，背了把柴刀，脸上抹一把灶灰，继续走，从福建走到江西，一直走到梅江边的群山中。不料又饥又渴，晕了过去。

阿明对父亲说，带我去找红军，找红军兵工厂。

父亲不知道兵工厂在哪里，只听说就在梅江边的深山中。他先把上海工人扶到了岩洞，先养好身体再一起寻找。两人到天池捉王八，上海工人的任务是拍打水面，父亲腾出身心专门静候王八，增加了刺中的胜算。有了王八的滋润和草药的治疗，父亲和上海工人身体很快痊愈了。十多天后，两人出发找兵工厂，终于遇见了兵工厂的人。

父亲离开兵工厂后，又去找自己的部队了。过了一年多，红军主力转移，父亲成为留守的红军，跟着部队在深山中东奔西跑。部队突围时，在黄土坳跟白军打了一仗。部队给打散了，父亲在山林中遇到小镇的老乡，两人商量了一下，决定一起回乡。

在路上，父亲两人突然遇到一队白军，来不及躲避，就给俘虏了。白军士兵非常兴奋，说是正好要杀几个红军立功。两人被五花大绑，押到了白军营区。长官审问，父亲一一如实回答。长官说，两位如果要找一条活路，就只能留下来当国军。父亲归乡心切，跪着向长官求情，说自己个小体弱留下无益。

长官劝告说，就算是回去了，村子里也待不住，梅江边的村子都被国军占领了，区苏维埃干部和红军家属都要过筛的，石头要过刀，茅草要过火，回去之后只能去"自新"，或者等着杀头。但父亲心无留意。他看到长官面善，就继续苦求回乡。长官听口音是个本地人。他看到父亲苦求之色，终于心软答应，看到两人衣服破烂，面黄肌瘦，知道是饿了几天，就叫伙夫给了饭，并开了一张路条，叫部下放行。

父亲一辈子念叨着那个白军长官的不杀之恩。父亲回村后一直为此感慨，白军里也有好人。

父亲回乡之后，倒是没有写过"自新书"。但坎坷仍是不少。有一次，父亲在劳动时遇到抓丁，没有逃脱，被往村外押去。不久，就听到婶婶从后面追赶而来。婶婶挥舞着柴刀，要把父亲抢回去。她一边奋力地砍杀，一边愤怒地诉说，家里几十亩地没有耕，而她丈夫常年在外做木匠，如果把德星抓走，一家人就没有活路了。

兵丁只能连连躲闪，也是欺软怕硬不敢还手，只好任其抢去。

父亲新婚不久，有一天和我伯父兄弟两人一起去上游的村子看戏。戏演到中途，山村突然响起枪声，两兄弟都知道抓丁的来了。父亲趁着夜色逃脱，回到家里发现丢了一只新鞋——结婚的新郎鞋。父亲庆幸未被抓，但一同看戏的大哥直到第二天都没有回来，到小镇一打听，果然被抓走了。

伯父被抓后被关到乡公所。在押解他们去县城的路上，一个叫三头树下的地方，差役就把绳索解开，叮嘱他们说，可不能说是强抓来的，要说成自愿参军，否则以后对他们家里人不客气。后来伯父的部队跟红军作战，他被红军打败俘虏了，这次心甘情愿当了红军……

在河湾的小院里，张雅一边听着李木匠的光荣家史，一边不时看看门楣上闪闪发光的牌子。李木匠的讲述，让张雅陷入沉思。张雅对李木匠的血脉表示了崇敬，然后说，看来，这里的工作出了疏漏。李木匠疑惑不解。张雅说，如果真是红军后代，房子改造的补助不是两万元，而是四万元。

李木匠听了大吃一惊。

惊讶之余，李木匠又讲起了几年前的一件事。李木匠家土屋改造后，小镇的刘干部来村里现场查看办申报补助的资料。补助款到了木匠手上，刘干部就问他要劳务费两千元。老木匠不肯给，说这是中央的政策，这是大家都该享受的政策。

李木匠说，他来时还没挂上牌子，他也没问起红军后代的事情。张雅说，看来刘干部做事不踏实，明天你趁赶集到镇里去说明情况，我们也会跟镇里和县里沟通，争取把漏掉的补助补上。

来到小镇，听到李木匠的情况后，刘干部说，我不知道木匠父亲是红军，所以只是按照普通的标准进行了申报。木匠气愤地说，你是故意弄错的吧，竟然少了两万元！

刘干部说，你当时没说你父亲是红军，门上又没挂牌子！木匠说，我家房子刚刚建起来，当然没挂"红军家属"的牌子，但你问也不问、说也不说，否则我就会把父亲的证件给你拿出来。

刘干部就说，就算你父亲是红军，你也不能搞特殊是不是？红军最讲三大纪律八项注意，他们和老百姓一个样，决不多吃多占，不会向国家伸手，你倒好，身上流着红军的血，却没有红军的精神。

老木匠听了更加气愤，跟刘干部吵了起来，说，红军后代有特殊政策，那是中央关心老百姓，哪承想红军打江山，让你这个腐败分子坐江山！我看你这个干部，就是混进共产党里的坏蛋，比我父亲当年遇到的白军还要坏，比那个社教工作组长还要坏，真是坏到了骨子里！

小镇服务大厅里，一大群人围了过来，都说老木匠骂得好，他们多多少少都受过刘干部的气。老木匠气不过，闹嚷嚷地讲起了父亲当年如何当红军，如何遇到白军军官的事情。这时，刘干部躲在大厅柜台里面，装作一脸严肃，不听老木匠的指责。当他听到老木匠的讲述，就说，还说是红军后代，我看你父亲就是一个逃兵，一个叛徒！

老木匠一听，更是火上浇油，从一个黑包里掏出父亲的证件，说，你看看，你看看，这个红红的公章，是不是人民政府的公章？！这也是你们干部办出来的证件，这个公章还红红的，凭什么你敢诬蔑我父亲？！

正是集日，小镇的服务中心挤满了办事的群众。张雅正在跟镇长交谈李木匠的事情，听到吵闹，就和镇长一起来到大厅。镇长把老木匠请了出来，在自己办公室询问情况，并跟老木匠道歉说，这是政府的错，我们个别干部素质不高，导致中央政策没有落实好，我们会向上级反映，看看几年前的政策能不能再补偿。后来政策终究补上了，刘干部也被办了案，给抓了起来。

张琴听了李木匠的故事，说，李木匠还犹豫什么呢？他应该痛快答应才是。夜色中，张雅朝李木匠那边的河湾望了望，说，他似乎还缺少点动力，大概他还没理解修复水车有什么意义，看来我还得把蓝图画得更生动些，我还得再为他加点油！

张琴听了，说，什么蓝图？

张雅笑着说，我也没完全想好。

15. 答 复

一天放学后，嘉欣终于又看到李木匠。李木匠是赶集回来的路上被爷爷拦下来的。喝酒的时候，爷爷责备李木匠说，张书记是个好人，她提出的事情，不该不答应！张书记跟那个刘干部不同，你得记人家的好！

提起那个刘干部，李木匠又来气了。他对爷爷说，我们改造土坯房，政府给补助，这是中央的好政策，但到了梅江边，办事的干部胆大包天，居然合起伙来糊弄中央，没改的也补，合起伙来骗款子。我们梅江边的乡民，看惯了一红一白，看来哪个年代都有好人和坏人，你看我父亲遇到的那个白军。

李木匠缓了口气，又说，老哥你说说，是不是？如果不是刘干部，我家就能提前几年装修！你说是不是？要是干部都像张书记这样，我们的政策还能落下吗？这些年，村子里来了多少政策，她都是家家户户上门走，一针一线绣花一样，有了她，我们就不担心吃亏了！你说说，张书记提出的事情，我们能不支持吗？这水车，张书记叫修，我就修。

这时，门外响起了张书记的声音。这么说，你是答应了？

爷爷看到张雅和张琴来了，赶紧说，正好，我帮你拦下了他，这老头有时间赶集喝酒，没时间修水车，你再来劝劝他吧！

张雅对李木匠说，你修复水车，可不是为了哪个干部，而是为了乡亲们，为了我们村子的事业，就算是那个刘干部请你，你也应该出力！

张琴笑着附和说，就是嘛，一事归一事，如果是我来请你出山，你也应该支持的！接着，张琴又对李木匠说，我有一个疑惑，按理说，你是个手艺人，怎么也成了个贫困户？当年是怎么学起木匠的呢？

李木匠说，说起来话长，我当年学木匠，就是不想当队里的干部，这跟我父亲有关，也跟那高寨的水车有关。嘉欣听到李木匠又提到水车，马上停下了作业，专注地聆听起来。

李木匠喝了口酒，说，那年我父亲被白军放掉后，就往村子里走。就在回乡路上，遇到奄奄一息的区苏维埃干部李书文。那时小镇已经变成了白区，李书文被清查出来，红军同志被集体押到梅江边河滩上杀头。

那是在小镇的西头，一个叫圩尾的地方。那里遍地大小便，臭气熏天。那里智溪跟梅江交汇，双江合一，流水回旋，反而形成一个小岛，被人们叫作双龙戏珠。李书文被反绑着双手，和几十个同志站在河滩上等着末日的到来。一位位同志倒了下去，终于，他感觉到脖子上挨了一刀。半夜，他醒了过来，原来并未伤到要害，他被推到河坝，接着就被同志们的尸体压住了。

月黑风高，他挣扎着从死人堆里爬起来，从河滩摸到路边，血糊糊地摸到了仙人瓮边一户乡民家里，敲门求助。仙人瓮是上游的一处河湾，悬崖临江，突出如瓮，居于其上，小镇隐约可望。崖边有寺，居山而建，香火至今旺盛。这户村民听到有人喊，就问是谁。说出姓名，却是认识的人，但乡亲反而吓得不敢开门。

李书文反复敲门，乡民就说，你不是白天刚刚被杀头嘛，我知道你是鬼魂，杀害你的是白军，我们无冤无仇，请你不要找上门来，饶过我们一家子吧！李书文只好发声，说，自己受伤未死，一路爬来求助，请求乡民帮其包扎，救命之恩当以后相报。终于，这位仙人瓮的乡民打开一房门。

父亲回村时从仙人瓮路过，走累了讨水喝，正好看到村民救下的李书文。讲起各自境遇。李书文劝父亲不要回村，父亲记挂着父母，相信带着白军长官的路条，不会受到清剿杀害，李书文向父亲讲起了刽子手的马刀。但父亲归意坚决。晚上，父亲扶着李书文一起回到村子里，把李书文藏在一个草寮里。

李书文说，今后我在村子里不敢露面，我打算躲到高寨的山坳里，你有什么打算呢？父亲说，我打算学手艺，老老实实地当个木匠。

他跟李书文讲起了兵工厂的事情。父亲护送上海工人找兵工厂，遇到一个兵工厂的人，正在山中找木材。这人就是师公，我父亲的师傅。他是梅江边有名的木匠。父亲把上海工人带到兵工厂，没有留下来跟师傅学手艺的打算。他也不知道这个跟木头打交道的木匠是如何来到兵工厂的。但父亲对师傅和上海工人的合作产生深厚的兴趣，对他们一起修建的水车感兴趣，尽管他心里一直想着游击队的战友们。

李书文惊讶地说，哦，你也参加了建造水车？你知道吗，那兵工厂的木匠，就是我推荐他去的呢！我听说他现在也躲到高寨了，别人举报他为红军做过事情。父亲想了想，说，那我明天和你一起去高寨找他。几年之后，父亲成了梅江边一位有名的木匠。

中华人民共和国成立后，我父亲有文化，李书文让他出来当区长，父亲决意做个手艺人，没答应。大兴集体时，生产队里要人当保管，能识文断字，我父亲被选中了。保管是个美差，管着一个村子生计，工分钱粮，随便有点私心也不会被发觉。父亲不是这样的人，但还是被人举报了，说他贪污占用了队里的钱物。让父亲感到伤心的是，举报他的人是自己的干女儿。

父亲有八个女儿，但还结了一家契女，说这是梅江边的风俗，有风俗就不能缺。契女家粮谷紧张，想让干爹关照一点，但父亲没同意。契女家反目成仇，社教的工作队来了，就诬陷父亲利用职权贪污。1964年那年，"四清"社教工作组来到村子里，组长一心想搞出点成绩来，听到群众反映，打了鸡血一样，唆使契女提供证据，契女于是胡扯一通乱咬人。

在村里召开的群众大会上，父亲当然没有承认自己贪污私占，组长就说他负隅顽抗，宣布先没收再调查。生产队的保管、会计，都被打成了贪污嫌犯，家里财产都被收缴一空，说是先收集体存放。家里陷入困境，八九个兄弟姐妹下地干活也吃不饱饭。父亲想不通，想以死来证明自己清白，半夜拿了一圈牛绳说是出去散心。细心的母亲跟着，把他救了下来，指责他狠心丢下八九个孩子。经过母亲一番安慰，父亲于是不再想"自绝于人民"，忍辱负重等来调查结论。

这期间，队里选别人当保管，每年村民的收入都下跌。乡亲们这才知道父亲是好人，他手上的账清清白白，劳动成果也不会走漏，收成总是比别的村子高。为此，大队只好又请他回去当保管。但父亲不答应，他想去小镇的木器社当工人，公社的木器社也欢迎父亲。社教工作组又来请他。新来的工作组长向他诚恳道歉，告诉他原来的组长犯了错误已经受到处分，劝告父亲真金不怕火炼，新社会要有社会主义思想，要多为乡亲们的生活着想，不能只顾自己的生计。父亲只好答应下来，又做了几年，直到后来身体不好才退了。

李木匠说，那时他正好从小镇的农中毕业，乡亲们就把他推了上去，但干了几年，就跟父亲说要辞职。

张琴笑了起来，说，原来你也当过干部！怎么对干部这么多成见呢？！村子里大伙儿信任你，又为什么要辞职呢？

李木匠说，我知道当干部真不容易，身边备不住有干部会贪图私利、私心重，我不能跟他们为伍，否则迟早会受牵连！我父亲看我下了决心，就同意我辞掉保管，专心跟着他学手艺。父亲老了，手艺做不动了，这样生产队没有木匠，农具坏了就得到别村去请人，非常麻烦。正好有人想学手艺，父亲找大队一说，大队就同意了。从此我专心于木工手艺，对农事完全无关。

木匠对张书记说，你看，嘉欣家西侧那座土崖，是不是有一座高大的水塔？那里原来是个林场，后来外地人到林场办起了松油加工厂，要打制一个非常大的油桶，没有哪个木匠敢揽这个活，于是就找到我，只有我才敢做。

到了分田到户的时候，木匠家里曾经过了一段苦日子，由于他不会农活。那时全家完全靠手艺换谷子养家。分到责任田，取消了分工，只能跟着乡亲们照葫芦画瓢，从头学习耕地播种，但如何打药下肥，总是过不了关，为此家里粮食一直紧张，只得向乡邻借谷子。还谷子的时候，乡亲们不要他直接还谷子，因为质量不好，就叫他直接挑到粮管所，替他们还公粮。

有一次，借谷子的乡亲对他说，看你这样年年借谷子，真不是长久的办法，你得放下斧头好好学地里的活了。木匠幡然醒悟，从此果真把斧头丢下，认认真真地学起种地，终于靠自己的力量解决了家里的温饱问题。后来，又凭着手艺挣钱，成为村里活得比较滋润的一个人家。

但是，随着建筑和家具生产方式的变化，乡村木匠活越来越不能养家了，而江边的耕地又沉入了库区，于是他又变得无所事事，身体也越来越不济事，终于一场大病让他元气大伤。幸亏孩子们外出务工找到谋生之路，而他就只能在家里照顾小孩子了。

李木匠感慨地对张书记说，时代就是这样，反过来复过去，不知道什么时候是好是坏。常言说，一技在身，胜过百亩粮田。原以为有了手艺一辈子衣食无忧，没想到手艺也会被淘汰。

这些年家具门窗等材料换代，手艺没市场，我们家就陷入了困局，我彻底变成了一个赋闲的乡民。

张雅说，这么说来，那架老水车是你师公带着你父亲一起建造的？！这样，你就更应当下决心修复，你不想留下一点纪念吗？

李木匠说，正因为是他们建造的，我才不敢贸然答应。没错，我也特别想修复它，而且我之前也参加过这事。高寨的油寮到集体分田都一直在用，隔几年水车就要维修，条辐断了呀，水叶磨损呀，我都修缮过，我可知道它的难度。但那时乡亲们要用，再难我也上。如今水车荒废多年，经年累月暴晒，离了流水的木头早已腐败不堪，修起来难度更大。

张雅说，我知道你的心思，感觉如今这水车修起来没用了，你没有了动力，那水车只是修复起来看看，所以你修起来没劲，是吧？你老人家呀，就像这水车，没有流水来冲击，转不起来。

李木匠听了，笑了起来，说，你说得没错，我们这些老手艺没用处了，否则怎么会变成贫困户？怎么要你们来操心呢？！

张雅说，你就没想过把你们的老手艺传下去吗？

李木匠说，我当然想，但是时代变了，现在的木匠都是机器加工，没人跟我们学了，七年斧头三年刨的，谁还愿意学下去？那九生跟我学了一年，最后还是出门去了。

张雅说，你说得没错，时代变了，所以你们的手艺说不定又能派上用场！上次，我叫你修水车，你没有答应，我理解，那时我也只是想把它修起来，好看而已。嘉欣发现水车之后，我一直有个想法，思谋着要让老手艺来恢复老事物，修水车，做水车，这样过时的手艺就能像水车一样重新活过来，转动起来。但我还没想好。

嘉欣听了更是开心，她没想到自己发现的水车，竟然能让张书记有这么多想法！

张雅接着说，这些天，我一直在想你们这些手艺人的处境，思谋着什么时候能重新找到用武之地。或许，这水车就是个契机。你们想想，现在城市和农村，公园里，餐馆里，景区里，从野外到室内，都有人摆放水车，那当然只是景观，只是玩具，水车是不是多了起来？它们当然只是观赏的水车，那你们为什么不可以专门做这种水车呢？

张琴听了，大笑了起来，说，我知道了，这就是你说的蓝图！

张雅说，不只是蓝图，而且是可以实施的产业计划。但这个计划得慢慢做起来，首先得让外头的人知道我们村子里有水车，有造水车的人。

张雅接着把自己的详细计划，跟大家说了起来。一番解说，让李木匠激动起来，说，没说的，这事我干，就算只是摆放，我也做！

张书记说，你真是德艺双全，这么热心公益！李木匠摆了摆手说，可不要表扬我，我没有你的眼光，也没有你说的这么伟大，就看，这水车就是我父亲和他的师傅建造的，我居然还想知难而退呢！如果不是你一番话，我这个老水车又怎么能够转起来呢！

突然，嘉欣从房间里跑了出来，说，我也去修水车！大家听了一齐笑了起来，小小的房子顿时填满笑声。嘉欣摆着手，对李木匠说，不要笑，不要笑，吃了我们家这么多东西，可得答应我一件事，要给我讲讲水车的来历。

李木匠说，下次来讲吧。

嘉欣说，不行不行，老师知道了水车的事情，叫我们要好好研究探索，我想明天上网课时就给他们讲讲。

张雅说，说说吧，我们都好想听听呢！再说这些故事非常珍贵，对我们以后规划村子的发展有很大的帮助！

李木匠说，那好吧，我得再喝一碗酒。

张雅笑了起来，对张琴说，你可得好好记下来，我离开后你还在村子里，这资料将来说不定用得上！

16. 师　公

李木匠讲起了水车的来历。

那天，梅江边最有名的木匠被一名红军战士带着，翻山越岭去往高寨。推荐师公去高寨的，正是区苏维埃干部李书文。

李书文告诉师公，高寨办了个兵工厂，这几年招收的工人越来越多，好像说是整个中央苏区的武器都依靠这里生产了。兵工厂遇到一个问题，就是步枪的枪托老是不过关，这里面有木质的问题，也有木匠的技术问题，但归根到底都是技术问题。需要找一个技术好、懂木头的匠人，前去帮助解决这个问题。经过李书文推荐，兵工厂派出一名红军战士接师公上山。

那时梅江边去往高寨并没有水泥路。一条樵夫踩开的土路在茂密的林木中穿行。他们进入涧脑排，在田租屋里跟乡民聊了一会儿，就绕到屋后攀上了山梁，向着高处的山峰进发。快到峰顶的土路更加狭窄和陡峭。峰顶的岩石像巨大的虎头朝梅江回望，崖侧就是筑好的哨口，一条小路穿过哨口通往南面的群山。

红军战士登顶之后，抹了下汗水，俯身伸手，把师公拉上了哨口。师公坐在哨口朝四周远眺，山风当真把哨口当作巨大的口哨，呜呜地吹，那风声古老而沉重。红军战士与哨兵聊着各自知道的形势，哨兵为此知道师公是首长倚重寄望的能工巧匠，也投来敬重的目光。

来高寨的时候，李书文没有告诉师公是去兵工厂，那是军事秘密，只是说区苏维埃政府要打制一批箱子，需要他去高寨找一些好木头。看到红军战士和哨兵，师公开始明白，这是一趟更重要的活。

高寨的兵工厂在一个隐秘的山坳里。从哨口穿行到高寨，仍然有一段曲折的山路。师公当年才四十来岁，走到高寨的村头已是气喘吁吁。看到村口那棵迎客松，还得走上四五里路。师公有段时间没有来到这片神秘的地方了。他朝村落望去，两条溪流交汇的半岛上建起了一栋四合院式的房子。师公跟随着红军战士，来到了这栋新房子里，走进了一间办公室，受到首长的热情招待。

吃完饭，首长把任务说明白了，枪托问题导致大批步枪做好后验收不过关。需要木匠设计一种枪托的造型，和寻找一种合适的木头。

师公来到步枪生产车间，那是一个隐秘的山洞。首长带着他参观了车间，一批批工人正在忙碌。有的用大锯分解木头，有的用斧头砍树皮，有的把树木劈成枪托的造型。山谷里，到处飘荡着新鲜木头的气味，这是木匠最喜欢的气息。那些接受了山野精气的木头，在为人类奉献肉身之后，灵魂都变成了这种香气。木匠不用查看，凭这种香气就能知道这些灵魂代表哪种树。每一种树木的香气都不同。杉的气味有些辣，松的气味像酒，栎的气味淡淡的，柞树的气味有些涩。

这时，师公突然闻到了一种油茶树的气味，不禁皱起了眉头，不由得朝这种气息寻去。他问工人，这木料，怎么会出现在工厂？这可是宝贝啊！

红军首长说，战士们反复比较，觉得这种树木的材质最好，坚韧，耐久，做枪托不会裂缝，比杉、松、栎等树材好多了！

师公说，但这不是木料，而是经济作物，是生产茶油的好庄稼，是需要好好保护的树木。你们知道吗？这样一棵碗粗的油茶树得多少年才能长成呢！这样一棵树，一年可以产出几十斤茶油啊！我们是要枪呢，还是要油？我们红军得好好估算一下！

首长说，你说得有道理，以后必须禁止再砍伐油茶树。等下我们会对这件事深入追查，到底砍伐了多少油茶树，要严厉追究责任！这次请师傅上山来，正好请你来参谋参谋，可以找一种什么树木来替代。首长接着跟工人说，叫你们的连长来，问问这砍树的情况！

师公说，我敢说，同意砍油茶树的一定不是我们赣南的子弟！我们都知道这树宝贵，知道一棵树长得不容易。

一位红军战士来到首长跟前，敬了个礼，说，错误是我犯下的。首长说，哦，听口音就是上海人？红军战士说，我是党中央从上海派来的技术工人阿明，支援我们中央苏区红军兵工厂建设的。

首长听了，朝师公笑了笑，说，果然如你所说。他又转身盘问，你是上海人，那对这种树是不认识了？无知者无罪，就让这位师傅跟你讲讲这油茶树的重要性吧！今后知道了，就要改过！

师公问上海工人，你知道这是什么树吗？阿明说，我其实知道，而且非常喜欢这种树木。我来到赣南的深山里，和当地老表们接触多了，哪有不知道这油茶树的呢！师公说，那你倒说说，这油茶树在你们上海眼里是什么样子的！阿明于是细细道来。

有一次，兵工厂的工人们忙活完，到老乡家喝茶。这是非常特别的茶，叫擂茶。阿明来到梅江边，对当地物产总是特别好奇，问得特别多。他问这茶为什么香，怎么制作的。老乡说，这茶是茶叶和芝麻擂成的，和上了茶油就成了茶泥，用热水一泡，就非常香甜。阿明当然不懂这个擂字，不知道打擂台的擂字还有另一种意思，全中国就这梅江流域这样用这个擂字。

擂茶？擂字是什么写法？工人反复问。老表说不清楚，就搬出茶钵，把木棍在茶钵里比画，说，这就是擂茶！

阿明凑了前去，仔细观察了茶钵内壁密布的齿纹，又看了看木棍，说，这木头是什么树木，长年累月在茶钵里摩擦，好快就会被茶钵上的牙齿吃短吧？这木棍能用上多久呢？老表说，能用上几年呢！这是木梓树，木质好，天生是擂茶棍的材料！

阿明叹口气说，可惜它是油茶树，不能砍来用作枪托，这么好的木料，真是难得哦！阿拉晓得了，这擂茶，用的是茶油，擂的是油茶树，这树在你们这里肯定是非常珍贵的树木！难怪我听说大首长来这山沟里，也带领战士和乡亲们种过一大片油茶林！

老表说，就是、就是，要说木质，油茶树木质好，但油茶树不容易长大，而且主干和枝条很少笔直粗壮，所以很少用来做家具。我们要砍一根枝条来做擂茶棍，都要反复寻找，犹豫不决，舍不得下手呢！

阿明说，虽说是收获果实的树，不是用作木材，但我倒觉得，有时候必须砍掉一些枝条，没有必要舍不得的！老表说，每根枝条都是结果的，你舍得砍去？每砍一根都是损失，我们当然是不舍得下手了！上海工人说，你带我去看看，我觉得不是这个道理。

上海工人阿明带来了新见解。一起喝茶的工人，村里的老表，听说了这个议论，都围观了起来。一伙来到一片油茶林边。

这是一个大山坳，整个山坡都是油茶林，树们密密地铺展在坡面上，一直伸到溪涧边。靠近溪边的，往往高大无比，而山梁上的，往往低矮如灌木。不时有野鸽子飞起来，从这棵树飞往那棵树。而野鸡受到惊吓之后，发出咯咯咯的打鸣声，短促地鸣叫过后，就张开赤色的羽翅滑过山梁。

老表说，你看，这树绿油油一片，自然，茂盛，想到每一根枝条都要结茶籽，能舍得下手砍吗？

阿明说，当然也可以砍！这不叫砍，而叫修剪！这片油茶树的林子太密集了！我在上海的时候，年轻时做过一阵子园林工作，遇到过一位史密斯牧师，曾经听他讲过种植果树的知识，我觉得他讲得有道理。

老表说，外国人？外国人的话你也相信？这油茶树是我们中国人种植的树，一个外国人又怎么会懂呢？！我倒想听听，外国人怎么说。

阿明说，外国人讲的种植，没有专讲油茶树，但讲的是所有的果树。史密斯告诉我，这果树不能种得太密，树上的枝条到了春天得修剪，果实反而会长得更多！你看，这油茶林中间没有一点空隙，特别是这溪边的，都长得高大密集，但你们想过没有，摘茶籽时，你们喜欢这种高大的树吗？你看，那山梁上的茶树长得不高，而且稀疏，但树上的果子是不是反而更加饱满？

老表笑了，说，那叫崇岗木梓！谁不知道呢，在我们这儿的意思，就是没有人搭理自己也会结出大茶籽来。我们时常用来形容人，虽然有贬义，可又有赞扬，说的是那些可怜的孤儿，吃着百家饭，可是非常争气，长得结实！

阿明说，这就对了，虽然少于管理，却长得非常好！这没有管理，却反而符合成长的道理，你们就没想过，从来不会纳闷，为什么它们会比坡底的树林结的果子大呢？你看这棵，看起来高高大大的，但那茶籽，却小得像老鼠屎，如果砍掉一些枝条，我相信它能结得更好看！你看，这三株如果变成两株，有了间隔，那些枝条就不会层层交集，受到的阳光雨露就充足，果子最终可能长得一样多！同样一升米，三个人吃和两个人吃，谁能长得好，这道理你总应该明白！

老表说，哪能这样想呢？树多，果子自然就多！阳光雨露再少，大家也要共同分享！就像我们红军队伍，枪多，那胜利的果子就自然多！

阿明说，哎，我们一时讲不分明，将来你慢慢就会明白！可惜现在是战争年代，我们没办法占用时间来试验，等到中国不打仗了，我们倒是要好好试试，史密斯讲的法子在油茶树身上能不能得到印证！这一天，一定会到来的！

在回去的路上，阿明突然看到一棵高大的树，老相，果儿细小而稀疏。阿明说，这棵树也可以砍，这树就是老了，老而无用，占着地盘，无力结果子，要是我，这树就砍了，把空间腾让出来，给其他树！

老表说，这可不能这样说，这样的树，我们反而要保留和敬重，这可是树王啊，它虽然老了，但它做出过贡献，我们每年到这里来采摘或铲草，都要向它叩头行个礼！

阿明有些感慨地说，我不能说这样做不对，你们讲究的是感情，我讲的是科学，是收益，这是完全不同的东西，我不能说乡亲们这样做没道理！但是，你看，那有几棵枯死的茶树，总可以下手砍了吧？正好，我们工厂里还少几根好木料，就不要让它在这里待着！

老表说，那倒是迟早要砍掉的，但以前我们一般砍来作柴火。这棵树，待的地方太偏僻了，不好砍。看它的样子，就像一把步枪，可能天生就是等着你们来砍伐，这是天意，它要参加红军，那就砍吧！

就这样，兵工厂里出现了一些油茶树的枯枝，而这些树枝虽然气息不如生长的茶树浓，淡淡的气息仍然被师公李桑捕捉到了。师公听了阿明的故事，说，这就不算犯错误，这是死了的茶树。

首长听了，也高兴地说，阿明没有责任，他跟群众打成了一片，而且还遵守了群众纪律，群众不愿意砍那棵树王，也不会勉强。群众不相信剪枝，也不勉强！现在可好了，又是上海来的专家，又是本土请的专家，我们的兵工厂可以无往不胜，没有克服不了的困难！

阿明离开后，师公又来到料场，仔细观看那些木头。师公说，工人不是招收的木匠吗？首长说，由于需要工人多，这些都是红军战士，开初只是请了木匠师傅来教大家拿斧头拉锯，细节的技术就没有来得及细教了。如果请的都是木匠，都是像你这样的师傅，那梅江边群众的生活会受到影响，那些木匠要留在地方为大家服务。

师公说，难怪了，这些工人只知道照葫芦画瓢，只知道完成数量，没有好好检查木头。师公指了指一堆树料说，这是暴长的杉木，长得快，木质不稳定，生木做出来，晒干后就会变形，会影响瞄准。还有这种松木，太重，拿起来沉，手就容易晃。再看这种栎树，也是木质疏松，容易变形。

首长对师公连连称赞。师公又来到加工现场，拿起一件做好的枪托，手里掂了掂，然后放到眼前瞄了瞄，就说，这个造型不好，枪托两面虽然有弧线，但最顶端的托柄像一个三角形，你试一试，拿在手里这一端太沉，重心不容易把握，瞄准时容易拿不稳。师公重新画了一张图，把末端的三角形变小了一些，把重心移到了中间的位置。

师公受到首长的礼遇。师公要回家去，但首长说，师公只说了什么木头不好，没有说哪种木头好，需要再待一些日子，带着战士到各个山头走走，寻找合适的木头。

就这样，师公就留下来了。有一次，师公和一位红军战士去看山场，看到几位战士在试验手榴弹。一位战士拿起一颗手榴弹，拉起引线就要甩到远处，但那手榴弹从手中滑落，眼看就要爆炸了。这时旁边的一位战士迅速把战友推开，两人一起伏在地面上，一阵轰响之后，救人的战士背上挨着了几块弹片。

师公对红军战士的受伤记忆很深。当天看完山场，师公就对首长说，今天看到一位战士试验手榴弹受伤了，不能怪战士不小心，而要怪手榴弹太滑，应该设计另一种形状的手榴弹，让红军战士拿在手里不容易滑脱。首长听了连连点头。师公说，今天一路看山场，他一路在思考这个问题，在村口的拱桥上，一只松球落下来打在他的身上，他突然想到了，这手榴弹可改成松花雷，就是做成松球形状的，外面有鳞片，就容易抓住了。从此，兵工厂的松花雷诞生了，受到红军战士的欢迎。

师公的智慧，让首长对师公有意挽留，又不好当面明说，就故意增加了行程和事务，让红军不断地带着师公到梅江边的各个山头打转。白天，他们山上转，晚上就会带来许多有用的灵感。有一次，兵工厂的润滑油不够了，但有一批枪等着验收，以尽快送到前线使用。师公知道了，就问食堂里有没有山茶油。首长带着师公来到食堂，从油瓮里倒了一碗，端着来到了枪械车间。

师公把一杆新枪拿在手里，用棉布沾着山茶油，在木头和金属上擦拭起来。然后，他拉了拉枪栓，一阵咔啦咔啦的响声，让首长大喜过望。这时，几位战士学着师公的样子，用山茶油来当枪油，忙碌了起来。一位战士不习惯，不小心被金属弄伤了手指，手指红肿起来。师公用茶油在战士受伤的肿块上搽抹了一阵，过了不久，肿痛的感觉减轻了一些。

师公成为首长的座上宾。首长特意用山茶油炒了一盘青椒，这天中午两人还喝了一点米酒。两人聊得高兴，就说，这茶油真是神油啊！我要建议大量种植，军民共用。

师公下山之后一年，又被首长请上山去，说是有大首长要见他。师公一开始把警卫员看成了大首长，而真正的大首长像一个伙夫。直到大首长前来拉住了他的手，夸赞了一番师公，询问兵工厂官兵传说的神油之事是否属实。师公连连点头。

就这样，师公第二天就跟着一批红军战士来到溪涧边的山坡上，开始种植油茶树。过了几天，油茶林种好了，师公准备下山。但首长又叫住了他。首长说，还有一个任务，得他来完成。师公说，什么任务？

首长说，修建一座油坊。将来这片油茶林长大了，油坊正好就派上用场。

师公说，梅江边的油坊已经有不少，高寨的寨子里就有一座。再说，油茶林一般要五六年才能长成采摘，现在修为时过早。

首长说，革命事业可是长远的，岂能不谋划长远，我们要对革命有信心，提前做好水车，可以先免费为乡亲们服务，五六年后油茶林成熟了，就可以正式投入使用。那时，中央苏区就将迎来流油的日子！

师公想了想，说，兵工厂倒真是缺了一座大油坊，不只是为了将来的油茶林，眼下的兵工厂就非常需要。看到首长一脸疑惑，师公又对首长说，兵工厂非常需要水车来帮忙。

这段时间，师公在村子里转悠，走遍了村里的祠堂和新建的厂房，参观了所有的生产车间。有一次，师公看到一堆废弃不用的机器，不由得好奇地打听。战士们告诉他，这些车床原来都是些珍贵的家伙，耗费战士们的力气从各地搬迁而来，可惜这大山里没有蒸汽机、内燃机，这些机床就像没有力气的男人，蹲在地上转动不起来。

师公告诉首长，这些车床可以搬到村边的老油坊里试一试，想办法改装，把水车的转轮接通车床，这样水车就成了水轮机。首长听了大喜过望，对师公说，你的想法跟上海工人正好一样！

兵工厂辗转在赣南的群山之中，上海工人来到高寨之后，正为那些瘫痪的机器大伤脑筋。知道师公的大名之后，他时常和父亲一起找师公聊天，分享师公的智慧。战事越来越吃紧，兵工厂一再发动加班，但无奈没有机器的帮忙，效率提不上去。他一直跟首长建议要找到动力，让那些机器复活。

首长把上海工人阿明叫到了办公室，开始研究让机器复活的问题。上海工人和师公来到一座老油坊前，反复研究水车的动力系统，商量用最原始的办法把动力引到机床上。工人在纸上涂涂画画，比画着力量的走向。而师公则思考着如何把那张草图用精细的木头和简单的铁块连接起来。

在溪水边，上海工人抽着师公的烟草，最终敲定了一张完善的草图。紧接着，师公又和红军战士们一起，沿着瀑布群找了处好地方，修建了一座新油坊。父亲这一阵子，就是让这座油坊吸引了。

当然，吸引他的是那架水车。他帮着师公打下手，同时细心地观看师公如何估算木料，如何把木料变成二十四根长短相间的条辐，支起一个大圆轮和里头套着的小圆轮，结实的轴转动了那些瘫痪已久的机床。油坊的水车四季转动，平时就成了一个兵工车间，深冬时节则让给乡亲们榨油。

17. 修　复

　　说实话，经过十多天的追踪，我对大单的直播慢慢没有了当初的热情。特别是连续多日，水车的故事慢慢淹没了寻亲的主题。尽管嘉欣回忆上网课的情景，回忆水车的来历颇为吸引人，带着生动的孩子腔，但没有现场感，大单为此又找到李木匠讲了一次。

　　当然，我还是喜欢不时看到那菱形的耳环，淡淡的口红，俊俏的鼻子。青春美丽，倒是永远不会有审美疲劳的。只是，那个隐形的粉丝，那个大单最在意的粉丝，一直没有动静。

　　我和妻子试图在评论区里捕捉到她的信息。我们注意到，有一个人对嘉欣的事情非常关注，提了不少具体的细节，请大单回答。妻子几乎就要认定这个评论区穿"马甲"的粉丝，就是嘉欣的妈妈。但后来这个人却又说起另一些细节，又完全不相吻合。

　　这时，我提出了自己的担心。我对妻子说，这些天我一边看大单直播，一边看了不少乡村题材的书。比如，我看到篇小说，写的也是跨省婚姻的悲剧。女主人公回到湖北之后，就再没有回过村子里。但是，女主人公每年暑假都会回到小城，男主人公就带着儿子出城，跟母亲进行一场特殊的探亲。女主人公不能回村，不能带着女儿一起看望儿子，是由于回湖北之后又结婚了，有了新的家庭、新的孩子。

我对妻子说，嘉欣妈妈之所以永远在"潜水"，很可能有了新的家庭，所以就算天天关注着大单的直播，也可能不打算回到村子里了。妻子听了，觉得问题这样就严重了，大单的直播，嘉欣的等待，都将落空。

但我安慰她说，这只是可能。就算有了新家庭，现在生活条件也好了，通信条件也好了，交流见面也方便了。所以，那么多人寻找亲友，会走到《等着我》节目，甚至为寻找初恋情人，不怕现在的爱人怪罪。自古以来，重逢邂逅都是件美丽的事情。"红酥手，黄縢酒，满城春色宫墙柳。东风恶，欢情薄。一怀愁绪，几年离索。错、错、错。"这是陆游和唐婉在沈园重逢留下的绝唱。"自是寻春去较迟，不须惆怅怨芳时。狂风落尽深红色，绿叶成阴子满枝。"这是杜牧看到恋人成为别人妻后的叹息。"焉知二十载，重上君子堂。昔别君未婚，儿女忽成行。"这是杜甫为朋友感叹而留下的沧桑。

虽然这样安慰妻子，但我却对直播的热情稍减几分。就像有时我们老是用倍速来追一部长剧，我们老是希望剧情能快一些，再快一些。我一边追直播，一边不误自己的读写。《九月寓言》看完了，《邮差》看完了，《克拉拉与太阳》看完了。而《树上的男爵》，简直跟我的记录性写作深深共鸣。那个柯希莫，我像他的父亲一样，都以为他在树上待不久，但他就是不下树。这多么像那个隐身的粉丝——嘉欣的妈妈。

她就是不露面。就像树上的男爵，老是不落地。而我和妻子都说，看了大单的直播，她迟早有一天会露面的。

为此，我继续漫不经心地听着水车的故事。

李木匠修复水车的过程并不顺利。他认真地研究了方案。他看到油坊的修复问题不大，那碾盘骨架用的是木料，木头还是好的。那油寮的土灶，也还可用。榨油的冲槽，由于茶油长久滋润，抹去灰尘更是依然如故，一点败朽之处都没有。门窗也还是完整的，他不明白这个荒废的油坊为什么还能保留得这样好。这个谜直到另一个老人的到来才彻底解开。

但水车的状况完全不同。看到水车的状况，木匠就跟张书记建议改变方案，强调修复不如新造。当然，木匠从来没有造过水车，师公和师傅从来没有把这手艺传下来。但他凭着这架残缺的水车，依然能画出图纸重新制造。张书记听了，沉思了一会儿，果断地说，意义不同，如果新建一架水车，那不是红军油坊，就失去了纪念的意义，我们还不如在这河边修建一架，像那些小镇的领导说的那样。

李木匠没想到张书记会反对，但觉得她说得有道理。他自己愿意来义务劳动，就是这水车有不一般的意义。就这样，此后的一段时间里，他一有空就来高寨，将油坊打扫干净。他根据现有的水车，仔细研究了辐条密度、轴孔分布、轮子弧度、接水槽，通过一番计算，他终于把一支铅笔夹在耳朵里，兴奋地跟张

水车简史

琴汇报了计算结果。接着，张琴叫李木匠自己去想法设计筹备这些木料，但她可以帮着搬运。

李木匠把材料运过来的第二天，发现有人动了这些木料。木匠和张琴到高寨村子里询问，并宣传修复水车的事情，希望乡亲们支持，但乡亲们却说没人去过那里。

如此者三，只是相隔了几天。事经三次之后，李木匠不让张琴开车，自己半夜起来，提前来到了油坊。木料又被弄散了！李木匠远远就看到丢在溪中的木头，不禁火冒三丈。这时，他看到隐约有个人在油坊走动，看样子正准备离去。李木匠赶紧跑了过去，一把扯住了这个人，定睛一看，却是村里的老人，这油坊以前的打油师傅——燕生。

问起原委，老人说，他准备回到村子里居住，只有这座油寮可以安身了！

原来，燕生跟着儿子进城住了一年。他在城里实在待在下去。儿子住在县城一个叫"梦想家园"的小区里。小区在工业园，儿子一家乔迁了，当然包括燕生和老伴。前不久，疫情封闭了小区，一家人在"梦想家园"待着，吃饭，睡觉，做梦。

燕生跟老伴说，这样住着不是回事，这小区里什么都要钱，用的水是钱，用的电是钱，小区里还不让种菜，还不如回老家去，至少自己能够种菜，还可以随意走动，不像在这套房里，简直关在笼子里一样！

老伴也有同感，说，只是老家的土屋拆掉了，回去住哪里呢？

燕生想了想，就说，我们还有一处，就是那座油坊，不是我父亲给留下的嘛，现在荒废了，我先回去打理一下修缮一下，好了就来接你回家。

燕生回到村子里，情不自禁去看望老家。土屋已变成了菜地，燕生老泪纵横，于是就来找嘉欣的爷爷哭诉。燕生说，我家的老房子，是父亲二十世纪五十年代做的，那可是村子里最早建的新房！这栋房子到现在还好好的，为什么村里就容不下它呢？你说，我们老人就喜欢住老房子，那天我看着挖掘机开到老家，那铁斗往屋顶一拉，哗啦啦，瓦片滚落，土墙倒了下来，我仿佛听到父亲在骂我没用，这点老家的东西都保护不了！

嘉欣的爷爷说，你为什么不上去拦着呢？

燕生说，我上去了，但村支书说，如果我拦着，城里的那套房子就要收回来！我知道，那房子可是政府给的，家里每个人补助了两万元，政府就这样帮助我们家出了十多万元，那房子还是特价的，我们基本上没花钱，这笔账我当然会算。如果收回来，儿子就买不起房子了！我只能眼睁睁地看着父亲的产业推倒毁灭。

嘉欣爷爷说，我可不管村里怎么说！来推我家的房子，我就拿着一把猎枪站在土屋前，谁也不敢前来动我家的老房子，村主任当时想把我抱住拖开，张书记过来劝告说，还是算了，这是一位老兵，情况特殊，他等着自己的媳妇回来有个纪念。

就这样，燕生抹了眼泪，从嘉欣家又来到了女儿家。女儿是外村的，但在移民新村里建了小店，算是同一个村子里的人了。燕生跟女儿商量，打算去油坊居住。女儿不让，说两个老人在油坊里住着危险。但燕生铁了心，对女儿说，住女儿家里更不方便，风俗不允许这样，再说那油坊简单修缮一下还是能住的。

女儿勉强答应了。

燕生上高寨准备修缮油坊，却发现有人堆着一些木料。燕生心想，莫非还有人想占用这个油坊开个木匠作坊？家里的土屋被拆了，村子里已经没有一点根底了，现在连个破房子都有人打主意！看到自己进城了，也没人打个招呼，幸亏这次回村了……燕生越想越气，就把木头丢到溪水中了。

听到李木匠讲起张书记的主意，燕生这才明白这油坊不要自己修缮了，看来回村这主意还真是不错。燕生倒是热心起来，说张书记真是菩萨，跟他想到一块儿去了，这油坊修复好了，这水车修复好了，他和老伴不就有地方住了吗？

李木匠说，这样也行。于是，两个人一起整理油坊，把那些丢散的木头重新捡回来。从此，李木匠不让张琴来送他了，两个老人每天一起上山，晚上住在一起。

晚上，两个老人在哗哗的涧水声中，聊起了油坊的过往。燕生说，这座油坊，你师公是建造者，我父亲是最早的使用者，今天我们聚到一块，还真是有渊源！

李木匠说起了燕生父亲儒生与油坊的渊源。

那年霜降过后，茶籽下山了。师傅和儒生进了高寨村子里的油坊。但区苏维埃干部告诉他们，今年两人去另一座新的油坊开工做事。两人来到了高寨的瀑布边，看到了新修的油坊、新建的水车。比起山中那座老油坊，这座新建的更有动力。儒生一看就知道，是红军参加了建设，那力量就不同一般了。红军修建了牢固的大水沟，把溪流引到了油坊，水车转得迅速有力。

让儒生惊讶的是，这座油坊虽然刚刚建起，但早已有人使用。他和师傅踏上高寨的石桥，就听到哗哗的瀑水中传来水车的吱呀声，随即有一种沉重而又尖锐的打击声，像是油槽的槌木，但又听得出不是木头与木头的碰撞，而是金属与金属的接触，声音里包含着超人工的力度，因此响亮而又稳健。儒生随即明白，就像原来的老油坊一样，这里从来没有空闲过，红军早已将水车的力量从油坊的碾床引到车床上，为兵器的成型提供强大的冲击力。

儒生走进油坊，果然看到几位战士在忙碌。他们放下水闸，停止水车，从车床上取下那根传输水车力量的杠臂。战士们吃力地移动车床，儒生赶紧前往一起往车床下垫起圆木，推动车床去往油坊最南边的角落，并为它苫盖早已编好的稻草席。红军战士说，流油的日子到了，水车暂时让给村民使用，你们可要好好保护车床，不要让它露出了身子，以免沾上各种尘屑。

儒生笑着点了点头。油坊确实被战士们收拾得干净整洁。紧接着，一担担茶籽挑到了油坊，吱吱呀呀的水车转动声很快盖过了瀑水声。儒生来到新鲜的槽木前，回想着它是来自哪个山岭的大树。他又摸了摸坚硬而粗壮的槌木，想到自己全身的力量即将往这根木头里灌注，身上的肌肉不由得一阵收紧。

他突然想，水车的杠臂能用到这根槌木上吗？他把这个问题说给了师傅听。师傅点起一支烟，在车床和槽木前转悠了几圈，沉思了很久，最后还是摇了摇头，说，水车的力量能够拉高冲锤，虽然能打造和切割车床上的零部件，但那点自上往下的冲击力，对槽木的力度远远不够，还是得人工蛮横地拉槌轰击，才能一步步压榨茶饼，让茶油渗透出来。

儒生失望地说，看来我们把茶籽变成茶油，这水车只能帮到这一步了。

师傅说，老祖宗的智慧我们用了几千年，但兴许以后会有新法子，兵工厂有几个上海来的工人，他们说大城市可不用这种水车，那里照明用的是电灯，走路坐的是汽车，你看这红军的车床，原来就不是用水车，而是用蒸汽机、内燃机，只是我们这里没有电，也没有汽油。

儒生看着那座披着草席的车床，又看看那根沉重的槌木，说，将来不打仗了，我也要去大城市看看。

…………

李木匠问，你父亲后来参加红军，看过了一座座自己打下的城市，为什么还是回来了呢？

燕生对李木匠说，父亲是个劳动惯了的人，他说自己没文化，上海工人说的现代机器他伺候不了，还不如回家种地踏实。这座老油坊，你师公建得结实，我父亲也管护得踏实。

李木匠说，后来梅江两岸人们纷纷出门打工，油茶林无人管理，加上电力压榨了机子的空间，这油坊就像我的手艺一样，也渐渐荒弃了！他们大概没有想到，这油坊会修复起来，会保留下去，但却是另一种用途了！这还真得感谢驻村的张书记！

18. 转　水

嘉欣亲眼看着溪流来到了水车边。那奔腾的溪流，从高寨的拱桥下跌落，一路跌跌撞撞的，像漂流的游客不断发出兴奋的尖叫。待这种尖叫渐渐平缓，溪水又晕头转向拐了个弯。一片落叶同时被卷进这股幸福的流水，撞上了水车新鲜的额头。水车的接水槽，至少有一半是新的。松木的香气诱惑着溪水，这真是一对老冤家！这种诱惑，在多少年前水车最初建好的时候，就开始了。

水到渠成。这水渠是张书记提前想到的。听到修复工程进展顺利，张书记就趁镇长进村检查粮食生产工作，特意让张琴带他到高寨走了一趟。镇长被张书记的执着和创意折服了，立即同意了张书记的方案。这个方案不仅是水渠，还包括高寨整个旧址修复，包括兵工厂山洞、红军种的油茶林。撰写简介，建牌立字，硬化道路，这些都在同时进行。张琴写方案的时候，村支书又加了个内容——烈士小陵园。

原来，民政部门为全县散葬烈士统一刻制了墓碑。村干部从小镇领回墓碑后，一直堆放在村委会。张书记动员村民领墓碑安葬，但村支书说，不要指望村民自己去建墓，他们不是烈士的直属亲人，要么是过继的，要么是叔伯。张书记说，有条件了村里要统一找块墓地，修建一座小陵园。村支书听到镇长同意了张书记的项目，就趁势而上大胆提出了小陵园的想法。

镇长同意了。镇长说，这不是雪花膏，而是比雪花膏还重要的脸面！现在各个村都不大愿意申报工程，说是村子里这几年什么都建好了，要水有水要电有电要路有路，其实哪能这么简单呢？这些都只是基础设施。要让村子继续富起来美起来，还真要花点心思，他们哪就是脑子懒怕事多，不像我们张书记！

嘉欣看着水车的接水槽注满了，呆笨的水车似乎被一只手推了一下，动了动身子。一个接一个水槽注入了溪流，水车终于发出了有节奏的吱吱声。张琴听着水车的吱吱声，对木匠说，这木头是不是要散架了？该为那些接口打点润滑油的！木匠笑了起来，水浸千年松，这松木就是喜欢水，水就是润滑剂，有了水就能不腐败。张书记顺口说，流水不腐，户枢不蠹，用在这水车上也是合适的。

嘉欣看着水车一圈又一圈转动，一点儿也不觉得头晕，仿佛自己也成了一架水车。溪流转动着水车，溪流声与水车声变成动听的合奏。水车像个久未洗澡的孩子，遇到清清的水流情不自禁哼起歌谣。要不是春寒犹在，嘉欣也想跳进溪水里好好享受。嘉欣看够了水车，又钻进油坊，观察水车带动大碾盘的场景。

嘉欣发现，其实水车并不是孤单的轮子，大碾盘是另一只巨大的轮子，它们简直是一对恩爱的恋人，携手并进。水车就像一个男子汉，站在外头经风历雨为碾盘加油。水车正对溪流，像个干渴的赶路人，把嘴巴凑到溪水前，吞了一口，接着又一口，永不满足。水车与溪流形成直角，水车的一只手伸进了油坊洞口，跟大碾盘紧紧相握，如脐带相连，心心相印。源自水车的力量，让大碾盘不断吐出茶籽粉末，像母亲在哺育孩子。而这个孩子，就是生生不息的人类。

燕生跟木匠一起修复油坊的时候就聊起，这水车不能只是转，还要真正地用。他到女儿家找了些陈年茶籽，让张琴运到高寨，水车试水那天，就不会空转。燕生恢复了一个油坊师傅的面目，像是在表演又像是在生产，接续着一项项程序。蒸煮，做饼，上榨，拉槌，接油……生动而朴拙，古老而又新鲜，一个个画面，被张书记的同事给拍摄了下来，成为他梦寐以求的"非遗"影像。

水车试水这天，张琴遇到了一个难题：张书记要亲自前往高寨观看。张琴对自己的开车技术倒是有把握，一个月来在这段山路来来回回，技术倒是练到了极致。她就是担心张书记肚子里的孩子。万一——谁能打保票呢——万一路上有个坎，车子颠起来，或者山路遇个小动物，车子紧急刹车，那未来的孩子可不乐意！但张书记相信张琴的技术，还是坚持要去。最后，张琴不得不答应。

嘉欣也是坐着张琴的车子一起去的。回去的时候，嘉欣捡了不少木头，塞到张琴车子的后厢里。张琴问，这些木头捡回去干吗？嘉欣说，将来木匠爷爷有空了，可以做一架小小的水车！

水车简史

张琴说，村里不是有木匠店吗？那里的师傅开着电锯，做起水车来快，店里的木头也多，不需要带这些废弃木料。

嘉欣说，我知道，我曾经到木匠店里偷偷捡了几块木板回家，爷爷听说是要做水车，就说这木料没用，都是压缩板，浸不了水，也做不得水车。张书记说，嘉欣年纪小但好动脑子，看到木匠剩余的木料就打起了主意。张书记接着问嘉欣，你的水车放在哪里呢？爷爷会做水车吗？

嘉欣说，我想安装在小院里，爷爷不会做，他问了几个木匠都不会，但我想，总能找到会做的木匠，比如李爷爷。

张书记说，我倒是会做水车。

张琴扶着方向盘，发动了车子，换了爬坡挡，一听就笑了起来，说，张书记只会写东西编故事，怎么会做木匠呢？张书记说，嘉欣不知道玩具水车是什么样子，但我知道，我从小玩过，根本不要木头的。看到嘉欣急切的目光，张书记顿了顿，又说，我小时候最喜欢玩水车了。

出了高寨，过了拱桥，转到隘口，张书记叫张琴停下车子。她缓缓下车，走到电讯塔边，环顾四野。张琴知道张书记带着告别的心情。果然，张书记摸了摸肚子，说，宝贝，我知道你在催我回城，让我休假，这可能是我最后一次在这山顶眺望了。你看，多好的风景呀！江山如画，这边就是梅江，那是大坝长桥，我经常散步的地方。那边就是瀑布群，里面藏着一架水车。你看，杜鹃花快要谢了，到时能带着你一起来看看，多好呀！

张书记挥动相机，拍了不少视频。张琴扶着张书记上了车，一路点刹，就到了涧脑排，到了嘉欣遇到野猪的地方。桐花已经开放，大片大片铺在树下像一张地毯，而桐树成了伫立在地毯上的女神。

张书记说，我们做玩具水车，就是用这桐树的果实，我们叫桐籽。只能是还没有熟透的青桐籽，果子圆圆的，果皮嫩嫩的，这是水车的转轴。油茶树的叶子坚韧，叶子边缘有小牙齿，大小也合适，摘了一枚撕成两片，插到桐籽身上，就是一架水车了。再找一根坚实的小树枝，朝桐籽中心穿过去，安放在有落差的流水中，这水车就会转起来。

张琴听了，感叹地说，这种不花钱的玩具多好，可惜现在的孩子，都不会手工制作玩具了！

张雅说，小时候农闲我们就玩这个，喜欢在桐树下纳凉，做水车，听蝉叫。我估计，这涧脑排的孩子以前肯定玩过。这真是个好屋场，看这些李树、柿树、桐树，有吃的有玩的，这桐树可以打桐油卖给船家，是护木头的好东西，到时修复的水车和油坊，那木头也要刷上一层桐油。

嘉欣说，听起来这玩具一分钱也不花！这可真好，我也做一个。张书记说，桐树结果时，如果我还在村子里，一定帮你做一个！

19. 生 计

李木匠听说戏精回到村里，就叫上嘉欣的爷爷，一起上戏精家喝酒。戏精还住在土屋里。从公路走左一道缓坡上去，就看到一栋废弃已久的众厅，虽然只是一栋土屋，但从房梁和天井来看建得甚是雄伟。但经不住人气虚无，左边的厢房开始塌圮，东边有一条巷子，天井上侧的部分已天光大泄，几根木头支着一堵断墙，看得令人心惊。

巷子的下头是戏精的居所。戏精拿出了几瓶白酒，说是儿子们孝敬的。三个老家伙像联合国秘书长一样，评点着世界局势。一会儿说美国，一会儿说印度。

三个老人聊来聊去，最后就回到了现实，还是得聊到生计问题。戏精感叹说，我从来没有像今年这样感觉到挣钱难了！许愿唱戏的人也少了。你看，这都快半年了，接的戏还没有以往一个月的多。

这些年，梅江边的乡亲在外头创业打工，遇到不顺的事情就会回乡按习俗求神问佛，给寺庙许一台戏，这是游子的一种心灵寄托，并非迷信。他们在外头打拼，便求神佛在家乡护佑。这种傀儡戏是一种小型的土戏，相当于大家围着一台电视在观看，这种土戏便宜实惠，而神婆或寺庙往往借助这种土戏做旺香火，娱神娱众。

嘉欣爷爷说，没想到这疫情把你也牵连上了！但你忧愁的应该不是耽误了生意，而是耽误了去你相好家吧？！戏精说，你也别笑我，年轻时你还不是像我一样喜欢到处跑，提着一支猎枪，谁知道打下的猎物送到山里哪个寡妇家了。老木匠也跟着笑了，说，看这几个老不正经的，似乎永远有一颗年轻的心！

戏精就是这样的人，不知是戏文教给他的世界观，还是跑江湖养成的老习惯。他在娱乐乡亲的时候，肯定自己也得到了莫大的快乐；而且把生活完全弄成了一台折子戏，有滋有味，兴味绵延。在梅江边，戏精和猎人都能留下许多风流故事。

嘉欣爷爷对戏精说，山上不能打猎了，我早就改成下河捕鱼了，生活倒是不耽误，你也这把年纪了，就没想过收心在家里陪陪老伴？

戏精说，我可得生活啊，像你一样，可不能光指着孩子给生活费。戏精又指了指老伴说，要说不收心，也是假的，这些年我东奔西跑的，丢下她一个人在家里，两个儿子都带孙子去了，老伴得由我自己照顾。儿子家在小镇里，老伴生病后，我们顾念着这老房子，就一起回来住了。

老木匠说，老伴老伴，少年夫妻老来伴。

戏精说，可不是，就像我这玩的木偶，总是一男一女的，这就是世界，无男无女不成戏嘛。我和老伴这一辈子可没少吵

水车简史

口，我天天在外头跑，她担心我跟别的女人瞎混，一辈子都不开心。她这病，就是为我落下的。

嘉欣爷爷，看来我们都是浪子回头。老木匠说，可不是，张书记那次开会时不是说过你，家里为什么会穷，就是浪子回头得太晚！

这事嘉欣爷爷当然记得。

嘉欣爷爷退伍后，不思正经营业，天天扛着把猎枪往山上跑，打了猎物换酒喝。十天三个圩，往东一个小镇，往北一个小镇，往西一个小镇，每到逢集这天，老东西就喝了个醉，就有熟悉的人打来电话，说老人倒在路边了，喝醉酒了。嘉欣的爸爸为此时常放下手里的活，骑着摩托车去接老人回家。

嘉欣三姐妹出生那阵子，外头打工不顺，家里干活不顺，嘉欣的爸爸心里烦，就吵，这样的人家哪能富起来呢？！

嘉欣爷爷有自己的说法，他们家翻不了身，是有原因的。为什么穷？张书记可是一家一家上门调查过的。那天在祠堂里开会，张书记说，个个村庄有穷人，这老话说得对，我们今天就来分析一下致贫的原因。有病有灾，这没办法，但有些人家里没病没灾，为什么还是会落个穷困呢？这就得从思想上找原因了。比如我们村子里有些人，不上进，不做工，只知道喝酒打牌。

嘉欣的爷爷坐不住了，认为张书记相当于指名道姓在批判他。老人站了起来，说，张书记不知道我们村子的历史，我家为什么穷呢？我家为什么翻不了身呢？那是有原因的，是祖宗让我家穷的！

张书记当然否定了嘉欣爷爷的说法。张书记说，幸福是奋斗出来的！不能怨天尤人！从此，张书记和老人家就弄得不高兴。会后，张书记特意到嘉欣爷爷家走访，找嘉欣爷爷聊天，才知道嘉欣爷爷说的祖宗是怎么回事。

关于先祖的这个传说，村里老人都知道。传说是几百年前，先祖翻山越岭跋山涉水，来到了梅江边，来到了这片高寨和河湾。他们是两兄弟，觉得这里的水土不错，就开基建房，落地生根，终于枝繁叶茂。

两兄弟到了晚年，看到子孙兴旺，就商量着要在这里建一座祠堂，找先生看了一块宝地。但其他族姓的人却不同意，说这地是他们族里的。两家于是打起了官司。小镇的衙门无法判断，就要求他们各自找出证据，一月为期。过了一个月，双方来到了衙门，升堂断案。两兄弟说，他们有证据。

官爷问，证据何在？先祖说，当初我们来到梅江边，是受到族中长辈指引，族长说为了族姓繁衍，曾经派出族中子弟四处寻找分居之地，足迹到达了偏远的梅江边，凡是好的地界，他们都埋下了青石。只要到现场挖掘找到青石，就能判断这地是归属我们家族的。官爷听了，派出一队人马，跟着两兄弟来到了村子里，挖开地基，果然找到了青石。对方无话可说，但一直百思不得其解，他们明明是先来的客家，从来不曾听说有人来勘察过。

两兄弟得了地，坚定了建祠堂的决心。就找来先生勘查屋场，定向落桩。先生在青山田野四处走走看看，沉吟良久，对两兄弟说，这地是不错，但是有一个缺陷，就是亏长房。送走了先生，两兄弟为要不要建祠堂的事情发生了争执。

弟弟说，既然有缺陷，我们就放弃吧，我们的后世子孙无论哪枝哪系都要发达兴旺，无论长房二房。大哥说，我们好不容易偷偷埋下青石，赢得了官司，怎么能够轻易放弃呢？弟弟说，总还能找到新地方。大哥说，如果我们不建祠堂，败了官司的那族人就会奇怪，怎么争了地段却不建房，是不是有什么阴谋？赢得了官司，浪费了地段，终究弄得我们家族也没有面子！

弟弟说，但先生说这地段亏长房呀，这怎么行？我们不要大哥做出这样的牺牲。

大哥沉思良久，说，倒是有个办法，不知道大家能不能同意？

弟弟问，什么办法呢？

我们去认外头找一个大哥进村。

弟弟明白了，点头同意了。不久，族里召开了一场秘密大会。为了家族团结，大家一致同意，去召请一位同宗兄弟回村开基创业。两兄弟亲自出马回到了原居地，找到族长汇报了梅江边新支脉的繁盛之事，以及遇到的新情况。

老族长沉吟了一会儿，说，理照说这是不义之事，明知会亏长房，你们却认一个长兄回去，毕竟我们都是同宗同姓同血脉，但我又不能不答应你们。手心手背都是肉，我不希望看到任何支脉发展得不好。但树有高低，草有荣枯，这不单有先天的基因，还有后天的奋斗，就看各自的造化了。族中倒是有一个人，现在家里穷困潦倒，至今儿孙单薄，看看移个地界能不能出息发达。

两兄弟千恩万谢，说迎接长兄回村之后一定好好待他，而且从此定下族规，子孙后代凡事要让着长房，照顾长房，长房为大！

张书记听了这故事，拿出村委会的台账，跟嘉欣爷爷细说起来。她说，你看这名册，贫困的都在这里，四十六户人家，长房的是不是最多？不是吧？根本没分长房二房，穷富取决于努力，亏长房纯粹就是迷信，如果听信了，那就中计了，从此不奋斗了，这叫心理暗示！你曾经是个军人，应该知道战场上的胜利，哪个不是浴血奋战凭真本事打出来的？不应该相信那亏长房的事情，你要在会上跟大家说，现在政策好，大家奋斗就会有希望！这就是你要吹响的军号，你应该相信军号的力量！……

张书记的批评，嘉欣爷爷至今有些难为情。嘉欣爷爷听到戏精揭他的伤痛，就岔开话题，说，要说浪子回头，我家儿子才不争气，一个媳妇守不住，如今丢下三个孩子给我们老人养着，这成什么了呢？我们当然不能指着政府吃饭，我倒好，反正天天下河打鱼收网的。

李木匠说，我儿子至今还没有找到正经事情，听说外头的工厂很多倒闭，小厂子折腾不起，工人难回去，订单打水漂。这样一来，我倒也趁机有了个帮手，现在儿子跟着我一起为张书记造水车呢。

戏精说，上次回村时遇到了九生，还捎了我一段路，他说城市套路深准备回农村，这外头的生意做不下去，心里焦急，想把小车都卖了。

李木匠听了，就说，这九生也算是我徒弟，跟着我学了半年，如今倒做起五金。嘉欣爷爷问李木匠，听张书记说，想把木匠集中起来，专门做水车？木匠说，可不是，如果有订单，我们在村子里也可以生产，只是这订单能从哪里来呢？

李木匠没有想到，他的第一个订单，是九生的。

九生回到村里后，和葛芳商量了一下，决定转行。葛芳是做电商的，熟悉网上的业务。高寨水车试水的视频，早就传到了葛芳面前。九生和葛芳都很惊奇，就在网上查起水车的相关信息。本来，他们只是像嘉欣那样了解下水车的知识，但一打开百度，那些销售景观水车的网页就不断跳出来。葛芳凭着职业敏感，知道水车正是时兴的玩意，便也联系了几个生产厂家，在自己网店增添了销售业务。

看到高寨的视频，葛芳干脆把它作为水车业务的广告样品放到了网页的窗口上。为此，葛芳还真的卖出去几台景观水车。葛芳和九生回到村里，就到高寨现场参观了一番。张书记看到九生回来，就跟九生讲了修建标志性水车的事情。张书记劝九生，如果外头的生意实在做不下去，不如回来试试，在村子里办一家工艺场，把木匠集中起来。九生笑着说，这样我就做回了老本行！

回到家里，九生跟葛芳说起了张书记的想法，葛芳大声叫好。只是她担心，木匠的手艺不知行不行，毕竟他们修建的两个都是实景，还不是景观水车。九生说，张书记给木匠的订单只能算是半个，那我们就送个完整的订单给李木匠，叫他认真练手。就叫他们先生产六架水车吧！

李木匠有些日子不上嘉欣家喝酒了。他忙了起来，像一架老水车一样，有股新鲜的溪流冲得他转个不停。但是有一天，木匠停下了手中的活，跟着九生一起来到嘉欣家。两人把嘉欣的爷爷奶奶叫了出来，围着旁边的土屋指指点点。

学校已经开学了。嘉欣那天从放学回来，爷爷叫住她，嘱咐把老房子里的东西收拾好，腾出来。嘉欣问是不是要拆掉了，爷爷说，哪能呢，只是我没想到，我拼着老命保下的土屋倒给这老木匠占了便宜，他和九生想租过来，改造成一个加工场，专门做水车。老木匠倒是记得，这边原来就是集体时的加工场。

嘉欣一听，高兴得蹦了起来。她想象着屋子里摆放着一架又一架水车，漂亮，整齐，气派。到那时，她就叫上雅丽和晶晶，说我们家是最早有水车的家。

晚上，木头的芳香向嘉欣的梦里飘绕进来不肯散去，而那些一架架崭新的水车像一群小马驹，在嘉欣的窗子外嘶鸣，向远处奔跑。嘉欣叫来两个小伙伴，一起追赶着那些逃跑的马驹。一路上，嘉欣催促雅丽和晶晶加快速度，不要让自家的水车跑了。

晶晶说，这不是你家的水车，是为有钱人家生产的，要说，也是我们家的。

嘉欣说，这就是我家的房子，当然算是我们家的。

晶晶说，有水车就会有妈妈，你看，就算你家里有水车了，妈妈回来吗？

嘉欣说，就算这是你家的水车，你妈妈呢，不是也没回来吗？

两人争吵起来。一急，嘉欣就醒了过来。

20. 河　湾

　　木艺坊让寂静的村子热闹起来，吸引着保障房的老人们前来观看。刨是躺着的刨床，锯是带牙齿的圆轮，凿子倒成了滚动的铁轴……鲁班留下的木工用具突然变了形，而且都拖着一根长长的尾巴，接通了高挂墙上的电闸。再大的松木，两个人一抬，往电锯上一送，不久就被咬断，不久就被掰成了两半，搁在屋檐下成为整齐的木料，露着白净身子，散发特有的清香。

　　老人们对九生说，以前的木匠叫师傅，现在的木匠叫工人，你看，你们做个物件却不花力气，都没有了班门的标志！

　　九生笑着说，叫工人也好，叫师傅也罢，总之我们都还是木匠活！何况，我们还留下了鲁班的工具，你们瞧，那屋场上砍树皮的不是斧头吗？

　　顺着九生的指点，老人们笑得更厉害了。那个搬树皮的人，正是嘉欣的奶奶。由于闲不住，她就趁着土房子出租时提了个条件，让九生在作坊里特意为她找个活干。嘉欣放学了，正一起帮奶奶搬走树皮。她看到老人们走出屋子，一个个开怀大笑，对着奶奶说，一个老太婆，倒成了村子里用斧头的木匠师傅，这可是村子里的稀奇事，可以写进戏本里去了！

奶奶抹了抹汗水，说，你们一个个笑什么？！人都老成树皮一样了，还不知道拿斧头的不一定是木匠，你们年轻时谁家没有把斧头？你们谁又是师傅？

一位老人说，我知道，这不是九生照顾你，说你家困难！哎，要是让村里贫困的人家都能来这里拿工资，那九生可真是个普度众生的菩萨！

九生听了，笑着说，人家是来帮我干活，跟着我一起挣点辛苦钱，我可不是什么菩萨！要说菩萨，村子里倒是有一位！

谁呀？

就是我们的张书记！

老人们恍然大悟，知道九生得了张书记的好处，又要说叨起一段故事了。老人们说，我们住上了保障房，也打帮（方言：幸亏，得到帮助）张书记，打帮共产党，可张书记不许我们说共产党是菩萨，她解释说菩萨是不会建房子的，建起这房子的是我们劳动人民自己！

九生说，那可不是，但张书记就是心肠好，处处为我们考虑着，老话都说菩萨心肠，这老话还不让说了吗？老人们点了点头。但见九生向河湾上一指，说，你们看，那是什么？就是我的出路。

老人们往河湾里看了看，一栋别墅，一条沿水而建的游步道，漂亮是漂亮了些，但看风景能当饭吃？怎么会是活路呢？不明白。

九生接着说，几天前，张书记请来一帮工人，专门做园林防腐木的，说要在河湾的水面上造出一道观光走廊。为什么说张书记心肠好呢，她特意带着我前往河湾参观，顺便叫我跟着他们学了几天。

老人们说，你这作坊不是专门做水车的吗？怎么又多了个木匠活？

九生说，艺多不压身，张书记是考虑这水车的销路暂时还是个未知数，叫我们多找一条出路，现在乡村讲完了脱贫的事，接下来肯定是讲美化绿化的事，就像家里致富了，肯定要多买几身新衣服，现在全乡全县全省，有多少村子正在筹划着穿新衣服呢，比如我们村子里的河湾，建游步道，建亭子，防腐木的活计肯定大有市场！

老人们说，张书记对你可真是用心，说是菩萨真不为过！

只是老人们和九生都不知道，他们所说的"菩萨"，那时就在河湾的一栋别墅里，正在为水车的销路操心。

根据葛芳提供的图纸，九生和李木匠一起，造起了第一批景观水车。这六架水车摆放在河湾的一个展台上。那是游步道伸向江面突出去的部位，张书记跟村里商量，暂时将其提供给九生作为展位。六架水车摆放在展台上，倒是一道不错的风景。但是，它们一直待在河湾，仿佛忘掉了自己还是商品。

这一天，别墅的主人小东回到了村里。小东在外头做大生意，就在河湾建了一栋房子。平时不在家。要不是疫情，他很少在别墅里滞留几个月。

小东回来，是一家亲戚生了孩子补做满月酒。这满月早就不是满月，原来是正月准备做的，推到了现在村子解封的时候。张书记也被请去吃满月酒。宴上，张书记认识了小东，饭后被邀请到别墅去坐坐。

张书记看到小东的河湾别墅，心里一动，就去了。张书记不喜欢结交权贵，也很少去参观亲友同学的豪宅，一是她懒得走动，再是她喜欢在家里读读书。有一次，有位同学叫上大家来到城郊的村子里玩。原来同学特意在村子里找了块地，建了一栋大别墅。同学在公安部门工作，妻子做着房产生意。

同学的别墅给张书记留下深刻印象，张书记决定去小东家走走，其实就是想看看他家有没有安装水车。张书记的同学家里，就有一架景观水车。

同学的别墅，在一处山岗上，十来家亲友结伴而建，数幢房子共同构成村子里的大庄园。同学的家门前是个大池塘，水草丰美，鱼鸭成群。别墅两层，同学平时在城里上班，周末才回来坐坐。张书记感觉别墅非常空阔，但也可以说是空洞。同学常常是一个人回来，女儿在外地工作，妻子在城里忙生意，但同学喜欢一个人回来坐在别墅里，说是听听鸟叫，看看草木，然后在房子里翻翻书。

同学只有一个说话的伙伴，就是那架水车。水车是安装了水电系统的，一打开开关，水声哗哗，就有了远山幽谷的味道。

张书记说，你这叫远山幽谷吗？你不来我们村子里玩，我就真正生活在你们向往的世外桃源里。叫你们进村来还不愿意来，这说明你们都是叶公好龙，装模作样喜欢水车，喜欢幽静，骨子里还是喜欢城市的热闹，你们不过是要用这水车来反衬城市文明的热闹而已。

同学说，不是叶公好龙，这叫切换。在乡村与城市之间切换。安装了水车，房子就有了生气，水带财，水车是吉祥的东西。

那天张书记来到小东的别墅里，为别墅的豪华吃惊，跟同学家的相比，有过之而无不及。小东带着村干部和张书记来到二楼，酒台，歌台，沙发，面朝河湾，春暖花开，桃花在水边向张书记招手。小东说，这歌吧光唱歌的设备就花了二十来万元。村干部争抢着话筒。张书记一听，就知道是他们以前在外打工时常哼唱的歌曲。

张雅没想到村里的干部这么喜欢唱歌，尤其是村主任和文书。村主任简直是个"麦霸"，接连着唱了几首歌，虽然声音不怎么悦耳，但歌厅的效果确实不错。小东为大家切瓜倒酒，倒像是个服务生。忙完后，小东就在张书记身边坐下，聊起了自己的打算。小东说，这几年村子里的变化非常明显，这栋别墅不再鹤立鸡群了，照这样发展下去，这里有可能成为景区，到了这一天，这别墅我愿意拿出来开个酒店。

张书记连连称赞，说，这想法好，不如现在带我参观参观，看看如何改造成酒家或酒店。小东带着张书记在房子里转悠，拉亮了小院里的灯彩。迷蒙的灯彩让别墅像艘画舫，泊在河湾。一艘小艇停在水面上，蓝色的船身隐约可见张书记想起同学的别墅，感觉这河湾就是不一样！喝酒，吃瓜，干部和村民在小东的房子里像迎来难得的狂欢节，纵情歌唱。话筒递到了张书记的跟前。张书记赶忙说，你们唱，你们唱，我当观众。但大家没有放过张雅，说，城里来的干部，没有不会唱歌的，而且唱的跟我们乱吼的不同，都是文文气气的，张书记不能谦虚！

张雅没办法，接过了话筒，想了想，说，我唱首一个朋友不久前创作的新歌——《又见水车》，这首歌在这歌吧里找不到，帮我把手机接到音响吧。伴奏的旋律响起，她扶了扶眼镜，把话筒推到了嘴边——

你有没有看见春天？远方的村庄/朴素的水车在歌唱，发亮的水车在歌唱//你有没有追过蝴蝶？油菜花的村庄/朴素的水车在歌唱，发亮的水车在歌唱//我看到漂亮的水车，在公园中歌唱/吱吱的水车，让我想起了外婆的村庄//我看到精致的水车，在高楼里歌唱/吱吱的水车，让我想起了外婆的村庄//啊，吱吱的水车，像外婆蹲在小溪旁/啊，吱吱的水车，让我想起了外婆的模样//啊，童年的水车，童年的时光/啊，美丽的水车，美丽的村庄……

余音绕梁，张雅惊讶村子的歌吧唱出了大舞台的感觉，引来一片掌声。张雅把话筒还给村主任，说，还是你们歌声洪亮，你们多唱唱，多热闹！村主任继续找歌点歌，张雅则坐到小东的边上，跟他聊了起来。

张书记似乎深有感触，对小东说，你真是太有情怀！发达了还不忘自己的根，都把农耕文明摆在了这房子里。小东受到称赞，高兴地说，哪里，我们都是土包子，不像你们城里人品位高，就像这首《又见水车》，盖了他们！

张书记话锋一转，说，但我觉得房子里少了样东西。

少了样东西？

张雅点点头，说，这房子真够豪华，但我觉得也有些遗憾，你别墅里没有看到水车，只看到石磨和风车之类的旧物。

主人问，那是什么？张书记说，生意兴隆通四海，财源茂盛达三江，家里要有水，如果在河湾院子里安装一架大水车，家里客厅边安装一架小水车，水轮哗哗，不但有品位，而且流水带财。

小东想了想，觉得有道理。

张书记又说，水车可是时尚的东西，特别是对你们有钱人家。而且你不用去外地买，看到对岸的展台了吧？有现成的景观水车，当然那是摆客厅的。至于河边的，可以叫村里的匠人定做一座气派的。那些手艺人水平真不错，乡里乡亲，你怎么也得考虑就地取材，至少还省了笔运费。

离开别墅时，张书记对小东说，如果你打算买，我叫九生半价给你。走到小院的门口，张书记又对小东说，你的别墅建起来有些年头了，你的阳台可以翻新一下，用防腐木做得更别致些，跟这河湾的游步道互相协调。

小东笑着说，你怎么听起来仿佛成了九生的推销员？不会是那个木艺加工场你也入了股份吧？

水车简史

张雅也大笑起来，说，这加工场可不只是九生的产业，可算是我们村里的事业，我们当干部的来村子里，当然想要为村子里谋一份好的事业，而对于村子里的事业，就不是股份不股份的事情，我们当干部的就是"总经理"！

小东故意找碴，打趣地说，好，既然张书记是"总经理"，对业务应该非常懂行，那就给我介绍一下，我这别墅该怎么锦上添花，用什么材料好，预算下来要多少钱。

张雅听了，不由得停下了脚步，从小院的门口又折了回去，打量了一下别墅和河湾，略微沉思了一下，对小东说，真让我当参谋？你可找对了人了！我看别墅的装饰可以分这几个项目，一是家里和院里装个景观水车，一是临河建座木亭子，小院搭个木走廊，通向花坛，花坛加装木栅栏。总之这些，都用防腐木。

小东说，你刚才说阳台做防腐木，现在不需要了？

张雅说，我考虑了一下，城里的阳台是缺少自然元素，需要室内装修出一些木头园林的味道来烘托，但你这别墅就在河湾，就在山村，不需要这些装饰，倒是小院里可以装上木栈道，通向木亭子，这样更符合亲近自然的心理。

小东说，有道理，你说说得多少钱？

张雅说，这要看你用什么材料，倒不是说舍不舍得花钱的问题——而是有的人喜欢实木，有的人喜欢塑木；有人喜欢松木，有人喜欢硬木。这区别大着呢！比如松木，你别以为用的就是我们当地的松木，我们现在的园林防腐木，用的都是进口材料，叫俄罗斯樟子松，高寒地区天然林，木质好，不像我们赣南的马尾松湿地松，木质不行，就是浸了防腐剂也达不到标准。

小东说，这么多讲究？那河湾摆着的景观水车，是俄罗斯木头？我真看不出，我还以为就是村里那个喜欢偷木料的村民上山砍的呢！

张雅说，可不是，李木匠为高寨修那个水车，可把我们难倒了，重新做一个吧，当然更省钱，但没有一点纪念意义，那可是红军当年造的水车。留下旧的部分吧，另一半新的部分用什么木头好呢？本地的松木用不得，它们都是近几十年飞播的，用俄罗斯樟子松又有些不伦不类。我们正为这事争执不下，李木匠有一天跑来告诉我，说前几天打雷，他在深山老林里发现了一棵雷劈的老松树，那材料正好可以用上。看来，天地有灵，老松树冥冥之中就是等着这水车修复的时刻！

小东说，俄罗斯樟子松，赣南老松，这个结合可真有意思，可不就是苏联红军与中国红军并肩作战了！

张雅说，苏联红军可没有到我们赣南来！不合历史事实呀！

小东指着对岸的游步道说，那种材料又叫什么呢？为什么不像是木头？

张雅说，那是最近十年来出现的新材料，叫塑木，是塑料与木头的混合，它的价钱倒跟实木差不多，但不用刷油维护，这塑木是空心的，只适合当地板，不适合做水车这种需要加工雕琢的物件。

水车简史

小东问，看来水车和亭子当然就得俄罗斯樟子松了，那走廊呀花坛木栅栏呀，用哪一种合适呢？

张雅说，实木的除了俄罗斯樟子松，还有芬兰木，价钱也差不多，贵的是一种从印尼进口的硬木，叫菠萝格，贵上四五倍。另外，用塑木还是用实木，得看主人的喜好，一个人如果有木头情结，就当然会选择实木，摆在家园里，那木头像是有生命的伙伴，能让人安静。

小东想了想，难为情地说，你这么一说，我也说不准自己的喜好！在外头闯荡惯了，有时候喜欢安静，有时候喜欢热闹。

张雅说，我看你别墅里摆着那么多过去的用物，分明是一个富有乡愁的人，你最好的选择，可能是实木！这样——景观水车是按直径算的，一般每米三千元；步道也是算按米计算的，防腐木的成本价就是三千元一个立方。今年疫情影响，进口材料的价格在上涨，我们就按成本价给你，算是为九生的生意做一个宣传！不，是为村里的事业做宣传！

小东说，我无论如何得给张书记这个面子，看来你还真是个称职的"总经理"，只是我不明白，你怎么对园林建设这么内行？难道大学里学的就是这个专业？

张雅说，那可不是，我学的是汉语言文学，这些园林呀防腐木之类知识，是刚好有个朋友从上海回乡创业，从事这个行当，这不，村子里搞乡村振兴，河湾要建观光步道，我认真向这个朋友了解了一下。还别说，我在微信里一发，外头的朋友好多人以为我是专家，纷纷联系我做项目，我就想让九生加入这个行当，跟我那个朋友合作。

小东说，还有一个问题，我在这老家待的时间不长，至多十来天时间，要赶回公司去，那这工程要多久能做好呢？虽说可以托亲戚照看，但我还是想看看张书记热心推荐的这些作品！

张书记想了想，说，一架水车，两个师傅一个班组，两天时间就能做好。木亭子要两三天，步道和栅栏就更快，全部工程至多十天！没问题，你有十来天时间，正好，质量也能保证！

水车简史

21. 心　愿

　　九生从自己的新居里醒来，是涧水的响声大早惊醒了他。这是河湾去往高寨的山坳，离河湾的新村有四五里路。九生欲醒未醒，人世间的事情在脑子里隐约飘动，像无心出岫的厚云，积在山坳里。

　　九生想着这涧水，以前似乎从来没有注意过，它原来有这般响亮。在他还小时，村民纷纷涌到这里来砍柴，山头越来越空荡，涧水也就越来越细小。这些年，人们纷纷往山外去定居和谋生，草木疯狂地长了起来。新村引水的管子伸到了这个山坳里。去往高寨的水泥路经过溪涧时修了一道桥，桥洞下形成了一道瀑布，水声就越发提高了嗓子。

　　九生听母亲说，父亲自从眼瞎之后耳朵异常灵敏，时常半夜能听到他嘟哝着，溪水又涨了。母亲一个人担着全家的活，白天干农活累，晚上从来没注意过溪水的声音。父亲总是醒得早，母亲看到身边空空的，就去找父亲，总会看到父亲坐在溪水边，掬着溪泉浇自己的眼睛。

　　母亲说，父亲痛恨那块石子，弄瞎了他的眼睛，听赤脚医生说，泉水能让眼睛明亮，他一直怀着能复明的希望。

九生说，父亲失明的那年，自己还在肚子里。父亲一生没有看到过自己的样子。小时候父亲抱着自己，就抚着自己的脸，仔细地朝自己脸蛋上摸、摸、摸，似乎那脸上藏着什么秘密，要让自己的手指揭开真相。母亲有时候知道父亲的心思，就说，别扯痛了孩子，别摸了，跟你长得一个样！

山坳里果树多，是父亲当年一棵一棵种下的，路过的人偷偷摘来吃，父亲不会呵斥。一到冬天，父亲就叫母亲早点把果实摘下来，一半泡到酒里，一半送到屋顶上经霜。酒是送给嘉欣爷爷的，是感激他历年不断地帮忙耕地。九生早早地学会了耕地和插秧，但在家里没有干多少年，就跟着大家出门去了，仍然是嘉欣的爷爷他们，帮着来这里耕地。

九生的第一个妻子，是过年时亲戚做媒的，高寨的一个女孩子。结婚之后，九生没带着她出门，她没有反对，跟着两个老人守着这个山坳里的家。那时候，村里人时兴偷偷生孩子，然后再打证，办喜事。女孩子怀孕后，本以为这山坳里单家独户的，躲着没事。没料那天有个镇里的干部从高寨出来，看到了妻子的大肚子。结果妻子引产不幸大出血过世了。

九生的第二个妻子，晶晶的妈妈，这个山东姑娘看到山坳里的土屋，自然提不起劲。那时九生向她保证，只要两人安心挣钱，一定能到山外建起一栋新房子。人倒是留下来了，生了三个孩子，九生感激不尽，更加努力打工挣钱。不料，晶晶的外公从山东来到赣南，看这山沟里的土屋，立即带着女儿走了。九生建房子的决心顿时塌了，打工挣钱也没劲。

河湾的新村，建起越来越多的房子。九生的父亲听说了，说，就算没钱到新村建房子，我们这土屋总得改造一下吧，听说村子里住土屋的越来越少了！九生正从新村打牌回家，输牌的情绪笼着他，正好找到一个出气的地方，就说，你一个瞎子，能看到什么！如果不是你眼瞎拖累了我们，早就建起了房子！

父亲没有吭声。但九生知道，自己的话就是一把刀子，插到了父亲的心上，父亲那一刻肯定无比难受。现在，新房子终于建起来了，但父亲却不在了！晨光从窗子外透了进来，在一团光亮中，九生仿佛看到父亲苍老的脸庞！九生一下惊醒过来，披衣来到山涧边，呆呆地听着溪水流淌。许久，才听到晶晶和两个弟弟说，奶奶，我上学去了！

九生对着山坳里的新居拍了些图片，小桥，瀑水，树林，发给葛芳看。他又发到微信圈里，打了几行字：终于在老家的山坳里建起了新房子，这是父亲的心愿，但父亲没来得及享受乔迁之喜，就在年前离开人世。

经过简单的装修，晶晶一家搬回了自己的新房子。晶晶很开心，终于住上了自己的新房子。嘉欣羡慕地说，这是张书记经常散步的山路！但是，晶晶在新房住了一个晚上，就觉得上学远，得多走一半路，而且买东西特别不方便。

但奶奶却喜欢老家的新房。九生听晶晶说上学不方便，就想搬回保障房里去，但奶奶对晶晶说，那里是河湾，当然住得舒服，热闹，不比我们这山坳里，单家独户的，但我还是觉得老家好，这里柴草不用愁。

九生想了想，也有道理。

九生知道，母亲最忧心的还是保障房烧柴草的问题。每到晶晶去学校了，两个老人就互相扶持，山里山外进进出出。母亲牵着失明的父亲，像一对唱鼓词的师傅，急急回老家去。母亲勤俭，种菜，种稻子，养鸡，打柴，一忙就是一个白天。午餐，晶晶和两个弟弟在学校有营养餐，倒是不用挂记，于是两个老人就在老家开饭。到了放学的时候母亲才洗脚上岸，赶紧朝保障房走去。这样，保障房倒成了两个老人的客店。米谷粮油，从老家背到新村，倒不难，最难的还是烧草。保障房没处堆放，公共柴棚还没有建起来，母亲便只能烧一点就回老家背一点。

回老家也是父亲的心愿。但父亲却没有实现这个心愿，就匆匆走了。九生想到这里就痛心，真是子欲养而亲不在。自建房装修好，他就举家搬回老家居住，把父亲的遗像挂在厅堂的神案前。再说，那保障房毕竟是政府分配的过渡房，是归政府的。晶晶说的走路辛苦的问题，确实如此，九生又有些犹豫，对新房装修就不大在意了。

晶晶却想让爸爸把房子装修得漂漂亮亮，特别是她提出了一个心愿：家里也要安装一架景观水车。九生当然答应晶晶的条件。但九生跟晶晶也提了对等的条件，就是晶晶必须接受葛芳，叫妈也好，叫姨也行，但不能叫阿姨。晶晶跟嘉欣说，是要水车，还是要妈妈，这果然是她们共同遇到的一个难题。

相对于嘉欣的难题，晶晶的难题太好解决了！

水车简史

晶晶的妈妈回来了，就住在保障房。葛芳则住在老家的新房子里。晶晶为了读书方便，就留在保障房里居住，妈妈回来，也便于跟孩子们在一起。这样，晶晶有两个家。晶晶答应了爸爸的条件，在安装水车那天，对葛芳叫了一声姨！

葛芳听了，高兴地抱着晶晶亲了下脸蛋。葛芳说，你爸爸是故意跟你开玩笑的，你叫不叫我姨，都会在家里安装一架水车。你看，这水车有流水，有灯光，哗啦啦地转动，多么气派！你爸爸自己喜欢水车，所以这水车并不是专门为你安装的。你想一想，这样会不会觉得吃亏了呢？！

晶晶说，不吃亏！我既有水车，还有两位妈妈了！九生一听，说，你果真把葛芳姨姨当作妈妈？好孩子，真是懂事的好孩子。

九生笑了起来，却不由得抹了抹眼睛。他对比葛芳说，这回张书记可小瞧了我们的晶晶了，她说晶晶不会接受你的，她没想到我们的晶晶这样懂事！我要去告诉张书记，她不用担心晶晶了！

晚上，张雅来到河湾的保障房走访。九生看到了，高兴地说，晶晶终于肯叫葛芳妈妈了！张雅大吃一惊，葛芳拿出了什么东西诱惑晶晶，让她这么快"背叛"了自己的亲妈？

九生说，是水车。于是说起了晶晶的愿望。张雅听了，叹了口气说，你要感到幸运，这是她们三个孩子在较劲，晶晶才答应的，算起来可怜的嘉欣也出了力！到时，你也给嘉欣做一个景观水车吧！

九生答应了。张雅接着说，听说你当初出去创业办的是五金厂，怎么想到改行做木艺呢？难道早就知道晶晶有这个心愿？

　　九生说，哪里，我也不知道高寨的水车，更不知道晶晶喜欢水车。于是，九生说起了自己改行当的原因。

　　那一年，九生怀揣着张书记帮他办下的八万元免息贷款，跑到广东打工，跟一个早年的工友合伙办了个小型五金厂。九生在东莞到处跑市场拉业务。有一次，他来到一家木艺场，试图联系他们的五金配件业务。在经理办公室，九生看到一架景观水车。九生跟经理聊起了水车，说，现在的景观水车，一半是木头，一半是金属，不像以前的手艺了。

　　经理说，是吗？你村子里有水车？九生说，当然，那是当年红军兵工厂留下的，那可是一点金属都不用，全是木头接起来的。经理来了兴趣，说，如今村子里还有这样的手艺人吗？九生说，当然，我师傅的师傅的师傅，就是造这个水车的人。

　　经理问，叫什么名字呢？水生说，李德星。这时，经理详细地问起村子的名字，德星当年的身世。九生感到奇怪，这个上海人对自己的家乡这么有兴趣，甚至能够提前说出一些地名和人名。

　　后来他恍然大悟，经理的太祖父就是上海工人阿明，阿明曾经到过梅江边的兵工厂。经理从小听长辈讲兵工厂的故事，太祖父也时常说起一个捉王八的人，提起那份救命之恩。后来，经理的爷爷还到小镇当知青，在小镇还认识了一个叫"马刀婆"的人，时常跑到小镇的河滩边，指着脖子上的刀痕，跟知青讲革命者就义的故事。

张雅说，这个"马刀婆"，就是跟李书文同一批被押到河滩的区苏维埃干部吧？他们都在刽子手杀累之后幸存一命。九生说，你也知道这个故事？

张雅说，听你师傅李木匠讲起过。

九生说，有了这份情缘，我就打算攀上经理，我正愁打不开市场，想让经理多多关照业务，谁知他却说，干脆不要做五金了，这行当太多人做，不如改行，做园林木艺，做水车，我们合伙一起做，专门生产景观水车。九生以前在木艺场打过工，听从了这个指导。

张雅听了感慨地说，真是山不转水转，转山转水转命运，你现在最开心的是这次改行帮了一个大忙，让晶晶实现了一个愿望，真是世事难料，以后有机会，你要把那个上海工人的后代叫到村子里来，帮你宣传宣传水车。

22. 成　功

接到李勇实验成功的消息，张琴正在看展台上的水车。天有些小雨，新来的同事在村委会做着资料。

张琴这一天格外开心，打着伞来到河湾游步道，要和张书记视频。张雅临走时反复叮嘱张琴，要把九生水车加工场的后续情况告诉她。张琴收到张书记从县城发来的视频，一个可爱的小宝，粉嘟嘟的。

张琴说，向我们的小宝致敬，你是值得尊敬的扶二代！

张书记说，你还得在村子里锻炼一年，得向你致敬呢！何况，小宝还得感谢你护驾有功，小宝，来跟姐姐笑一个。但小宝却哭了起来。

张琴笑了起来，说，这梅江边可算是小宝的半个故乡，他待在肚子里，从十个月前就开始享受村子的滋养。那土鸡蛋可没少吃！

张书记问张琴，现在村子里可好？九生的工场有订单吗？

张琴说，你放心吧，幸亏你没有苦劝九生破镜重圆，重圆了可就真是破镜了，那葛芳可是个做电商的能人，帮九生拉了不少订单呢，你看，这展台上的水车，是最新款式的，不是最初那六台样品了。

张书记说，嘉欣呢？她想要辆玩具水车，愿望实现了吗？张琴说，九生的加工场现在匠人云集，买来了电力设备，不但会做公园公司的景观水车，还会做旅游纪念的玩具水车。这些水车还包装起来，在葛芳的网店里销售。这李木匠也认嘉欣发现水车之功，特意为她做了一个玩具水车呢！张书记高兴地说，是吗，到时你也帮我买上一个，送给我家二宝玩！

张书记又问，嘉欣爷爷的病好了没有？听说大病一场，他竟然把烟酒都戒掉了，真是个军人呀，果断！嘉欣她妈妈有没有消息了？

张琴跟张书记谈论过去和未来的时候，李勇的一条信息从她手机跳出来。李勇说，公司的破乳技术攻关成功了！

正月初三那天，虽然张书记跟疫情指挥部协调了，但还是没有拿到路条。直到几天之后，指挥部运转正常了顺畅了，才开始接受个别企业复工复产的特殊情况。

李勇那段时间的焦急，就像快到峰顶的登山运动员，一千米，八百米，数据在提醒着目标的临近。李勇又像临盆的母亲，希望快一点迎来那个重要的时刻、成功的时刻！当然，科学的研究从来是行百里者半九十，到最后阶段，最后十步都可能出现变数，结果并不一定就是成功，也可能是失败。

其实，李勇除夕那天才回家，就是注意到实验数据出现反复。

破乳，是要追求最纯净的山茶油。工业是机械化生产，不比高寨的油坊，水车转动了就行，上碾盘，煮茶粉，做油饼，槌油槽，都是物理的方法，粗放，原始，不需要数据说话，只要力量的转换，溪水的力，碾盘的力，木槌的力，通过一套木质的机械，硬生生把茶油从茶籽中分离出来，带着一丝丝涩味。

而李勇早就跟张琴普及过，工业生产哪能允许粗放呢？这种原始的土法榨油，卫生上有瑕疵，拿到市场上，拿到国际上，是过不了关的。面对欧盟的挑剔，需要拿数据说话，茶油中的剩余物，比如苯，是绝对不能留下的，这是致癌物。为此，要生产出好茶油，只能用化学的办法，就是李勇和他的导师研究的水媒法。

茶油已经不再叫榨取了，而叫提取。这是现代化技术的关键。有人半开玩笑地打比方，榨取，像资本家的无情剥削，而提取，是社会主义企业家取之有道。

在绿野公司厂房里，李勇感受到科学带来的快乐，也经受着科学研究的煎熬。在水和油的分离过程中，一切都需要反复量化，反复比对。每一次操作的时间，机械的温度，泡沫的比例，水的纯度，油的色泽。

还是打个比方吧，最纯净的山茶油，那就像最纯真的爱情，容不得一点儿杂质。而要达到最纯净，男女双方不能相敬如宾得一句话都不说，这样没有纯净，其实反而需要反复争吵，把两人的观点亮出来，性格脾气露出来，这样双方才容易达成共识，达到共鸣，达到共情，共同实现灵与肉的结合！

水车简史

当然，这个比方是李勇说给张琴听的。张琴听了，笑着追问李勇，这个恋爱经验，是不是也经过无数的科学实验？

李勇说，当然实验了，就像我们，这段时间你一直理解我，没有责难我，让我安安心心地在公司里攻关，我们之间就没有一点泡沫，完全是纯净的山茶油。

张琴说，谁是山茶油了？我都还正在开花呢！

张琴是学美术的。她完全理解李勇的实验。就像她创作一个作品，有时需要一天不动，站着，思考着，每一根线条，每一片色彩，都会改变作品的风貌。最理想的事物，总是需要无数次失败的练习才能抵达。行百里者半九十，有时在最后出现一个败笔，也可能导致前功尽弃。

让李勇煎熬的是，就在攻关的最后时刻，也就是"半九十"的时刻，实验居然脱轨了，疫情一下子就把实验室关闭了！幸亏，张书记和公司老总同时出面，解释了科研攻关的急迫性，以及复工复产的可靠性。毕竟，这是实验室，人手不多，不是企业开工。

这段时间，张书记和张琴在村子里忙碌着督查防疫和修复水车，而李勇就专心专意在绿野公司盯着实验数据。张琴一直没有怎么打扰李勇，也不知道那实验室的数据是怎么走向成功的。而就在接到张书记喜讯不久，李勇报告了破乳成功的消息。

李勇用了一个数据来显示科学家的精确。他说，成了，我们经过了一百零一天的实验！

李勇成功了！张琴说，我代表家乡人民发来隆重贺电。张琴又说，我也十分想看看那最纯净的山茶油，到底是什么样子，什么味道！

但是，在李勇发来的图片中，只有一片金黄的液体。难道，这就是爱情的颜色？！

吹尽狂沙始到金。

张琴知道，如果不是疫情耽误，李勇的成功就可以提前几天，而如果不是张书记的路条，成功就可能推迟几天，甚至几个月。

双喜临门！张琴给张书记发了一条微信：李勇的破乳技术攻关成功了，他说要感谢你的路条，打开了成功之路！

23. 文　明

　　把李勇请回村里来搞讲座，是张琴一直谋划的事情。张琴早就发现，村民对油茶的管理存在问题。张琴爱屋及乌，不，应该是"爱乌及屋"。由于李勇，她对绿野公司的公众号关注得非常多。正是这种关注，让张琴慢慢发现了村里的油茶合作社生产技术相当落后。

　　绿野公司请了个文案高手，经常在公众号上普及油茶文化。张琴原来不喜欢"油茶文化"这个说法，认为现代人喜欢什么都打上文化的标签，连"厕所文化"的说法都出来了，牵强！但通过公司公众号的普及文章，张琴慢慢知道油茶还真是一门学问，尤其是现代科技的突飞猛进，榨取与提取这两个关键词的变换，更加证明油茶有必要成为专门的文化。它有着传统与现代的分野，还决定着当代人见识的高低。

　　张琴喜欢把公众号文章转到村子的工作群里，并转给油茶合作社的理事长。理事长，就是老圻。但老圻不喜欢看手机，只喜欢看他当老师时就开始订阅的杂志，那本翻了又翻的《今古传奇》。老圻不知道油茶有什么今古传奇。他总认为，油茶嘛，就那个样子；

村子里祖祖辈辈的油茶山，远近闻名的茶油，就那个样子。

至于公众号的文章，不过是写得漂亮。他偶尔打开过一次，看到《山茶油的罗曼史》之类的标题，把提取茶油比喻为爱情之类的说法，老圻就看不下去了。他觉得那简直就是荒唐文章！张琴跟他说起那些文章时，老圻一连说了几个评语：不切实际，赚取流量，博取眼球。

张琴跟村支书说起过这事。村支书说，县里发放过宣传资料，油茶种植技术一直有学习培训的！但张琴发现，村里油茶基地，该剪枝的没剪枝，该下肥时没下肥，该除草时没除草，仍然是原始的管理方式。提醒了几次，老圻就拿出那本发旧的技术教材，召集理事开了一次会，上山有模有样地折腾了几次。

这样不行！全村的产业资金，四十六户，每户五千元，都投进去了，可不能像有的村那样，只是为了检查验收做做样子，钱花了，树完了。

于是，张琴跟李勇提了个要求，叫李勇在公司里请一个种植方面的专家，来村里上上课，搞搞宣传，实地指导一下村民操作。同时，李勇自己也讲讲榨取与提取的区别，高寨水车与水媒法的区别。

李勇当然答应了。

种植课先是在合作社的基地里上的。专家拿着一把大剪刀，咔嚓一声，把一根粗壮的枝条剪了下来。老圻一声惊叫，花了这么多肥料，好不容易长出来的枝叶，怎么就除掉了？！

张琴笑了起来，这是今古传奇！大家听听专家的解释吧。

水车简史

专家说，你看，这两根枝条长得这么紧密，只能让一根做出牺牲，因为油茶枝条也像种稻子一样，需要透气，需要把阳光和肥料集中到一根枝条上，另一根留下来，只能浪费养分，不会结出更多的果子！这不能心慈手软，我们不是扶贫，雨露均沾，普天同庆，我们要考虑经济效益！

随着剪刀的咔嚓声，一棵棵油茶树像理发师手下的脑袋，换了个样子，枝叶交错，看着精神多了！专家说，我们不是要枝叶，而是要果实！枝繁叶茂只是好看，硕果累累才是目标。这种植油茶，技术多着呢，我们绿野公司研究的种植专利就有三十多项，这些我们到实践站去讲一讲，我在屏幕上放给大家看看。

实践站就在村委会二楼。"实践站"，其实全名是"新时代文明实践站"，名字太长，好多村民记不住，于是大家图省事，记了最后三个字。这是村子里最新出现的牌子。而张琴的工作之一，就是要让这个牌子名副其实，把大量的"文明"搬到这里来，播到千家万户去，比如文艺，比如科技，比如家事国事天下事。

实践站有个大讲堂，县里为每个村配备了现代化的装备。回到实践站，专家打开了电脑，把资料投放到白屏上。"科技推动世界，技术改变生产"，专家首先投放了一行大字。接着，专家开始了授课。

大单的直播里，播放了张琴录下的几段视频。可能是张琴觉得这些内容特别生动吧。张琴说，专家有两句话，深深吸引了大家，她至今还记得。

一句是，油茶树也要剃头，怪吧！

专家解释说，传统观念是枝繁叶茂最好，但我们研究的科学结论，要求每年进行剪枝，增强透光性，这个刚才在基地我为大家作了示范。另外，我们传统种植喜欢大株茶树，采摘时甚至还要带上钩子梯子之类，最大的油茶树成为至尊，封为树王，焚香仰视，但现代技术讲究平等均衡，要求植株控制在2米之内。梅江边以前的油茶林，只要铲铲草皮就当施过肥，现在却要测土配方，有针对性地施肥，就是缺少什么补什么。

第二句话，油茶树下种蜜蜂，玄吧！

内行的放蜂人是不会在油茶山里放蜂的，油茶花粉会致蜜蜂死亡。因此，为油茶授粉的并不是蜜蜂，而是大个子土蜂。这样一来，我们公司的种植基地就购买大量土蜂，在每个林带种埋。为了让土蜂四季存活，我们还把基地周边的林带租赁过来，加以保护，这样就能保持完整植被。就是说，让土蜂有工场，也有后花园。

土蜂有个脾气，天太冷是不肯活动的，这跟我们人一个性子。但是油茶的花期，恰恰是在霜冻天。茶花香自苦寒来，土蜂却在睡懒觉，这可不行。就像我们人类，到了冬天还要吃饭，再冷的天也有人卖菜。这样，土蜂就要人催促。我们就在树上挂一段涂有香剂的黄色塑料棒，这样可以刺激土蜂出动，提高授粉率30%以上。你看那些卖菜的，大冬天是不是也得出来？有什么动力呢？有，就是想挣钱……

张琴感谢李勇请了个能说会道的专家。老圻也对专家的讲课非常满意。他对张琴说，以前镇里请的专家，我们听得打瞌睡，他就拿着材料，给我们念。

24. 钢铁水车

这天实践站的活动非常丰富，其实不只是李勇的讲座。张琴对李勇的讲座没有信心，担心这样的科普讲座，乡亲们听不进去。于是，为了吸引乡亲们前来听讲座，实践站还安排了学校的孩子来表演节目。当然，所有的节目都围绕油茶这个主题。

村里的实践站刚刚建好。那时，全国各地的村级实践站还在探索当中，县里头要各个乡镇各个村发挥主动性，多出一些活动，把实践站的人气做旺。第一次策划，张琴使出了浑身解数。

张琴首先想到的实践项目，就是科普讲座。李勇成功的消息，来得恰到好处。张琴把油茶讲座作为压轴的内容，让李勇好好准备。同时，她反复推敲了一下，作为活动日，光一个科普活动太单调，必须铺垫一些娱乐活动。

搞什么节目来呢？让孩子们来吧，以往，只要学校的孩子们儿童节有表演活动，乡亲们都是愿意来看的。但这次不是儿童节，还是得围绕这个油茶来，把油茶这个主题做透。于是，她想到嘉欣和晶晶。

晶晶唱歌好，嘉欣画画好。张琴临时让学校的老师教会了一首《水车之歌》。这一天，由于全校的孩子都停了课，一起来参加实践站的活动，实践站快要坐不下了。村子里老人多，于是老老少少一齐坐在实践站，等待表演。

晶晶的《水车之歌》唱得声情并茂。唱歌之前，晶晶还有一段开场白，还讲起了自己搬进了新房子，新房子里有了一架好看的水车。晶晶还说，爸爸想通过这首歌，来感谢政府帮助他们一家子过上了好日子！

嘉欣的节目，是讲故事。让一位老师指导嘉欣，把发现水车的故事写成生动的故事，就讲水车的故事，到时把水车的画也放到屏幕上。

嘉欣的故事，是老师指导写的，但嘉欣写出了自己的心声。那天，嘉欣的讲述，把乡亲们一下子带回了春节抗疫时期。嘉欣把她的水车绘画作品挂出来之后，立即吸引了乡亲们的目光。这是水车的水粉画。那个圆圆的轮子，像一轮太阳，在瀑布的流水中转动。

嘉欣说，你们知道吗？我为了知道什么是散步，过年的时候特意上山玩，结果跌进了这架水车里。但我并不知道这是水车。为什么呢？我们在座的孩子们，有谁不知道这叫水车的吗？大家都摇了摇头。

嘉欣说，这就是今年我们村子里最大的变化之一。如果不是张书记修好了这架水车，如果不是我们跟着大人一次次去参观那架水车，村子里的小孩子，怎么可能知道这是油坊，这是水车呢？在我被村支书救起来之前，我也一点儿不知道！

嘉欣把张雅动员老木匠修水车的故事，细细地讲了起来。最后，嘉欣又说，这架水车，是红军留下的水车，现在只是景观水车了。现在不用水车了，我们的油茶该怎么产生茶油了呢？我听张琴姐姐说，城里有了钢铁水车，今天，就会有城里来的科学家介绍这种钢铁水车。

一个现场指导，三个室内节目，实践站的第一次活动，开展得一气呵成。特别是有了晶晶和嘉欣的铺垫，乡亲们对油茶文化的讲解，空前地专注。既有传统的内容，又有现代的内容，张琴觉得这个油茶文化的实践活动，非常成功。当然，乡亲们跟嘉欣一样，觉得最大的收获，就是在实践站上听了李勇的讲座。

那一天，在实践站终于轮到李勇上课了，乡亲们才知道，嘉欣预先说的钢铁水车，根本没有水车的样子了。在李勇出示的图片上，乡亲们看到的钢铁水车，只是一群钢铁做的机器。但李勇也喜欢打比方，直接把这些机器叫作钢铁水车，而且跟高寨的水车做了比较。

李勇不知道从哪里找来了那些图，乡亲们一看到图就感到亲切。这是他们世代相传的劳作方式。八幅连环画，画的都是古代人。他们在采摘、翻晒、碾粉、锅焙、甑蒸、包饼、入榨、出榨、入缸，这八个环节我当然非常熟悉。梅江边十多年前，还是这样榨茶油，当年学校的茶油，那些难得的福利，就是这样生产出来的。

在张琴录下的视频片段里，总是能听到李勇奔涌的金句。

"何所不死？长人何守？靡薜九衢，枲华安居？"李勇引用了屈原的《天问》，来讲述自古以来的健康追求。但什么才是健康的？绿色的？那只有科学才能给出答案。这个科学现在有专门的人在研究，就是绿野公司。

李勇说，追求健康就是要顺天，但有时也要逆天。说完，李勇在银屏上投放了两幅图片，这就是嘉欣他们想看到的"钢铁水车"。

一张图，叫剥壳机械。只见一个络腮胡子的工人，穿着一件牛仔服，戴着安全帽，爬上了一座高大的铁塔。李勇说，你们看，这上面有一个进口，这是茶籽的进料口。而这下面还有两个出口，一个吐出黑色的茶仁，一个吐出新鲜的果皮。

李勇说，就是这个"水车"，结束了人类两千多年的手工剥壳历史。你们想想，如果我们基地的油茶下山后要等太阳来晾晒，就是天公作美，也找不到这么大的晒场。

李勇说，农民有个宿命，就是靠天吃饭，许多时候甚至增产不增收，比如天气，比如市场。大家还记得2015年吧，茶籽采摘时节雨水连绵，可把老百姓给坑苦了。我们基地也一样，正好是基地的丰收年，看着满山的茶籽，既是喜来又是忧。三百万公斤茶籽，从各个山场汇聚到厂房，公司雇请了大批民工翻晒，鲜果散落在公司内外。天气好倒不打紧，一天开裂两天露籽，可以让民工收起来手工剥壳。但天公不作美，公路边的茶籽铺天盖地风吹雨打，过路人看了都心疼！

乡亲说，我们靠天吃饭，能怎么办？！

李勇像一个说书的人，拿起一本书在桌面叭的一声，拍案而起。李勇说，我们也是看在眼里急在心里。茶籽集中下山，就是天晴晒好了，堆沤过程中也会发热发霉，发生变质！这一年冬雨，让公司损失达15%以上，种好的茶籽白白地浪费！规模化经营，如果不能用机械来剥壳烘干，还会被老天欺侮！

那能有什么办法呢？手工剥壳历史并没有结束，我们寻遍了全国，国内并没有成熟的剥壳设备。没有退路。茶籽一轮成熟需经五季，饱吸天地精华，鲜果的水分达到六成。去皮之后，仍然达到四成。茶仁如果硬壳破损，72小时之内就会变质。

其实早在八年前，我们公司的老总就带着两百斤鲜果奔走全国，寻找破果剥壳的新办法。第一站到了湖南，第二站是湖北，第三站是河南，第四站是浙江，最后回到江西南昌，找到了江西机械研究所。

剥壳研发车间内，科研人员像一位雕塑家，对一座塔架不断改进。构件由两层改为三层，进料塔，传输管，出料孔，分流与合流，新鲜的果子进入钢铁的体内离合聚散，最终完成圆满的剥壳流程。

那是一个夏天的日子，设备进行终试。我们紧紧盯着铁塔，看着成吨的鲜果被运输带提送到塔架顶部，经过去铁、去石、分级、剥壳、分选等环节，果壳和果仁分别从两个出口涌出，完好的果仁直接送进了烘干房……就这样，手工剥壳的历史，终于在这里画上句号。大家看看，这架钢铁水车，一个小时能吃下十吨茶籽。

如果是我们用人工来剥壳，以一个人一天能完成两百斤来算，它一个小时的活，我们一个人要多久呢？

果然有人在掐算。这是听众下意识的配合，像老师在上一堂数学课。最先举手的是嘉欣。她说，我算出来了，要一百天！张琴带头鼓起了掌，大家跟着响起了掌声，只是不知道是为嘉欣鼓掌，还是为钢铁水车。

李勇跟着鼓起了掌。接着，他像个指挥千军万马的将军，话锋一转说，这个钢铁的水车，还只是剥壳用的，不算是真正的水车，真正的钢铁水车是这张图里的。

图片上有李勇自己在查看着仪表。那里头的设备，有一座像飞机的机舱，而大部分是曲里拐弯的管道。李勇说，就是这些铁家伙，能把水和油这对冤家生生地分离开来，而这是目前国际上最先进的茶油生产线。

嘉欣就像看到了世界冠军站在了领奖台上。只是这个世界冠军沉默不语，于是嘉欣又把李勇当作了世界冠军。

李勇说，刚才专家讲述了我们怎么样种出好茶油，这是有国际标准的，打虫下肥，都要有摄像来监管，有底可查，国际上的专家可以随时调出来看生产过程，这叫现代化，这样人家才相信我们种的是有机的绿色的东西。同样的道理，这茶油加工，也被这样挑剔的眼睛紧紧盯着。

照理说，你们种出了硕果累累，本应值得高兴，但是我想告诉大家，种出了好油茶，并不等于就有了好茶油。茶油加工，是迭代的结果。国内交叉存在着压榨和浸出两类。传统的压榨，从水力到电力，从油坊到工厂，都是物理方法，不论是热榨，还是冷榨。但这些方法会让最宝贵的营养成分——单不饱和脂肪酸丢失。

当年，我们也买了这样的机器，跟高寨的水车一样，不过是换成了电力来压榨。但一年之后，我们就丢掉了。我们想的是，有没有更科学的技术呢？

公司老总先后来到西南大学、中南林业科技大学、南昌大学……这边在寻访，那边茶籽丰收不等人。油茶丰收那一两年，只能暂时使用压榨机。这是没有办法的办法，虽然不愁销，但离我们的目标很远。为此，寻访新工艺的路并没有结束。山重水复，柳暗花明，这一年，他们又联系上了江南大学。

江南大学，就是我的母校。

江南大学有一位科学家，毕生研究用酶来提取植物油，已经应用在花生、大豆油上，效果完美。教授思考的，是如何从茶籽中提出油。后来他的弟子接力这个项目，突然有了灵感：把茶籽中的非油物质（极性物质）拿开，不是就留下了油吗？结果相同，但工艺有很大变化，大大降低了成本。

这个弟子，就是我的导师。

绿野公司的寻访者见到了我的导师，我们县里走出去的科学家。但是，专利已经被人用高价买走。寻访者没有灰心，深情地说，报效桑梓，这句话你也听得多。你当然最希望报效桑梓，看到自己的成果能帮助家乡，难道不是件骄傲的事情吗？我的导师就这样答应了。在他的帮助下，绿野公司获得了专利部分使用权。这一年，我跟着导师来到公司，公司立即拆掉了原来的机器，安装水媒法生产线。

这时，李勇又讲起了"山茶油的罗曼史"。就是老圻最讨厌的比方，但这一天，老圻却听得格外认真。

几千年来，山茶油就像是一位姑娘，等着人类的婚娶。早年，山茶油的爱恋是纯朴的，留有涩味，但人们并不计较。但随着健康观念的盛行，人们的意见就多了起来，什么油坊不卫生呀，水分多呀，品质不纯呀。直到发明了水媒法，粗暴的压榨变成温柔的提取，而且保持了最纯正的品质。

油与水，是一对知心爱人，又是一对生死冤家。在山上的岁月，雨露的滋润，从根茎到枝叶，是一场油与水的"订婚"，是恋爱的"蜜月期"。但茶油加工，却是油与水"离婚"的过程，而且离得越干净越彻底越好。但油水分离，又是谈何容易。事实上，乡村作坊的土茶油放一两年就变味，就是由于油中有水，油水未净。

有了剥壳设备后，对茶籽仁进行油与水的调节，成为新课题。为打好油和水的"离婚官司"，我们公司又研发了一套烘干设备，创建了密封的烘房，利用空气烘干，可以从30至50度进行适度调节，温度通过表盘来观察。经过反复调试，烘干设备开了行业先河，实现油和水的"好合好散"。

打破了靠天吃饭的魔咒，我们似乎步入了坦途。然而，精深加工并没有彻底完事。从破壳到提油，生产线最后得到的是液态物质，伴有白色泡沫，而不是金黄色的纯净油。为此，不得不进行再次破乳。你们看过吧，油坊里榨出的茶油倒进油瓮里，会有一层泡沫。那是由于还不纯净。我们提取出来的，也是这样。

这就让我们困惑了。山茶油乳化，是天生的本性吗？就像夫妻吵口，是一定会有的吗？这个"天问"，非常迷人，让我困惑。过年的时候，我为什么急着打路条去公司，就是要破解这个问题。

从原理上说，水媒法出来的就是纯净油。我判断，一定是设备调试不到位所致。为此，我天天睁着眼睛。微调，记录参数，再微调，再记录参数，经过比对，乳化情况越来越轻微。终于，我们的钢铁水车，流出了金黄的山茶油！我们锁定了这组数据——这组最佳状态的工作数据，风雨之后见彩虹，疫情散去了，乳化问题也解决了！

接着，李勇还把钢铁水车跟高寨的水车，进行了对比。这是嘉欣最喜欢听的一部分，最能听懂的一部分。

李勇说，照理说，高寨的水车是没必要修复的，因为我们不需要榨油了，而是提取油了。但张书记修复水车，是为了纪念历史，是为了记住祖先的智慧。我们发明的水媒法，我们的钢铁水车，也是智慧的一种而已。高寨的水车，就是为了碾粉，是吧？而这个环节，在我们的钢铁水车中哪个环节实现了呢？

实践站里一片安静，大家做沉思状。老圻打破了沉默，说，你今天讲得太多了，你们的先进机器太多了，我们都忘了有哪些环节了。

这时，嘉欣又举起了小手，说，我知道，应该是在提取车间，只是你好像刚才没讲清，碾粉与提油，是不是同时进行的呢？

讲座结束的时候，张琴走到了前台，告诉大家村里的实践站开张了，今后村里会举办好多这样的活动。当然，有些活动不在这实践站举办，比如，下个月的活动，我们想安排村民代表和孩子们，进城去参观绿野公司，看看钢铁水车到底是什么样子！

嘉欣听了，和小伙伴们使劲地鼓掌。活动结束后，嘉欣问张琴，真的有钢铁做的水车吗？我也想去参观，我感觉李勇叔叔讲的钢铁水车，就是一个变形金刚，就是奥特曼，我想去把它们画下来！

张琴听了，大笑起来，夸嘉欣说，这真是一个好比方，你说得有道理！今天李勇哥哥跟大家介绍水车，跟我们村子所有的水车，当然完全不同，那确实是钢铁做的。但是，好多爷爷奶奶听不懂，你可以讲给他们听。到时，你到工厂里去画下来，回来给乡亲们再讲一次故事！

嘉欣于是盼望着参观的日子，就像等待过年的到来。参观"钢铁水车"，嘉欣下了决心一定要去，而且叫上了雅丽和晶晶。

水车简史

25. 参 观

欣嘉终于实现了玩具水车的梦想。夏天来了，张琴带着嘉欣来到涧脑排，捡了许多还没有成熟的桐籽。桐籽做的水车，当然比不上高寨的，缩小了一百倍还不止，但是两者是同样的原理。嘉欣看着溪水冲击桐籽上的叶片，水车缓慢地转了起来。不久，水车又停下来。嘉欣仔细一看，叶子被草缠住了。把草拿开，水车又正常转动。

嘉欣后来跟雅丽和晶晶一起到溪水里玩了几次，还拿到教室里给老师当教具。六年级的科学课本里正好有《机械》一课。老师看到嘉欣他们带来的水车像孩子们一样开心，而且加以了改进。老师拿来一根皮管，从水龙头里接了水，引到教室里。

张琴看了哈哈大笑，跟张书记视频请教，才知道是叶子插得太浅了，吃不住。第二天的讲台上。老师又把嘉欣做好的水车固定在铁盆上。水从皮管里流出来，正好冲到水车的叶片上，水车咕噜咕噜就叫了起来。

张琴说，这个水车的教具，后来被科学老师写进了经验文章，送到县里比赛获了奖。老师领奖回来，上课时满脸喜气地说，今天我要告诉大家一个好消息，我们课堂上的水车获得了大奖，县里的领导和老师都称赞我们村的孩子聪明，为此，我们要感谢嘉欣同学，她的桐叶水车帮了老师的忙！

嘉欣赶紧站起来，挥一挥手说，不要感谢我，要感谢的是张书记，是张书记教我做的玩具呢！

嘉欣从此更加迷恋水车了。她下课后，就到村委会找张书记。但张书记回城里了。嘉欣有些失落，但她很快找到了新的乐趣。张琴带着她来到河湾，看那些展台上的水车。嘉欣对张琴姐姐说，高寨那架旧水车就像张书记，这些新水车就像张书记生下的孩子！

张琴笑着说，这些景观水车，可都是工人师傅们生的，不是张书记生的了。张琴接着告诉嘉欣一个好消息，这个周末，大家进城参观钢铁水车，活动已经组织好了！嘉欣高兴得跳了起来。张琴说，这是对村子"水车发现者"的奖赏。

李勇回公司的时候，张琴跟他商量参观绿野公司的活动。张琴说，看不出啊，你在讲台上的风采挺迷人的。

李勇说，有吗？为什么没听到你的鼓励？！张琴于是对李勇说，当时没有鼓掌，是由于看你意气风发的样子，真有点像搞传销的人。如果你不是科学家，去搞传销也准是个人才，能把全中国的老太太忽悠出来，买你的保健品。

李勇说，这么说你还是不相信？如果你不相信，还可以到我们公司看看。科学与传销，本来是一对仇敌，但也可以是一对朋友。科学常识普及了，骗人的传销就弄不下去。但科学也可以借鉴传销手段，普及正确的知识。

　　就这样，在确定的日子里，张琴叫上了嘉欣，当然还有雅丽和晶晶，还有村民代表，一起前往绿野公司。绿野公司在一个工业园。经过"梦想家园"小区时，张琴说，燕生爷爷就住在这里，但他如今不习惯城里的生活，回到村子里，和水车住在一起了。

　　一进绿野公司，就是一个展厅。李勇带着孩子们，简单地参观了一下。那些展板上的知识，就是李勇和同事在实践站里讲的知识，只是讲座时，显得更生动。这时，李勇打开了电视。他说，这就是实时监管系统，我们随时可以看到油茶基地的生产情况。可惜我们村子的油茶基地没有加入公司，否则在这里就可以看到我们村子里的油茶林，还有那架水车了。

　　嘉欣说，那传说中的千里眼，还真是有了，站在这里居然还可以看到乡下。张琴说，可不是，你们的爸爸妈妈在外面打工，还不是可以跟你们视频呀！嘉欣听了，有些忧伤，因为她从来没有跟妈妈视频过！

　　张琴看到嘉欣不出声，知道嘉欣想到了自己的妈妈。这时，雅丽似乎知道嘉欣的心事，说，如果真有一种千里眼，嘉欣戴起来就能看到陕西了，那该有多好！那嘉欣就可以找到妈妈了。李勇说，这可能不行，这个"千里眼"，得有两头的约定，就是说要有两只眼睛，一只在那头，一只在这头，如果有一只打不开，就看不成。

　　张琴为了让嘉欣高兴，提议说，既然这千里眼看不到高寨的水车，还是去看这里的钢铁水车吧！

李勇带着孩子们来到了剥壳车间，那座铁塔，果然比图片上的巍峨，高高在上，有十来个水车高。只是没有那个络腮胡子工人。雅丽问，胡子叔叔呢，怎么不见在铁塔上？这水车坏了怎么办？李勇说，胡子叔叔是专家，早就回去了呀，现在这水车没问题了，他就去别的地方建钢铁水车了。

在烘焙车间，张琴开玩笑说，如果在这里烘面包，就能供全中国的人吃了。嘉欣说，我倒是觉得这车间太小了，我们县里到底有多少油茶林呢？光我们高寨红军的油茶林，就好多好多，加上村子里油茶基地，那得是多少呢？那漫山遍野的油茶，都集中到这里来了？怎么容得下呢？

李勇说，绿野公司的油茶林呀，那是我们村子里的几千倍。我们这是一边烘焙，一边加工，到了收获季节，这里确实是满满实实的。所以，绿野公司现在要做的，不是收茶籽，做茶油，而是搞好研究，把技术转让给别人，让大家都来用这些先进技术，都来建这样的车间，就像我们梅江边，有许多相同的油坊，有许多相同的水车。

终于来到了加工车间。这里不让进去。李勇说，没有小孩子穿的工作服，只能在这外边远远地眺望了！

三个小孩子挤在透明的玻璃前，看着一大堆的银色的管道，像人体上的血管，密集，无声，神秘。嘉欣指着那个机舱般的机器，说，那就是茶仁粉碎的地方吗？这个地方，就是李勇叔叔说的，实现了高寨水车功能的地方。

水车简史

李勇说，科学是神奇的，我读小学的时候，还跟着爷爷奶奶一起收过茶籽，剥过茶籽。其实，我小时候也看过高寨的水车，那时就已经荒草萋萋了，跟嘉欣看到的一个样子。我那时就想，这油坊不要了，这油茶换了什么加工方式呢？我跟着妈妈去高寨外婆家，那时怎么也没想到，我长大后会研究另一种水车。

李勇说，等你们长大了，还有许多科学发明会涌现出来。科学是无止境的，你们好好读书，到时一定能看到更多的发明创造。

就在李勇跟三个孩子交谈的时候，张琴为他们拍下了一张张合影。背景，当然是那个眺望的窗口，以及看不大清楚的钢铁水车。

参观结束后，张琴带着村里的一行人准备离开公司。李勇接了一个电话后突然说，刘总想见见她。张琴说，你又给我生出什么事来了呢？

李勇说，我也不清楚，刘总这段时间集中力量在扩大种植基地，而我负责的加工生产线，他这个时候见你，确实是临时安排，我跟他汇报过村里来公司参观的事情，也知道你们是今天来公司参观，但见你是个临时安排。反正，今天公司在食堂安排了午餐，现在还有时间，你就去见一见吧！

张琴说，好吧，那现在让参观团去看看展览馆和体验馆。

李勇说，好的，我叫人去安排，我陪你去见刘总。

李勇的实验室就在一楼，紧邻着公司的油茶文化体验馆。李勇见同事带着村里的一群老小进了体验馆，就带着张琴去二楼。张琴说，怎么，不带我去参观你的实验室吗？你的成功可是有我一份功劳的。

李勇说，那实验室没什么可参观的，都是一些玻璃试管之类的，枯燥得很！

张琴说，既然枯燥，你过年时怎么又那么急着回公司？这不是自相矛盾吗？难道这里有美女陪着你攻关，所以……

李勇说，好好好，我说不过你，我是说，这试管对乡亲们来说，对孩子们来说，是枯燥的地方，没有什么可以参观的，但我不同呀，我心里的风景，就在这一支支试管里，就是那一个个变化的数字！要知道，为了攻关，公司疫情期间没有停止生产，那钢铁水车的生产线上每一批次的茶油，一出来就都送到这个实验室里来。

张琴说，难怪你那阵子不怎么理我，微信老是不及时回复！原来你是跟这些试管谈恋爱了！

李勇扶了扶眼镜，对张琴的这个比喻表示满意，说，没办法，科研工作容不得三心二意，那时候我心里就只有那些试管，那些数据，它们占据了我整个左心房，你呢，我只能把你安排到我右心房，但门是暂时关着的。

张琴说，哈哈哈，你心还真大，比皇宫还大，居然在心里建了这么多房子！那要是现在参观你的实验室，我和试管都站在一起了，又怎么分得清谁在左心房、谁在右心房呢？！

李勇说，分分合合，左右一家，不分彼此。但我当时最着急的是数据，我当然只好暂时关闭了右心房。那些日子，我脑子里没有过年的概念，我们按照教授的指导，不断调整钢铁水车提取参数。每一个参数，就对应着钢铁水车的仪表，比如温度表，比如气压表。这些参数的变化，又必须通过出产的茶油来测知，观测乳化的参数，比如色泽的变化，比如气味的浓度。

张琴说，这么说，那些钢铁水车其实也是些笨家伙，还不如高寨的水车，能够自动地传导大自然的力量，钢铁水车全靠你们科学家来指手画脚，它们看起来张牙舞爪的，七手八脚的，千手观音一样，嘉欣说的，它们就像一个奥特曼，像一个变形金刚，但骨子里是笨家伙，还要靠你们科研人员一点一点来调整，一点一点来念经。

李勇说，你快要成为一个哲学家了，还是你说得深刻，所谓的科技，所谓的机器机械，背后都是人在活动，它们只是提供一些物理的力量，而我们人类，必须这样一点一点积累经验，靠数据说话，根据产品的质量要求来锁定机械设备的最佳状态。

张琴说，这么说来，每一个科研人员都是理想主义者！社会也是一架大机器，你们科学家也是机器的一部分。你有没有想过？当时举国上下，弥漫着的是紧张，恐慌，疫情像一块天外陨石，砸中了地球，但在这样汹涌的环境里，居然还有一个小小的实验室，安然无事般地独自运转，这可真是奇迹，还是你们公司牛！我听说过年时县里的工业园全部企业都停了生产，所以听到你要路条回公司，开始真不理解！

李勇说，不对，整个工业园还有两家没停，一家是我们绿野公司，为了赶时攻关备战国际展览，另外一家，后来我听说是生产口罩的，那时全中国口罩供应紧张。某个意义上，那路条不是你和张雅书记给我开的，是这位县里的领导。

张琴说，你这是过河拆桥，事后不领情了！

李勇说，这倒不是，你们没有功劳，但也算是有苦劳！说实话，我没想到那个紧张的情况下，你和张雅书记作为基层干部，能如此深明大义。

张琴说，可不是，如果换了别人，我们可懒得理你，可我怎么就认识了你呢，不得不为你操心一下了喽！

两人边说边走，不知不觉就来到了刘总的办公室。但是，刘总并不在办公室，只见一位美女员工在泡茶。李勇问，刘总呢？

美女为李勇和张琴泡好了茶，解释说，刘总正在从种植基地回来的路上，乡下的路不好走，公路又在改造，车子开得急，不小心撞着了村民的一头牛，所以得耽误一点时间，叫你们先在这里等着。

张琴和李勇想下去陪陪乡亲们，但又不知道刘总何时到，就只好继续喝茶等候。两人又聊起了李勇的实验室。

张琴说，你刚才说有两家企业没有停产，还在动转，这两家企业，可都是领导的心头肉！不过，事后看来，你们两家企业的工作性质，其实都是这一样的，都是在"破乳"，都是要推开人类面临的层层迷雾，找到事实的真相，最终让老百姓安居乐业。

李勇说，当时，我们两个企业里的人，简直就是两个世界，互不关涉。事后，我完成了实验，为我们公司能在那样的环境中独自运转而骄傲，但同事告诉我，工业园我们不是唯一开工的，还有一家企业，我就好奇了。趁现在没什么事，我把当时的情况讲讲，看看你又能想出什么哲理来！

当时，就在绿野公司五百米远的地方，有一家企业叫美润。当钢铁水车在春节隆隆动转的时候，这家企业的生产线也马不停蹄。这条生产线，是赣南第一条熔喷布生产线。

这家公司，原是家不起眼的无纺布制品企业。但它在厦门的母公司却不简单：它是国内从业最早、产业链最完整的无纺布企业之一，而且早年就开始生产口罩等各种防护用品。

这个情报，在疫情暴发之后立即引起县领导的注意。除夕那天，小城就出现市民排长队购买口罩的事件。口罩紧张，疫情无期，必须短时间内提升供给保障能力。县里决定，尝试自力更生，让美润公司改装生产线。

讲完口罩的故事，李勇感叹地说，这家企业的路条，那才是真正的大路条啊！现在我才知道，那时候要一张路条，多么不容易！

张琴说，我和张雅当时，也是抱着试试看的态度，毕竟这路条不是只在村子里通行，我们能说了算，而是要惊动所有相关的部门，甚至县里的主要领导！这样说来，我们还是有一点苦劳的！

李勇说，其实不但是苦劳，首先要相信和理解我们攻关的事情有多么重要，时间有多么紧急，这是非常难的事情，村支书当时就不理解，幸亏遇到了你们驻村干部。

正说着，刘总风尘仆仆地从外头走了进来。

26. 公　司

　　张琴看到刘总走进办公室，第一眼觉得有些眼熟，但却忘了是什么时候见过。看到李勇和张琴站了起来，刘总说，不用客气，都是自家人，一个是公司的科学家，一个是科学家的家属，我没说错吧？你叫张琴？李勇说过年的时候，是你开的绿灯打的路条，公司得感谢你哈！

　　张琴赶紧说，不是我，是我们的张雅书记！

　　刘总说，反正都一样，是你们驻村工作队。还是你们理解我们的事业，当然喽，你支持是可以理解的，你是支持自己的男友！

　　张琴说，是我们要感谢公司，为村里派出了科学家搞讲座，还派了技术人员来指导种油茶！

　　刘总说，谢来谢去的，其实我们有相同的目标，都是为了宣传油茶文化嘛，这是老祖宗留下的东西，在我们这一代人手上要发扬光大！我就不用自我介绍了吧，但这次跟你见面，你可不是以公司员工家属的身份出现，而是驻村干部，我还是得正式一点，给你一个名片！

张琴说了声谢谢，接过名片一看，立即就想起自己什么时候见过刘总了！是的，没错，张琴和刘总见过，在上海一个贸易交流会上。一看这张名片，张琴就想起来了，这个名字，非常特别。绿野公司老总，叫刘轩辕。轩辕，当时在上海的推介会上见面，张琴就禁不住冒出过一句，你是老祖宗啊！

张琴于是说，刘总还记得吗？我们不是第一次见面。

刘总听了，惊讶地说，是吗？你到过我们公司，我们见过吗？公司里人来人往的，原谅我没有印象了！

张琴说，不是在公司，是在前几年在上海的一次食品推介会上。我对你这个名字非常熟悉，轩辕，于是说了一句，你是老祖宗，不知道你有没有印象了！

刘总仔细打量了一下张琴，摇了摇头说，真抱歉，人山人海，都是美女，我看花了眼！

张琴笑了起来，刘总是公司总裁，怎么能记住我们这些小角色呢，我当时在上海一家食品公司的营销部上班，跟着营销部经理一起来参会，听你们企业是家乡的企业，所以特意拉着同事一起前来打招呼。

刘总也笑了起来，说，肯定是没有谈合作的事情，所以会记不住，如果当时你促成了我们两家企业合作，那肯定就会有印象了！

张琴说，刘总真是在商言商，对家乡人都没一点在意。不过，当时我可对你印象特别深。你说，你是红军的后代，原来是财政局的一名普通干部，八年前看到了国家政策扶持，要在赣南大兴油茶产业，就辞职下海。我听你介绍，知道你对这领域还非常投入，对油茶是个专家！

刘总说，可不，自己要做的企业，当然得下苦功夫。油茶产业进入深海了，我不补课，会被淹死的！那天我说了些什么了？我都忘了，专家是不可能的，我们的专家，是李勇，是李勇的导师。

张琴说，你讲起了油茶的单不饱和酸，讲茶油跟橄榄油相比的优点，提到了美国专家西莫普勒斯和西方的《欧米伽膳食》，还讲到了中国古代的《山海经》，总之头头是道的，什么冷榨法和热榨法的区别，最新的水媒法生产线是谁发明的、怎么落户赣南的。一句话，在你眼里，油茶是已生成一段独立的科技史了。所以，我对你印象特别深。

刘总听了又笑了起来，说，看来你跟公司有缘，难怪你会认识李勇了！你上海工作得好好的，怎么又跑到那村子里驻村去了？就因为那是李勇的家乡？

张琴说，我可没那么"高大上"，我是被家乡的亲朋好友劝回来的。不过，也算是特别有缘，跟你们公司，过去是，现在又是，互相合作起来了。对了，你原来是个公务员，现在当起了老板，感觉有什么不同呢？

刘总说，我们的生活，正好换了个位置。你原来在外头，现在是公务员，我原来是公务员，现在下海了到处跑，所以说，有什么感觉你应该最清楚，是吧？

张琴说，公家人，就是日子过得稳稳的，不着急。在外头

水车简史

奔，就是踏不着底，脚下总有片云，在飘，飘得有时头晕。当然，你这是创业当老板，跟我们打工的可不同！既然有些同感，今后我们可得互相多多合作。

刘总说，可不是，我们还有许多需要合作的地方。今天跟你见面，就是要说说收购你村子里油茶林的问题。原来李勇的爸爸当支书，我们就一直没有谈成，现在换了个村支书，仍然不同意。但我们真的非常想跟村子里合作，把事业做大。

张琴说，具体的情况我不是非常了解。你倒是说说，公司跟村子可以有什么合作呢？

刘总说，我们看中了你们高寨红军留下的油茶林，一直想收购过来，做成公司的品牌。我们公司的营销，需要历史，需要故事，需要品牌，而高寨的油茶林，正是我们公司最需要的卖点！

张琴说，公司需要，跟乡亲们珍爱，之间会有冲突吗？乡亲们不肯出手？跟乡亲们谈不拢吗？

刘总：今天找你来，就是希望你们驻村工作队帮忙，看能不能把这个事情谈拢！你看，你支持李勇这么得力，这次，你也应该会尽力的！

张琴说，张雅书记在的时候，都没有办法的事情，我也不一定有办法！可能这件事情，是非不为也，是不能也！你倒说说，公司又是怎么看上这片林子的！

刘总：那是我刚刚辞职下海的时候！接着，他跟张琴细细讲起了自己的创业经历。

刘总下海后，就下决心做出一番事业来，陷进去了才知道创业真是不容易！创办了绿野公司，一路走得磕磕绊绊。用刘总的话说，创油茶企业，就要甘做一棵油茶树，耐旱耐寒耐贫瘠。一路走来，经受了很大的压力。创办伊始，对油茶树认识不足，以为这不过是种些树榨些油，就像山头沟壑无人打理随意生长的传统茶树。但第一次，成活率不到三分之一。

经历了几次失败，望着漫山成长的木梓树，如何营销自己的产品，又是一个难题。先是路线问题。由于公司研发费了大量的财力，公司产品成本居高不下，直到破乳成功降了下来，跟当地传统的茶油比仍然贵了几倍。公司确定走高端路线，走北上广。但一直没有找到好的卖点。

有人建议，要有自己的品牌，而这个品牌，要有赣南的特色。刘总把这个建议放在了心上。有一次，他来到种植基地巡视。刘总在高寨的时候，听公司员工讲，这里有一片老油茶林，年久失管，破败不堪，公司想收购过来加以改造，但村民不同意砍树，于是山场不肯流转出租了。

刘总问，这林子多久了？村民为什么不舍得出让？

陪同的员工说，这是红军留下的，有八十多年历史了！刘总是红军的后代，对红军留下的油茶林特别感兴趣，于是亲自来到老表家里，打听"红军林"的传说，并萌生了一个创意。

刘总来到老表家里喝擂茶，听老表讲故事。一九三三年初，中央红军的兵工厂迁到这个偏远的山村。寒冬腊月，战士衣衫单薄，冒着严寒抢修枪械，群众就用油茶炒了一盆辣椒送给红军御寒。工人生产竞赛手臂受伤，群众又端来茶油涂抹，几天后伤口愈合。

不久，大首长前往于都路过兵工厂，听到茶油的故事，就邀请当地群众带领红军上山挖了五千株树苗，种下六十余亩油茶。这年十月，中革军委将分散在赣南的兵工厂陆续迁往这里，形成规模更大的兵工总厂，成立了"工人师"。

次年初，大首长带领四百多名红军在山坡另一面又种下两百余亩油茶。红军长征后兵工厂撤离，红军叮嘱乡亲们一定要好好守护这两片珍贵的林子，等待革命胜利。

三年经济困难时期，油茶林正值丰产期，帮助群众度过了那段艰苦岁月。一九六六年，人们就把这两片油茶林称为"红军林"。

刘总听了故事，立即前往考察。油茶林果然是茂盛的林子，但由于多年失管，杂草丛生，产量低下，只要精心嫁接、整形修剪，细心抚育，"红军林"还能恢复旺果期。公司只要收购过来，茶油可以贴上红军的标签，比如1934，比如红军水车，营销时就更有了故事，把现代与传统结合，吸引消费者关注。

但是，乡亲们知道了公司会怎么管理油茶树——砍枝条，去老树，这样不是把红军的遗产折腾得变形了吗？老支书于是始终不答应。

张琴说，为什么现在又想来谈合作呢？有什么新的主意了吗？

刘总说，我对高寨的林子始终放在心上，虽然没有收购成功，但总喜欢去看看。我就是觉得它们亲切，像公司的祖先一样亲切，我总觉得绿野公司跟这片红军林有某种血缘关系，不时会绕路过去看一看。这几天，我去了你们高寨，看了你们修复的水车，看了油坊，也顺便看了村里的油茶基地，听到合作社和村民有些情况，我觉得机会来了，但需要驻村工作队帮忙。

张琴问，找到什么突破口了？

刘总如此这般地，刚想好好地侃起来，秘书走了进来，说公司为参观团准备的午餐，可以开始了。刘总一看墙上的钟点，才发觉已是午饭时间，于是对张琴说，先吃饭，我们和乡亲们一起聊！

27. 午　餐

　　绿野公司有自己的食堂，员工拿了餐盘，各自吃完饭就在办公室休息。公司还有几间专门的包厢，接待社会各界的来宾。无油不成宴，油茶可成宴，公司把这宴叫作"颐年宴"，取的是绿色、健康的意思。

　　"颐年宴"，全部是用公司自己生产的茶油。这在小城里是独一无二的，因为公司的油贵，如果用绿野公司的油，那餐馆的宴席就太高端了，一般人消费不起。这桌宴席的菜品，其实都是大家见惯的，内容多是客家春节的年饭，有油炸的馃子，有油煎的鱼块，有烧烤的排骨，还有鸡汤。

　　一走进去，张琴就闻到一股特别人间烟火的气息。用鼻子吸了吸，还是没判断出来，这是什么气味。

　　餐桌自然是大桌，四个孩子，五位村民，李勇和张琴，加上刘总，就是十多个人。张琴说，刘总真是太客气了，安排工作餐就行，跟员工一起吃分餐也方便，这样大摆宴席，真是过意不去！

　　刘总说，不必客气，高寨是油茶之乡，我在你们村里吃过擂茶，看过水车，听过红军的故事，我感觉你们村子就是亲切，所以，今天大家不必客气，都是为了油茶而聚在一起，这是一个缘分！说着，又举起了酒杯，让村民倒满，孩子们则盛了一杯饮料，说，为油茶的兴旺发达，干杯！

大家坐下来后，刘总就说，你们村的茶油在小城可是出了名的。在没有绿野公司以前，我们城里的人只知道高寨的茶油多，茶油好。以前我们单位的人送礼，都喜欢找你们村的茶油。

桌上来的村民代表，其实就是村支书，老支书，和两个村民小组长。除了村支书是中年人，其他四个都是老年人了。李勇的父亲，就是老支书。老支书听到刘总说起高寨茶油，就开了口，自豪地说，不瞒你说，我们村子茶油确实没得比，所以称得上是"富得流油"。

刘总说，这位是李勇的父亲，看上去那么像，高高的，瘦瘦的，一个模子里出来，我就叫你李大叔吧。那请叔叔说说，你们知道这宴席上的油，是什么油吗？也是茶油，你比较一下，味道有什么不同。

李老叔吸了吸鼻子，又挑起一块油汪汪的炸豆干，嚼了起来，说，这哪里是茶油，没有茶油的味道！

刘总笑了起来，说，这就是茶油呀，是我们绿野公司用了世界上最先进的生产线生产出来的茶油，当然，跟你们土法榨的可不一样！

村支书也开口说，我们参观了你们的车间，观看了展览馆，知道这茶油来得不一般，科学家花了十年功夫才研究出来的法子。但我也觉得，这茶油没有了茶油的味，如果说是茶油，这味道不像榨的油那么浓，怎么说呢，就像我们村子里的薄酒，你说是酒，没酒味，你说是水，又有点酒味。

李勇听了，笑了起来说，支书这个比喻还真贴切。公司的茶油，跟老家油寮里产的，放到一起比较，就是这样的情形！

老支书说，难道你过年回来攻关，就研究这种没有茶油味的东西？那有什么可研究的，那钢铁水车看上去就是花架子，不如高寨的水车结实厚道。

刘总说，今天请大家品尝呢，就是要让你们知道，以前我们所产所吃的茶油，不是茶油，不对，不是纯粹的茶油，那是还带有各种杂质的，比如水，比如残渣，所以你们家瓮子里的茶油，过了一年就会有一股涩味，就是由于水没有从油中分离出来！

老支书说，你是说，你公司的茶油是没有水的茶油，才是真正的油？油水油水，不是在一起的吗？还能没一点儿水分？

刘总说，正是，榨油和提取油，是两个不同的工艺。你们刚才在体验馆里，应该品尝了一下纯正的茶油，你们感觉怎么样？我们这个茶油，是可以直接吃用的，清肠胃。你们比较，跟你们老家的，口感是不是不一样？

老支书说，当然不一样，我们老家的茶油入口，可以消炎去火，你们公司这产品，我估计就不行，这味儿确实淡。

刘总说，先不要下结论，我们不比较了，大家吃菜，吃完来好好说说，同样是茶油，吃过后回味有什么不同。

服务员不断送菜进来。宴席上，服务员对绿野公司的产品非常熟悉，一边上茶一边介绍。嘉欣喜欢吃油炸的鱼，张琴提醒说，多喝点汤，吃油炸的东西上火。

刘总吃东西慢，吃得少，一边慢条斯理地挑点菜，一边打量着村里的孩子们。他特别喜欢看嘉欣吃饭的样子，羞涩，又有点大胆，不顾一切，把桌上的转盘支得团团转。听到张琴说上火，就说，刚才说，茶油清火，现在张琴说，茶油上火，这不自相矛盾吗？

老支书吃东西的速度快，早就摸出一支烟，在看着大家吃了。但李勇提醒他，这是餐厅里，是公共场合，抽烟不好，如果想抽烟，可以到公司的抽烟区去。老支书有些恼，别人不说，倒是儿子管教起老子来了。但在别人的地盘，出去终究生疏，于是收起了香烟，端着一杯水，喝了起来。

听到刘总说话，老支书也开了口，说，估计这味儿淡，不上火，老茶油是药，这茶油是香水。

刘总听了，笑了起来，说，要说上火，所有的茶油都是药，有营养的补药。茶油确实是不上火的，在全世界所有的油类中，茶油的燃点是最高的，就是说，在油锅加热不容易冒烟起火。我们中国人的饮食习惯，就喜欢油炸，所以茶油是最适合中国人用的油。

老支书说，可不是，过年的时候，我们村子里谁家不是炸馃子备年货，一大瓮一大瓮，要吃到插秧的时候，可不像现在馃子都在市场上买。要说上火，店里卖的那些食品才上火，就是以重口味来吸引孩子。

刘总说，说到上火，李叔，你还记得你上火的事情吧？那次我们公司想收购高寨的油茶林，你急得直摇头，说这是卖祖宗田，那是不肖子孙。有不少村民倒是想卖的，家里急需要钱款，加上这油茶林又没有人管了，没有收益，但你就是压着不同意，说这是祖业！可你不知道，我们开公司生产茶油，也是守祖业，否则这茶油，能让外国人品尝？！

老支书说，我是有些思想落后，但终究懂得一些，所以那年镇里提出油茶林低改我还是同意了，觉得政府提出来的，必定是为我们老百姓着想。但你们公司提出来的主意，我是得多想想，这年代江湖骗子多！可别不怪我说话不中听，就梅江边那些林地，有个公司来种什么桉树，说长得快，发财快，你看种成个什么样，到现在还占着我们的山林，听说签了三十年合同！

刘总看到大家放筷抹嘴，知道吃得差不多了，就说，我们回办公室坐吧，大家喝点茶，我有事跟大家说，今天正好驻村干部也在。

刘总要领着大家去办公室，秘书过来提醒人多坐不下，就改到会议室了。知了在公司的院子里吱呀呀叫，秋老虎发起了威，秘书拿起遥控，开好了空调。刘总指着院子里一片林子对张琴说，这片林子也是实验场地，那里种的全是各个山头带回来的油茶树，就像这公司的人一样，来自五湖四海。

张琴探头看去，回头见嘉欣坐到了空调的出风口下，就拉着她移了个位置，到一个离空调远的地方坐下。张琴又看了看小院子里油茶林，说，看得出来，刘总对油茶是真有情怀！

刘总说，创业开始是讲情怀，但到了后来就只讲科技和市场了！得讲实际了。他看到大家坐了下来，每人手中都端着一杯茶，就对村支书说，今天也就聊聊，要说事情，也没有什么事情。我是听说你们村有个人在高寨山窝里种了一片油茶，但却从来不去认真管理，就感到奇怪！

老支书，有这回事？自己生了孩子不养，想天生天养？！

张琴问村支书，我怎么没听说过？是什么时候的事情呢？村支书说，这事情我们正在调查。那人李勇见过，就是那天在小店前烧钱的人。

"墨镜"？李勇和张琴惊讶地说。

村支书说，是，但背地里怂恿"墨镜"种油茶的，是他出钱要息事宁人的对头！

李勇说，两个对头走到一起了？可真是稀奇事！这可把我们弄糊涂了，信息量太多，支书你慢慢分析。

原来，那天村支书让路路送"墨镜"回去，路路给"墨镜"妻子出了个主意，让"墨镜"不要再去现丑，妻子心领神会，点了点头。"墨镜"酒醒之后，又找妻子呵斥。这时，妻子想起路路教的主意，如计封了"墨镜"的口。

李勇和张琴同时问，什么主意？

村支书刚想说，看了看嘉欣几个孩子在场，又觉不合适，改口说，就是抓住了"墨镜"的把柄。我们也不知道他妻子说了什么。大家只是隐隐猜测，一定是有什么把柄让"墨镜"罢手，但"墨镜"却提出了新的条件。"墨镜"说，我可以不要他的钱，可以不追究，但他要帮我想个生钱的路子来。妻子听了，知道又是失业又是生病，家里实在没办法，趁机找条路子也是应该，就把这事跟那人说了。

李勇问，那人叫什么呢？想到了什么路子？

村支书说，那人叫宋舆，是个风水先生，喜欢跑江湖，这几年由于躲"墨镜"，一直没有回村。他本来就是跑江湖的，跟"墨镜"结仇恨，也是那张大嘴巴惹的事，一次去外村做风水，吃宴时听到别人在夸"墨镜"风流，就顺势把自己的一场恶作剧说了出来，惹得一身是非。虽说他跑江湖惯了，但有家不能回的日子，他也该受够了，所以才委曲求全跟"墨镜"又是道歉，又是想挣钱的路子。他能想什么路子呢？我估计十有八九是个阴谋。

张琴说，让"墨镜"种油茶，是宋舆出的主意？种油茶是条正路呀，怎么会是阴谋？刘总说，我也去看了，那片山地确实是种了油茶，但种得实在马虎，比我公司最开始招来的员工种得还马虎！你说，那树窝打得小，周边草长得高，如果不细看，根本不知道种了油茶树！可惜了那一片山场！要是我们公司来管理，多好！

张琴说，也许是宋舆在故意祸害"墨镜"吧？两人的仇怨没完没了，以这种方式在延续。

村支书说，那山场是宋舆的，外面上说为了平息仇怨，让给了"墨镜"。但大家都知道"墨镜"不是个勤快人，怎么会要那片山场呢？大家又猜测，是"墨镜"看到村里的合作社，在公司的指导下有了起色，所以也想来种一块油茶林，大家听惯了油茶林是绿色银行，他就想建个银行了。

刘总说，但怎么说，也得好好管理呀！看到那杂草丛生的树窝，看到油茶树长不起来，我们旁观的人都着急！所以我才想这或许是我们公司收购的一个机会。

张琴说，这事我们村委会得调查，得管理，看看他是否愿意加入合作社。村支书说，我们问了，他一口否定，不加入合作社。

刘总说，我也知道这情况，所以想让你们驻村干部出面，问问他是否愿意转让给公司，这样他不用管理就已经有收入了！但"墨镜"似乎不信任公司，我觉得驻村工作队在村民的心里有威信，张琴出面劝一劝，会好一些。总之，我们不能让油茶有人种，却没人管，浪费山地资源！

老支书叹了口气，说，现在村里有些人被政府宠坏了，老是想着政府帮他们撑腰生钱，就说这"墨镜"，多威风的一个人，居然也向村里要低保！其实，说起种油茶，我觉得刘总是个实在人！只有真正地投入，才能种好树，出好油，像"墨镜"那样的，是糟蹋！

刘总说，种活一棵树，得费多少精神！人想哄树，树就哄人，不管理是种不好的，想管理没技术，也是种不好的！前几年，我们县里出了政策，想让贫困户都来种油茶树，我们负责收购。我们公司答应了收购，保证销路，但我提醒县里的领导，油茶不比赣南脐橙，家家户户自己种一点，自己产果自己卖，那样搞生产，是过去年代的事了！

张琴说，后来县里不是变了，没有让贫困户自己种吗？

刘总说，那是领导听了我的建议，把产业扶助的款子，统一融进公司的油茶林，相当于让公司代管，公司按照正常产量，给每户的油茶分红。本来我是不答应的，因为我们公司的销售还在攻坚，前途难料，但政府极力要求，加上公司正在全力搞科研，资金周转有些困难，就答应了政府。

张琴说，看来这钢铁水车的背后，还是有各种风险和艰难啊，不像老水车，在山寨里叫了起来，就是流油的日子！

28. 山 窝

站在山顶上回望梅江，河谷幽深，山峦绵延，顿时有一种指点江山的豪情。特别是太阳升起之后，河谷的雾气在奔流，像是大地煮起了一锅汤，沸腾翻涌，铺天盖地，张琴真想有几句诗来满足下心里的情绪，可惜她不像张雅能张嘴就来。当然，没有诗句也一样享受人间的仙境。

公司回来后，台风送来了几场暴雨。开晴后不久，张琴就找了个早上散步上山。

张琴以前不喜欢散步，认为那是中老年人的事业。她一有空就钻进了手机，钻进了互联网。张雅在那些山河中走来走去，张琴真不明白，那不是白白消耗体力吗？那阵子张雅肚子大起来，为做好护法大使，张琴倒是小心地陪着张雅走了段时间。但那时她没心思看山河壮丽，只是小心地提醒张雅，然后就是手机左右晃动拍几个图片，发给李勇。

绿野公司之行，让张琴对村里的油茶发展更加上心了。她不知不觉学会了像张雅一样散步，跟走访相类似的散步。她想实现张雅的蓝图。张雅的想法是，只把高寨水车修复起来还是不够的，还要组织策划搞一些活动，这样就可以扩大影响，村子里的人气才会旺起来。但是要搞什么活动，这个后续的文章得张琴接着做了。

张琴一时想不出什么好的办法。毕竟，这只是梅江边一个过于偏僻的山村，虽然曾经有个红军的兵工厂，虽然有个红军留下的水车，但就这些？还不如梅江吸引人。但梅江是静止的，成为库区后江水是满满的，人们反而不能亲水了！江边到处是禁止玩水的牌子。特别是河湾溺水事件之后，水面就更加平静了，只有嘉欣的爷爷，每天大早划着竹排还会在水面上游荡。此外，就是那些钓鱼的人，静静地待在水边，显不出村子的生机。

刘总送张琴离开公司的时候，曾经表示想进一步和村子里合作，希望张琴说动村支书，把高寨的红军林流转给公司，当然最好是合作社一起，"墨镜"的油茶也可以收购，以后村民就是股民，就可以在公司里干活，这个村子就等于是公司的一个基地、一个车间了。刘总开玩笑地说，这样公司和村子就更是一家人了！

离开之前，刘总让李勇带着张琴，在办公室单独见了面。刘总说，有个事情得单独跟你商量一下，那边人多，七嘴八舌的，不好说透。我在高寨看到"墨镜"的油茶林之后，反复推测，慢慢明白了其中的缘故。

张琴说，什么原因？

刘总说，我还只是一种猜测，毕竟暂时还没有充分调查取证。我估计，"墨镜"十有八九是受到了别人支使，想通过种油茶来套政府的补贴！现在好多地方有人这样干！

张琴大吃一惊，说，不好好种树，还能得到政府补贴？这不是痴人说梦吗？这可是违法的事情！

刘总说，你回去慢慢观察吧。我看现在的村支书倒是比老支书思想开放，但他还是对公司不放心，他们搞的合作社为什么不愿流转给公司，也是跟"墨镜"一样，想的是眼前的政府补贴，认为流转公司了，这补贴就归公司了！乡亲们没想明白，创业光靠政府补贴是做不起来的，做不长久的，补贴有限度，而事业要长久，我在江湖里看多了，多少企业想靠着政府过日子，结果不学游泳最终呛了水，政府扶上马结果还是跌下来！

张琴说，难道补贴，也可以算是收入？那不是笑话吗？

刘总说，你们村子的油茶要做起来，没有加盟公司是没多少前途的，虽然现在政府也会补助，也会扶持，但那毕竟是长远的产业，就是搞起来了，也跟以前差不多，就是能榨点茶油出卖。我看了我们村里的基地，土不土，洋不洋的，技术员进村上课他们大都听不进去，还是按老法子来。特别是那片高寨的老林子，经管得不上心，看着心疼！这可是宝啊！

张琴一想到村里的宝贝成为废弃之物，心里就不是滋味。毕竟，跟着张雅在村子里待了一年，虽然村委会的工作让她省心，但她还是像张雅一样，想尽量为村子多想些事情，为乡亲们谋更好的前景。她也要像张雅一样，在村子里多走，多看，找出一些门道来。

张琴走到山顶，想下去看看油坊，看看水车，但又担心时间不够。她想了想，就朝高寨北边的一个山坡走了过去。"墨镜"的油茶，听说就种在这块山场。

张琴钻了过去，看到一个山坳，并没有壮观的横排，更没有明显的树窝。山坳的下面有一栋山屋，看来原来住过人家。

一只狗在山窝里汪汪地叫了起来，朝着张琴的方向。张琴确定这里有人家，就朝那栋土屋走去。

几棵高大的柚子树，紧挨着墙头，有几只柚子掉落树下，那只皮毛发亮的黑色土狗看到人越走越近，叫得更加厉害起来。张琴停了下，查看狗的神情。在村子里待久了，她不再像原来一样看到狗朝她狂叫就大惊失色。张琴盯着狗，狗也盯着她，但她依然镇定，这样狗就不敢造次冲前来咬人。几只小狗在一边玩弄掉落的柚子，听到母狗叫得厉害，也丢掉那只玩物跟着狂叫起来，仿佛在助威。

这时，一个女人走出了土屋，头发杂乱，衣衫不整。她听到狗叫，出来一看，是有人来了，于是冲狗喊了几声，说，不许叫，好人！

张琴定睛细看，竟然是村子里所说的精神病人！张琴跟精神病人短暂地对视了一眼，就移开了目光。就在对视那一刻，张琴看到这女人的目光凛然，充满冰刀霜剑。但那目光中，又含有某种善意的微笑，就像寒风中绽放的一朵油茶花！

这女人怎么跑这里来居住了呢？奇怪！

张琴以前走访看过精神病人，这女人很少露面。女子倒是长得秀气，但就有时突然疯起来，嘴里喃喃地念叨什么，冲着周围的人大声闹嚷，像是对这个世界充满批判。张琴知道精神病人结了婚，和丈夫居住在保障房里。每次去精神病人家里，丈夫就让女人躲在里头，不让露面。

这女人的丈夫经常在外做事，带着一个孩子。精神病人的丈夫叫桑桑，平常帮人做泥工。有一次，带着的孩子跟做事人家的孩子打起来了，丈夫只好把孩子放在家里。精神病人不会带孩子，自己一个人在家里坐着发呆，发笑，让孩子自己跑，结果孩子下河湾捉鱼被淹死了。据说那天精神病人抱着三岁的儿子一直哭，不让丈夫去埋葬。孩子被埋葬在一个山坳里，精神病人每天在河湾游荡，喊着儿子的名字。

精神病人怎么到这个山坳里来了？张琴看到不怀好意的狗，看到莫名其妙朝她微笑的精神病人，不敢朝土屋走去。张琴转过土屋，就拐到山坡一条大道上，却听到了一阵口哨声。张琴听出来了，欢快的旋律是歌手郑智化的《星星点灯》。张琴朝山坡上望去，有个人在松土，太阳的光线把他修饰成高大的影子。

是谁这么勤快呢？张琴离开土屋，朝那个人走去。

是桑桑。张琴打了个招呼，桑桑抬起头来，抹了抹额头上的汗水，朝张琴笑了笑，说，你好！

桑桑中等身材，面貌有点像葛优，可惜没有当演员的命。劳作过早地把他的额头刻上了深深的皱纹。张琴看到那些皱纹和汗水，看到他冲自己友好地笑，就觉得他像极了鲁迅笔下的中年闰土。张琴心里叹了口气，她有点难受。她在城市里待惯了，特别是在大城市东奔西跑的，根本没想过山窝窝里，还会有闰土的出现！

　　山窝里异常宁静。张琴仰起头来，看到天空滑过一条美丽的弧线，似乎是朝这个山村丢下来的哈达，又像是天仙扔下来的线索。张琴想起了书上的那首诗，李白的那首诗。"西岳莲花山，迢迢见明星。素手把芙蓉，虚步蹑太清。霓裳曳广带，飘拂升天行。邀我登云台，高揖卫叔卿。恍恍与之去，驾鸿凌紫冥……"张琴对这首诗印象深，是由于对那堂课印象深。老师说，李白这首诗里有一颗对天生苍生的同情心。张琴一时没读出同情心，反而觉得诗人高高在上，就说，走到天上去，又怎么能真正地同情地上的人呢？在天空上的人，是看不清地面上事物的！

　　现在，张琴就置身于这种天地之间的对比中。她曾经在天空上飞过，也像诗人一样对大地俯瞰过。她觉得，那刚刚飞过天空的人，一定跟她以往一样，在天上的时候只会慨叹山河壮丽，不会看到这些山河的皱褶里会有像桑桑这样的人。桑桑抽不出时间来朝飞机看一眼，埋头在自己的命运里。

　　张琴打算跟桑桑聊聊，又怕打扰他劳作。桑桑家没有种过油茶，这油茶是帮谁弄的呢？张琴感到奇怪，想到油茶，张琴就觉得这不聊不行了。张琴问，桑桑，你怎么跑到这山窝里来居住了？还种上了油茶树？

　　桑桑说，有什么办法，孩子走了之后，女人更疯了，我怕她在保障房里待着，会想孩子受不了，会在河湾里落水，就一直想换个地方。但是，我们找了好多地方的旧房子都不许住，说是土屋现在不能住人了，将来上级会有人来检查的，这些土屋都要拆掉，怎么可能再让人住进去呢！

张琴：于是你就找到了偏远的山窝里？！

桑桑说，也不是我自己找到的，是宋舆找的。那天，宋舆来到我家保障房里，问我，听说你想换个地方住？这保障房不是挺好的吗？政府帮你们做的，又不收租金。我说，这保障房是好，但家里出了事。宋舆就说，现在有个去处，看看你去不去？

桑桑一听有个安静的去处，当然高兴，就问是哪里。宋舆说出这个山窝，我就直摇头，说太远了，我骑着摩托出山去外头做事，要多走好远的路。宋舆就说，不用外出做事，就在这山窝里做事。桑桑感到奇怪，说，山窝里有什么事情做？宋舆就把自己和"墨镜"一起种植油茶的计划说了出来。

张琴说，果然是宋舆。那他们是怎么计划的呢？

桑桑说，"墨镜"和宋舆合起来种油茶，当然两人没时间上山，就叫我。他们就是计划要把这片山坡种满，都归我种归我管。我说没有技术，他们就说不需要技术，没技术更好，有技术费时还提高了成本。他们答应，每月种多少棵树，每棵树给一定的钱，算下来每个月有三千多元，我就高兴地答应了。何况，还白捡了一个居住的地方。

张琴不知道宋舆搞的是什么把戏。她想起了刘总的话，"墨镜"他们是不是狼狈为奸想套取政府补贴呢？看雇工的情况，看桑桑的劳动情况，确实有点像。张琴于是问了起来，没有人来指点你怎么种？这样种出来的树到何时才能结果子呢？这不是白白折腾吗？！

　　桑桑对张琴说，开始我也觉得不对劲，我为了快一点完成种植任务，种得非常马虎，我自己都觉得种得不好，但他们不但没有批评我，反而表扬我种得快！我也觉得不对劲，工资还没有到手，这下种出来不长果子，哪来的钱发我的工资呢？

　　张琴说，到现在还没有给你发工资？几个月了？

　　桑桑说，说是要种好了验收后才能发工资，三四个月了，每个月给生活费，几百元。我有时也觉得不对劲，想不干，但没找到更好的房子！这不，这几天宋舆派了个人来，说是上级的技术员，要指导我好好种油茶，我得按他的标准，把草除干净，把土松好，把树苗露出来。我才提起劲，知道这回肯定是做对了！

　　张琴看桑桑挖得一身汗水，就叫他停下歇息歇息。桑桑说，你找我是有事吗？我们劳动惯了，出点汗是正常的，得干完这些才能放闲休息，过几天要验收了！

　　张琴说，那耽误你一会儿，就在这里边聊边干吧。桑桑点了点，要不回家去，喝点水？你特意来一趟，水也没招呼你喝一点。张琴说，你忙你的吧，也没有什么大不了的事情，就是想听听你将来怎么打算。比如，你为什么一定要搬到这山窝里来？你和你的妻子将来有什么打算？抱有什么希望？

　　桑桑听了，沉默了一会儿，就把工具搁在一边，坐在坡地的一丛草上，掏出烟来，点上，耐心地跟张琴聊了起来。

　　桑桑说，我们搬到这山窝里来，就想安安心心生活一段时间，让她能够平静下来。我知道那女人还没有走出阴影，对那死孩子的想念又让她更疯了。我计划着，到时让她再为我们家生一个孩子！

张琴非常吃惊，生活这么困难，还想着生孩子？

桑桑，那当然，不生孩子，我们这家庭能有什么希望？我们俩一辈子又有什么奔头？我和她，本来是同学，上初中时我就喜欢她了。但是我们家穷，我知道拿不出彩礼钱，她父母不会同意的。我没敢去追求她。后来，我们一起到东莞去打工。我们在一个厂子打工，我能看到她，就觉得满足。但是，后来她喜欢上了一个小老板。他家有钱，长得高大帅气，风流倜傥，父亲又开办制衣厂。我知道了，为她高兴，为自己难过。

张琴说，那怎么又会疯了呢？

桑桑，那是后来发生了变故。那男人是个花花公子，玩了一段时间，又不喜欢她了，把她抛弃了。她就一个人伤心，变得心事重重，厂子里的人终于发现她不对劲，时不时地对人傻笑。人们都说她疯了。我看了非常难过，就打电话给她父母商量，接她回老家休养。

张琴急切地问，那你怎么也跑回来了呢？

桑桑说，她回老家了，我在广东就待得不是滋味。后来，我听说她回到村子里一直不见好，于是我就决定回家，跟她父母商量，以后我来陪着她。就这样，我们领了证，生活在一起。那时她清醒的时候多，我总以为她能渐渐康复的，哪知道后来越来越严重。村子人嘲笑我讨了个免费的老婆，我不怕嘲笑。虽然贫困，但我还是充满希望，我希望我们能有孩子，孩子能有好日子，我们待在这山窝窝里，也是值得的。

张琴听了，心里不是滋味，又对桑桑充满敬意。张琴说，听你这么说，她是人间最幸运的人，能遇到你这个好人！但愿你们都好好的，关键是这油茶要种得成功，否则你们就白忙了！满心的希望会成泡影，养孩子是需要钱的！

离开山窝的时候，张琴抬头张望了一下天空。那条白色的哈达还在高高飘逸，只是越来越淡，越来越散，接近于一片云。张琴突然想起，这趟航班里应该有一个熟悉的人，群里的追星姐妹。

张琴本来是不追星的。她不喜欢加群，也不喜欢网络，太吵！但后来有个什么事件，网上吵成了两个对立的阵营，于是张琴就加入了自己的阵营。追星姐妹们建了个群。五湖四海的姐妹，网名形形色色，来自火星的人、神舟一号、玉兔车、白素贞，不一而足。平时群里大家聊天，讨论人生和社会，要好的又私下加上，生日时还互相送个礼物什么的。倒都是正能量的。但也有分歧。昨天晚上，那个来自火星的人宣布，她将在明天飞赴西藏，带着一位她的男友。群里有位姐妹打趣她，去的时候两个人，回的时候几个人呢？这位姐妹说，回的时候仍然是两个人，如果是三个人，就太俗了！她可不喜欢俗世的生活！于是，姐妹们一阵起哄，同行的难道不是白马王子吗？不打算要小王子了？

望着天空上的姐妹，张琴突然有了不一样的看法。还在上海上班时，群里讨论过生孩子的事情。有人说，孩子就是债，她可不想还债。有人说，我们是父母的债，这债只有生孩子才能还。看到桑桑的人生，张琴觉得，这些人讲的未必没有道理，就像山坡上的草木，有的会结油茶回馈人类，有的就自生自灭，跟人类无关。

来自火星的人则说，有一次母亲催她结婚生孩子，她就说，一个人忙不过来，还想顾两个人？不想生。母亲问，如果不生孩子，将来我们走了，谁来陪着你？来自火星的人那时不假思索随口应答，说那我就种一个，现在科技发达！母亲直接跟她闹翻了，冷战了一年！

回望山窝里的土屋，张琴再次觉得，人有不同的活法。追星姐妹的超前，并不比桑桑们更"高大上"。

张琴要把桑桑的故事讲给群里的追星姐妹听，想想还是算了。群里有个小作家叫"高天"，喜欢以"公知"自居。张琴驻村后时时在群里报告村里的新闻，那人就嘲笑张琴被招安了，变成了一个"活在《新闻联播》里的人"。一些姐妹私下里跟张琴说，看不惯那人嘴脸，追逐名利还高高在上。

快到拱桥的时候，张琴想起桑桑的口哨声，决心要帮助桑桑。

水车简史

29. 客　商

　　深秋的一天，李勇打电话给张琴，说准备带公司的一名客人去高寨看看，专门去观赏那架水车。绿野公司的刘总，会陪着客人一起过来，去高寨看水车和油茶林。听到这个消息，张琴立即告诉了张书记。

　　两人庆幸修复了这座油坊。只是遗憾，那片油茶林还没有怎么打理，如果流转给公司了，可就好了！张雅说，或许这次参观，会是一个机遇，会触动村民同意转让。只是不知道这个客商，不知何方神圣。

　　李勇到实践站讲课之后，跟刘总汇报了油茶文化普及的工作，再次讲起了高寨的油茶林和水车。水车修好了，林子没恢复。刘总听了说，我很早就提出了收购这个油茶林的想法，可惜一直没能如愿！而董事会上，大家也还没有形成统一的意见。

　　前不久，在公司的董事会上，刘总再次解释了自己收购油茶林的动机，就是做一款新品，就叫"1934"。他说，这个油茶林太有故事了！这正是我们宣传营销的一个卖点。我们的营销，不但要打好科技牌，还要打好人文牌。红军林的故事，正好是茶油功效的一个例证。

李勇问张琴要油茶林的资料，张琴正好受张书记嘱托，早有准备。张琴把采集到的历史故事发给了李勇，同时还有整个村子的油茶发展情况，其中包括水车加工产业。刘总请李勇把相关资料在董事会上做了生动的介绍。李勇怀着对家乡的深情，自然讲得声情并茂。刘总的收购计划，在董事会顺利通过。

绿野公司，生产时用的是国际标准，营销走的也是高端路线。公司一直在北上广打市场，找了许多营销公司，策划了许多推广活动，但高处不胜寒，高端市场一直难以打开。那些富有家庭的厨房，就像山茶油的乳化，蒙着一层神秘的面纱，不知道什么时候才能揭开。公司破乳成功后，绿野公司参加了巴塞罗那的国际食品展，并获得金奖。

带着这块奖牌，刘总准备转战香港。

可是，在香港的营销进展也不顺利。幸亏，刘总看到了另一个机会。李勇告诉张琴，刘总本来打算和自己一起去香港，但根据以往在香港活动的收益来看，李勇知道这条路暂时走不通。几乎是同一个时间，李勇和刘总注意到另一个机遇，两人同时看到中国进出口商品交易会的公告。

第128届广交会，将在今年十月举办。

刘总叫李勇做了充分的准备，而且打算把1934这款新品提前预告。虽然油茶林刚刚收购，公司的工班进驻高寨，接管了这片老油茶林，以最快的速度进行了剪枝除草，测土施肥，但至少要到第二年才能推出真正的新品1934。而这一年时间，就是市场营销的充足时间。

这一次的交易会，有两万多家境内外企业参展，两百多个国家和地区的采购商报名。在网上直播环节，刘总的一席汇报，引起了一位港商的注意。

这个港商听了云推介，跟刘总取得了联系。港商叫霍念梓。在电话中，刘总一直没有听出来是哪两个字。

霍先生说，自己的奶奶去年刚刚去世，去世前留下一个遗嘱，说大陆有一个叫高寨的地方，是自己的故乡，希望后人能够前往寻访。但儿孙通过各种关系，发现大陆叫高寨的地方太多了！有的在贵州，有的在青海，有的在江西。有的是县，有的是镇，有的是村，还有的，像梅江边的高寨，只是一个小组。为此，这事一直搁着。

这时，霍先生听到刘总说出了高寨这个地名，而且跟奶奶说到的油坊和水车，以及兵工厂，诸多信息相吻合。就像相隔千里的两只眼睛，终于实现了互相凝视，打开了通达的信号，高寨找到了香港，香港找到了高寨。

港商的母亲，正是儒生师傅的女儿春兰。张琴在老油坊修复时就听燕生讲起"春兰"这个乡村女子的名字。而且知道，春兰当年是怎么离开村子的。

那年霜降过后，师傅和儒生进了高寨的油坊，把红军的水轮机变回了碾盘的水车。儒生拉动槌木轰击油槽的轰鸣声，穿透水车的吱呀声、涧水声，飘进山上山下的村落里。

有一天，师傅的女儿春兰来看望父亲。春兰带来了母亲做的芋包，是师傅最爱吃的油炸馃子。师傅正在给碾盘下料，春兰就夹了一只芋包，送到父亲的嘴里。父亲说，儒生也一起吃。但儒生两手是油，不好停下来吃东西。春兰看了看儒生，不好意思像对父亲那样夹送到他嘴边。

父亲把晒好的茶籽倒进碾槽里，三只铁轮子承接了水车的力量，在木槽里滚动着，把茶籽碾得粉碎。春兰当然熟悉加工程序，起粉，蒸煮，做油饼，塞榨槽，再用一根悬在梁上的巨大木头轰击榨木，那油饼就漫漫溢出黄澄澄的茶油。轰槽木是最累的活，自然由年轻力壮的儒生承担。

春兰来了，儒生把薄衣上的扣子扣好，继续抹着脸上的汗，看着春兰和父亲，听父女俩聊家里的事情，聊地里的收成，聊扩红，聊赤少队。这时，一位乡民来请师傅去修理老油坊的碾盘，说是卡住不转了。父亲跟着走了，走时叮嘱春兰等他回来。春兰接过父亲手上的笤帚，把碾盘不断垒结起来的茶籽推散，推平，不让其从槽沟里满溢出来。

儒生认真地在榨油，轰击一声，就看一眼春兰。

这时，春兰听到油坊外头一声轰响，本能地丢下笤帚朝门外跑去。有人在外头高呼，着火啦，救火！

春兰丢了笤帚，紧跟着儒生跑到大门外。正见油坊屋檐下的柴垛火光冲天。眼看就要把柴草全部点燃。儒生跑回房子里拿水桶，把桶伸向水车取水时，不料被水车带翻落进了水沟。春兰看着儒生扑腾着，却不敢上前去拉。这时一位战士跑了过来，一把拉起儒生。战士迅速指挥三人排成了一队，一起站到水沟边接力。战士打水，递给春兰。春兰递给儒生，儒生不断泼水，房子总算保住了，一股青烟在袅袅升起，慢慢飘走。

师傅闻讯提前赶了回来，训斥儒生用火不小心，把屋角的柴草引燃了。但儒生辩解说自己没有抽烟，没有用火。这时，战士前来道歉，说起因是兵工厂的战士们在附近山头试验手榴弹，松花手榴弹一丢跑偏了，落在油坊边上爆炸了，火星飞落到了柴草上。战士请师傅原谅，以后试验手榴弹一定远离房屋。

春兰发现战士的额头上受伤流血了，赶紧找来一根布条，用刚刚榨出的茶油帮战士清理血迹，包扎了起来。战士在春兰包扎的时候盯着她看，看得春兰脸红了。战士说，没想到地方上的人能有这种熟练的护理技术。春兰说，这几天正在学习救护，马上就要去前线参加救护，听说战斗越来越残酷了，伤兵不断增加。

战士说，听首长说我们也快要转移了，我们已经减少了生产量，许多东西正在打包和掩埋，都在做转移的准备。春兰问，你是哪里人呢？你们转移到哪里去？战士说，我是湖南人，我也不知道要转移到哪里去。

儒生后来参加了战士。有一次，他在长征途中居然看到了那个湖南兵，那个兵已经在雪山上奄奄一息，春兰在鼓励他打起劲继续走，不能躺着。三人短暂相聚之后，最后还是走散了。

儒生后来走过雪山草地。儒生像一架被时光转动的水车，无论是烽烟战火，还是中华人民共和国成立的礼炮，都无法让他停止。战争结束了，儒生就朝家乡走。那年他回到村子里，没有一个人认识他。

乡音无改，年轻人叫来了几个儒生同辈人。那些老人吃惊地说，你是儒生吧？就是那个高寨的油槽师傅吗？更多的乡民围了过来，认出这人是儒生，原来是油坊的学徒。乡亲们问，村子里去了一百多人，都被评为烈士了，怎么你竟然活着回来了？儒生笑着说，打仗嘛，哪能全部都牺牲呢？那我们中华人民共和国还怎么能建立嘛！我当然是侥幸，命好，打起仗来不要命，就留下了一条命，阎王爷见了我也怕我几分。

儒生告诉乡亲们，他在队伍里当上了营长，解放后十分想念家乡想念梅江，就跑回来看看，准备在家里生活。儒生看着家里破烂的茅草房大门紧闭，就问乡邻，我的母亲去哪里了？

几个乡邻在一边嘀咕，不知道如何应答，因为他的母亲改嫁到了邻村。一位年纪大点的乡邻走过来说，你的母亲去舅舅家了，现在就派人去把她叫回来。

不久，派出的人把儒生的母亲叫了回来，却见她头上有一块白布来不及扯掉。

原来，母亲的后夫刚刚去世落葬上山，母亲披麻戴孝，听说儿子回来了，刚刚哭完又喜从天降，跟着乡亲们往村子里赶。路上，报信的村民劝告说，儿子回来了当然是好事，但你不能说你改嫁了，否则你儿子听了不高兴，就不会留下来！母亲听了，停下了脚步，愣了愣，又点了点头，接着又跑了起来，一路上把身上的白衣扯掉了，但头上的忘了拿去。

儒生看到母亲，赶前去抱住，跪了下去，说，母亲，儿子不孝，今天才回来看你！母亲早就软了下去，抱着儒生说，我儿命大，这梅江边走了多少人，都没有回来，你是代表他们回来了，你要知足啊！

儒生抚着母亲的头，问，你的头怎么了？乡邻赶紧解释说，刚刚回来的路上，撞到树上了，用白布缠着，没事了，不见血的。

母子相见，让小村子热闹了几天。当天，儒生就上高寨看油坊，打听春兰的下落。母亲说，春兰的父亲在红军走后被杀害了！

那一年，白军来到村子里，想揭开兵工厂的秘密。白军听说高寨有个兵工厂，甚至传说红军掩埋了大批财宝，就在兵工厂的山洞里。他们找到了儒生的师傅，春兰的父亲。白军说，你的女儿当红军去，你是红军家属，只要你说出兵工厂的秘密，就可以不追究。

春兰的父亲说，我当然知道秘密，就在这片大山里，你看，红军留下的财富，不就是这些油茶林和这座油坊嘛，这是给我们穷人们留下的财富。我们一直期盼流油的日子！至于那些山洞，都是些破烂的武器，并不是你们想象的金银财宝！

白军说，带我们去找山洞，里头是什么，挖出来就知道了！

春兰的父亲带着白军往高寨走。他打定了送命的主意，带着白军在大山里转了一个上午，来到了一个悬崖边上。白军走得精疲力尽，看到悬崖，就知道上当了，朝春兰的父亲开了一枪。

老人掉下了悬崖。

儒生到师傅墓前祭扫，说一定帮师傅找到春兰。后来，城里的干部来村里找儒生，通知他去城里工作。儒生说，我没什么没文化，大字不认识一个，我还是回到村子里，继续替乡亲们看管着那座油坊吧。

为了孝敬母亲，儒生用政府发给的生活费把茅草房改建了一番，那房梁，那天花板，那雕窗，当年在村里可气派了！后来儒生结婚生下燕生。再后来燕生接过了油坊。

儒生去当红军那年，老木匠的师公又被区苏维埃干部李书文叫去，在上游修建一座浮桥。白鹭镇的人们以小镇为中点，把梅江上下游流域分别叫作上只角、下只角。李书文是下只角的人。他告诉师公，红军要从梅江过江，从上只角到下只角来，要战略转移。梅江江面宽阔，所幸那时是秋天，河水不深。家家户户都把木板集中起来了，送到江面上。师公连夜出发，在江面上和一群人叮叮当当忙碌了一个晚上，搭起了一座浮桥。

后来，红军从这座浮桥过江而去，李书文又叫师公他们把浮桥拆了，连续几天都在起那些大钉，把门板解散，让各家各户把门板认领回去。

红军走后，木匠的父亲回到了村子里，靠白军长官的一纸路条待在村子里。而李书文东躲西藏，活到了解放后，成为村子里的大队书记。二十世纪六十年代初，正是经济困难的岁月。油茶林依然长势好。儒生打了许多茶油。但那时村里缺少粮食，全国各地都挨饿。

儒生找到李书文，说，你知道村民在吃什么吗？

李书文说，我知道啊，野葛和树皮都采来吃了，还不顶用。我们国家受了灾，我们是老革命，我们得想办法渡难关啊！

儒生说，我们这个村子，红军留下的油茶林是最大的财富，虽然我们村的山茶油是全公社、全县统筹的，但我知道山里有个习俗，油茶采摘之后乡民还会上山捡茶籽，家家户户的茶油多多少少会有一些积蓄！

李书文说，光有茶油救不了命啊！

儒生说，你看，我们这山野之中树皮剥了，野葛掘了，但还有许多草虫，生的吃不了，也吃不下，但茶油一炸就可以入口，就可以变成食物。以前，我们过雪山草地时，也这样在野地里找吃的，那时我们只能火烤，现在有油了，更不一样。有了茶油，动物可都是美味！

李书文听了，和木匠的父亲一起在梅江边两岸山野遍寻各种动物植物。比如映山红，吃在嘴里酸酸的，不少老人和小孩子不敢吃。比如蟋蟀，抓到手上了不敢放进嘴里。甚至还有麻雀、老鼠，儒生放到油里一炸，就香香的。为此，那段青黄不接的岁月，油茶林救了不少老人小孩的命，村子里没有出现过饿死人的事情。

后来，高寨的油茶林败落了。儒生的儿孙不愿意留在油坊当工人，也外出打工去了。儒生继续留在油坊，管理着水车。新千年的时候，村里修了水库，有了电力加工。油坊从此荒废了。儒生活了整整一百岁。燕生说，父亲走的时候，要我记住还有一个叫春兰的人，那是他师傅的女儿。师傅几个儿子都当兵走了，李书文和木匠的师公亲眼看到他们从浮桥过江，但从此没有了消息。

通过张琴和李勇，通过绿野公司，港商得到了奶奶一直记挂的人间消息。通过港商，燕生也终于替父亲找到了春兰的消息。

原来，春兰当年在长征路上与儒生匆匆见面之后，又随部队到了甘肃中西部，被白军抓走，又被迫成为军官夫人。后来她到香港生活，儿子成为公司总裁。春兰一直想回到内地看看，但身体不好，没有成行，直到去世那天。

非常巧的是，港商的企业经营的是食品和保洁品。为此，刘总把全部的高寨资料发了过去。听说了村里的油坊还在，港商决定亲自前往探访，得到内地各个部门的全力支持。当然，张琴跟同事在忙碌中不忘跟张书记汇报喜讯。

张书记听了后，跟张琴说了一段颇为深刻的话。但张琴没有时候细细品味，只是笑着说，一动百动，一变百变，你如果在村子里再待下去，还不知道会有什么大事情发生。后来，张琴打开手机音频，张书记的话就在村委会响了起来，在静夜中格外响亮——

水车转动起来了，一切皆有可能。"天无不久，惟通能久，天无不通，惟变故通，天无不变，惟穷始变"，大概就是这个道理。

水车简史

30. 山　火

　　张书记没想到还能再去高寨。张琴忙着港商接待方案的时候，张书记一直没有说自己一起要进村陪同接待。后来，李勇提醒张琴，港商参观高寨水车的那天，是否可以叫上张书记，毕竟她对这个村子熟悉。张琴就把这件事跟镇长汇报了。张书记突然受到邀请，看着产假已经结束，就答应再次进村。

　　在张琴看来，一直都安排得非常完美。但就在港商到来前几天，高寨发生了一件意料不到的事，让水车和油坊染上了悲情色彩。

　　那天，张琴忙着修改接待方案。她突然想起，应该在油坊准备一些东西，让嘉宾参观之余品尝当地风味。张琴想的是，这些东西村里准备好带上山去，最好就放在油坊里。而油坊暂时由燕生住着，得事先好好收拾一番。为此，张琴拿起了电话，要跟燕生老人商量卫生的问题。

　　曾经，镇长坚决要求燕生老人下山，说老人独居是个不好的现象，这将给人留下村子没有脱贫的印象。如果港商看到了，影响更是非常不好。张琴和村支书反复做燕生两口子的工作，就是不见成效。张琴最后请张书记出面。但张书记反而安慰张琴，不如让老人住着，那里正是儒生认识春兰的地方，是两家人的故地，到时把燕生梦想家园的事情讲清就行，反而能让港商看到老人对油坊的感情。

张琴拨通燕生的老人机，但反复几次都传来相同的声音，那是系统里的标准普通话，告诉张琴对方的电话无人接听，请稍后再打。

张琴预感不好，赶紧开车去往高寨。在路上，张琴遇到了村里的护林员，他驾驭着摩托车急切地往高寨方向奔驰。张琴问起情况，护林员说，高寨冒起了烟，估计是起了山火。张琴听到了，决定暂时中断看望燕生的事，在山梁上等着镇里的扑火队，一起投入扑救山火的工作。

山风呜呜地在山梁上掠过。苍山如海，成为山风的口琴。山野的枫树落下了最后一枚红叶。茅草高举着白色的芒花，一些枯干的芒花像雪片一样，被山风翻落枝头，又旋转起来飘向远方。厚厚的蕨草被风翻开底细，露出隐藏的干枝败叶。风干物燥，正是山林防火最艰难的时刻。进入高寨的山路上，两棵松树也加入了防火宣传的队伍，各站一端拉着一条横幅，"进山不用火，用火不进山"的口号下，落款正是张琴所驻的村委会。

不一会儿，村镇干部都来到了山巅。大家指着远方的烟火，估摸着起火点，初步判断是老油茶林周边林带。等来扑火队之后，大家立即拉开战线。山火扑救，起初并不是打火，而只是提前在火点周边林带开辟一条防火带，将草木全部刨光，就像城里的理发师为孩子剃了个时尚的发型。火线蔓延到了防火带，大家开始警惕起来，盯着火星飘舞的方向，防止山火越界。

由于山火发现及时，不久就只剩青烟袅袅，大家偃旗息鼓准备收队下山。这时，张琴跟大家告别说是去油坊看看。村支书想了想，就决定一起前往。张琴说了燕生老人不接电话的事情，村支书听了，说，糟了，山火十有八九跟他有关！

张琴的车子停在山梁顶上了。听到村支书的判断，她赶紧跨上村支书的摩托车，往高寨的油坊奔驶而去。来到油坊，只见阿姨一个人在，不见燕生。阿姨一直在忙碌午餐，也没有注意老伴，只是说燕生一直没有回来。张琴和支书掉过头，再次往火场跑去。火场靠近油坊的一面，是一段新鲜的悬崖。悬崖是前几年罕见的暴雨导致山体滑坡而生成的。悬崖底下，隆起的土堆杂草茂盛。被火烧过的崖体，像是被人咬过的烤馒头。

村支书和张琴往悬崖底下找去，远远地发现一截木头一样的东西，黑乎乎地躺着。村支书说，不会是烧着的野猪吧。他拿起一根树枝，用力翻了过来，大喊一声，不好，是人！张琴听了，害怕起来，赶紧打电话叫村主任他们过来。大家来到现场，反复查看，初步估计就是燕生老人！

村里联系了派出所，民警反复勘探，判断老人是扑救山火发生的意外。回到油坊，老伴得知燕生遇难的消息，手里的菜刀掉落在地。她哭叫起来，咒骂燕生不打声招呼就走了，骂他是个大骗子，说定了两人一起住油坊，一起开荒种地，一起看护水车和油茶林，就这样不声不响走了。民警安慰老妪，询问燕生今天的言行。老伴说，燕生说是去开垦菜地。民警问，燕生平时抽烟吗？老伴说，抽。

民警说，情况就清楚了！

村支书说，我们做了大量防火宣传，近年的山火大部分原因都是老人烧荒引起的。燕生一定是想把滑坡后的土堆开垦过来种菜，也许是累了抽烟，也许是烧荒积肥图个省事，不小心引燃了周边的草木。老人担心受罚，又担心山火蔓延到油坊把屋子烧着，就自己扑救起来。老人爬上山崖，一边打火一边撤退，不小心就掉落崖下，受伤之后却无力自救，被活活烧成了木炭！

民警听后点了点头，最后做出结论：燕生就是引发山火的嫌疑人。这位年轻的警官说，鉴于老人已经葬身山火，不再追究他的烧山之罪。

但张琴分析道，燕生不只是引火者，还是救火者，否则不会引火烧身，早就跑离火场打电话跟我们报告了，我们是否从救火这个角度来宣传呢？大家知道，这些年老人烧荒屡次引起山火，但从来没有老人被烧死的事情，这表明燕生救火心切，保护水车心切，老人小孩子救火，当然不值得提倡，但确实证明老人是烈火金刚，是救火勇士！

村支书觉得有道理，就对民警说，失火原因就不写了吧，我们认为老人是救火而亡，是见义勇为，这样对他老伴有个交代，同时港商来了也好汇报。

听到燕生救山火献身的事情，张书记难过了好久。她对张琴说，我更该进来一趟了，应该去老人墓前上炷香！张书记同时建议，让村里把老人葬入小陵园，和那些烈士在一起，和他父亲儒生在一起，他父亲可是个老红军。

31. 剧　本

张琴没想到戏精会来村委求助。这几年，听到村子漂亮起来，许多在外头孤身流浪的村民，都回村里来打听消息，想谋得一个安稳的生活。戏精也打算回村。儿女在小镇或外头工作，戏精留在土屋照顾着老伴的病老之身。

戏精来到村委会跟张琴说，给我老伴办个低保吧！张琴问原因，戏精就说，老伴卧病在床，每天医药费是笔大开支，而儿孙各有难处，他不愿意开口，听说办了低保政府报账多，就想要给老伴办一个以减轻负担。

张琴说，听说你这些年在外头唱戏可挣了不少钱，是真是假呢？

戏精说，你们年轻人不知道我们负担重。虽然这些年我在外头流浪能挣些钱，但经不住家里有个病人，我现在是水缸不来水，缸底还开了口子漏水不停，你说这日子哪能好呢？！老伴得了恶病没多少日子了，我回来就是要好好陪她。这些日子我总在想，人这一辈子活什么呢？光图自己在外快活行吗？不行，人不是一笔写成的，而是两笔。我一辈子在外流浪，现在想来真是对不起老伴。我要让老伴多活些日子，我说等她身体好了，我一定为她单独唱一场戏。

张琴说，低保的事情我会跟村里说说，低保是有名额的，得根据全村情况来定。但你也得答应我一个要求。

戏精说，什么要求？只要我能做到。

张琴说，你能做到的，你刚才不是说为老伴一个人唱一出戏吗？我还想请你为全村人唱一出戏。这些年，光是听说你本事了得，一个人敲锣打鼓，一个人唱戏牵偶，但你总是在外头为别人唱，可从来不见你在村子里表演过一场。你是怕在熟人们面前献丑，还是不愿意为乡亲们唱戏？

戏精说，这个要求可以答应。张琴说，但这次的戏可不轻松，不是你熟悉的老剧本，我们要结合村子里现在的事情，让你来实践站唱新剧本。

戏精说，这也是我老伴说过的话。她说要听我唱戏也要听新的，不想听一辈子翻来覆去就那几段故事，觉得跟自己无关。我呀，临老缠细脚，倒要临时练剧本了。只是剧本内容得你们定，我来编词和做新木偶。

张琴说，可以，剧本内容我们会提供给你。但我没看过你唱的戏，你说说学戏的情况吧。

戏精跟嘉欣的爷爷，还有李木匠，三个是一起长大的。嘉欣爷爷当过篾匠，手艺是跟父亲学的。戏精跟嘉欣爷爷还一起在大队的宣传队混过。唱样板戏，嘉欣爷爷确实不行，懒，不爱背台词，只喜欢跟女孩子混，只能当个配角。而年轻的戏精学会了乐器，唢呐和锣鼓，全套功夫都在行。

木匠和篾匠常常不在家。有一年，有个木偶戏的师傅来村里演出，两个人，一人唱戏一人敲锣。大队要求他排了样板戏，加上老剧本，这样就吸引人。戏精被吸引住了。但师傅有个缺陷，他只会唱戏，不会演奏乐器。那个乐器的同伴有事临时回老家了，师傅就没办法演了。戏精正好想学戏，找到师傅，说，我想学戏。

师傅看着他，没正眼瞧，说，学戏可不容易，要背词，还要牵线头木偶，没几年功夫可学不会。戏精说，我有这个耐心。师傅说，学艺是要花本钱的，我们的戏本都是花钱跟别人买来的，你家有钱吗？戏精说，家里穷，没钱。

师傅拉下脸说，那一边去，别提学戏的事情。

戏精赖着不走。师傅就住在村子的祠堂里。村子祠堂多，听说有个先祖发了财，一个人就建了四座祠堂，有土砖的，有青砖的，有的在河边，有的在村子中央。师傅就喜欢那座青砖祠堂。戏精白天下地干活，晚上没事就跑祠堂。师傅看这个年轻人又来，不搭理。戏精不说学戏的事，看师傅练样板戏。师傅熟悉了戏文，想排练，却只能清唱，没有乐器伴奏练得没劲。

这唱戏的人呀就是水车，这器乐可是流水，没有流水那水车怎么能转呢？！戏精知道这个理，就跟师傅说，你唱吧，我来给你奏乐。师傅说，你真会演奏？

师傅让他试了试，事实上他跟师傅配合得很好。第二天，师傅兴奋地跟大队书记说，我们可以演出了，没想到村子里有演奏的人才！

那一天戏精趁师傅高兴，又说我想学戏。师傅说，你是个演奏的师傅了，已算是有手艺了，为什么还要学戏呢？再说，就算我分一半酬劳给你还不够学费。戏精说，我教你乐器，你教我唱戏，我可不可以不交学费呢？师傅听了他的话，停下手中的活，张大嘴巴好久没说出话来。过了好久，才听到他说了一句，精明！

两人就这样成了彼此的师傅。这位兴国师傅是个好心人，离开梅江回兴国的时候，把全套木偶留给了戏精，说自己回去后再做一套……

那天晚上，张琴讲起了请戏精演出的事，张书记非常高兴，称赞张琴进入了角色，知道实践站的工作是重点，而且能说服戏精紧跟形势。张琴让张书记写剧本，张书记说，你还得寸进尺想让我出马，但现在我能有时间吗？单位可比村子里还忙，在家里二宝又等我照看，我哪有时间写剧本呢？天将降大任于斯人，这个任务是把你培养成作家的第一步，你好好写，写村子里的事情，油茶林的传说，你不是写得挺好吗？

张琴说，我不知道写什么内容好，而且那唱文是诗体的，我拿不出来。

张书记说，你先想好故事来，至于韵文唱句的，和戏精一起商量，他熟悉这样的句式，无论三言七言还是长短句，意思还是那个意思。至于内容，你想想村子里有什么事情能让你感动？

张琴说，那当然是燕生老人的事情，他救火的情景至今还在我脑子里。张书记就说，那你就写写他吧。把那架红军留下的水车写进去，调子就会高一些，也可以把港商参观的事情写进去，这样就有大时代的感觉，不会是简单的颂歌了。

张琴说，得你来指导，我只会编故事，大主题可不会把握。张书记说，港商来高寨那次，归途中我们站在山顶上，那情景你还记得吗？张琴努力回想，说，有些印象。

那天，霍先生带领一行四人在刘总陪同下来到高寨。在村子里寻找母亲的足迹，唯一的纪念就只有这座油坊了！他在高寨对着油坊和水车深深鞠躬，说，母亲，我替你回村子里来了，我找到根了！

陪同的人，特别是年轻一辈，没有人知道村子里有个叫春兰的女子。但是，霍先生的出现，这个名字突然又回荡在乡亲们的舌头上。而那座嘉欣发现的水车，也跟着找到了更加厚重的历史记忆！

高寨回河湾的山顶上，张书记就提议下车，大家饱览一下山野风光。大家不知道张书记有什么想法，就停了下来。张书记对客商说，你看，那群山之中奔跑的江河就叫梅江，以前不是水库，奔腾不息。

霍先生说，确实漂亮，我们赣南的乡村，确实漂亮！

张雅说，这梅江，算起来也是你们家族的故乡，革命先辈春兰是从这里走出去的。她的一生，可真是江海浮云，奶奶当初哪里知道会从梅江走到大海边？从梅江边走到香港去的，倒是还有另一个人，那就是陈炽。

客商说，哦，他还在香港吗？

张书记笑着说，哪能还在呢，他可是清朝末年的人。我读过他的书，《庸书》里讲他壮年而奔走四方，周历于当时的金州、夏州、登州、莱州，以及江浙闽粤沿海，登澳门香港之巅，观览形势、了解国事。就是说，他为了寻找富国之策奔走四方，考察过沿海地带，登上了香港之巅。

霍先生说，有这样的老乡，我回去好好研究。

张书记说，他的老家就在对岸的村子里。这乡亲值得研究。我读过他的《续富国策》，那可是专门讲谋生意的，农矿工商颇有见地，他说"阳乌所照，必值英旗"，英国就是有《富国策》称雄强国，香港也被其殖民统治，为此他发愤著述了《续富国策》，预言"他日富甲环瀛，踵英而起者"必是中国，这就是他的强国之梦。要实现这个梦，还得依靠中国人共同努力，为此香港和高寨握手意义重大，也是陈炽乐见之事！

客商说，张书记饱读诗书啊，内地有你们这等人才，必能更加兴旺！我觉得这些先贤说得有道理，他对中国的发展这样充满信心，事实上一百年之后，我们正在实现他的预言！

张书记笑了起来，说，霍先生实业救国之路非常重要啊。如果这油茶能够借助你的力量走向世界，就是中国前进的脚步！当年陈炽看到中国的茶叶被西方抢走了市场，忧心忡忡，在《续富国策》里提出国家、茶商、茶农要联合起来提高品质，重振雄风，夺回市场。这次，我们的油茶也是要三方合作，才能走得更远！

霍先生说，张书记有什么高见，尽管讲出来，我们跟绿野公司联合之后，会朝世界市场进军的，让茶油真正成为"东方的橄榄油"！

张雅说，我有一个建议，供你们企业家参考，今后我们负责发动工作，让公司成功收购这片红军林，但公司要充分用好这个文化资源。比如，我们公司联合之后，可否重新注册，就用这个水车的形象，作为公司的商标？

霍先生听了拍案叫绝，对刘总说，这是一个转山转水的好形象，吉利，这个想法好，你的意见呢？

刘总说，我们早就想收购这片油茶林，作为我们公司的卖点，但我还没有想到把茶油跟水车结合起来！我看这主意好！

霍先生说，不但商标可以尝试用水车，而且包装盒里也可以附上一只小水车工艺品作为礼物，这样油用完后留下了一个纪念品，利于商品的宣传。我建议，今后销售时，在茶油的礼盒中可以放上一个小礼物，这小礼物，也可以用我们村子里制作的工艺产品！

刘总说，这就叫现代与传统结合，油茶是传统的作物，而加工又是现代的科技！霍先生真是优秀的企业家，营销的金点子这么多！

看到霍先生在村子里非常开心，张雅决定带他去仰华山走走。仰华山在白鹭镇西头，是以前陈炽读书的地方。在山顶的望江亭，霍先生在张雅的指点下眺望远山与梅江，俯瞰隔水相望青山的浮岛，梅江滚滚东来却被长桥大坝拦着，在群山之中安静明媚。霍先生问，如此形胜之地，是否有什么人物典故？

张书记说，霍先生你看，对岸的山叫莲华山，这边的山叫仰华山，陈炽的老家天马山庄就在对岸。陈炽坐船去小镇时，曾赞叹这梅江风光。那时还不是库区，陈炽在船上诗情大发，说，"沿溪窈窕千竹林，白沙如雪波流深。何人倚棹暮讴发，不是寻常山水音……"陈炽是热爱家乡的，死后葬回了梅江边。

张琴一路同行，佩服张书记的才华。事后李勇也得意，叫上张书记是正确的选择，客商对高寨之行颇为满意，事后跟绿野公司的合作谈得非常顺利，公司水媒法留下的废渣，正是他生产保洁品所需的原料。

写剧本时，张书记又提起了那天之事，张琴并不明白张书记的用意。她不知道陈炽的故事跟水车有什么关系，跟剧本有什么关系。张书记说，怎么会没有关系？剧本不能只写燕生，要写到油茶林，写到水车，写到天地之变，这样就会显得大气。陈炽的事迹可以融进去的。还记得那天我跟你说的话了吗？就是你跟我讲客商要来的那天。

张琴想了想，问，天无不久，惟通能久，天无不通，惟变故通，天无不变，惟穷始变？这也是陈炽的话？！

张书记说，正是，这可以成为剧本的主题。

32. 舞 台

接手签约仪式的筹备工作后，张琴就觉得自己成了架转动不停的水车了。当然不是一架观赏水车，而是实用水车，不仅要接受外力推动，还要转动碾盘一般沉重的脑袋，挤压出思想火花。

张琴时常想，要是张书记在就好了，自己就只是观赏水车，跟着张书记的脚步转动就行，而现在呢，什么事情都得自己拿主意，做策划、定方案，再落到实处。如果说，从实用水车到观赏水车，是人类的发展史，那从观赏水车到实用水车，是张琴的成长史。

签约仪式，是绿野公司和村委会一起洽谈的。绿野公司不但收购了红军留下的油茶林，还接管了村里的油茶基地。春兰的孙子，也就是那个香港客商，注资参与了绿野公司的营销中心，而且以奶奶的名义成立了教育基金，资助梅江边所有的孩子，一直到上大学读博士。这是因为港商受到陈炽的触动。他读了陈炽那篇为本县《合邑宾兴谱》所作之序，就有了捐资助学的想法。

公司考虑客商的乡情，决定签约仪式就在村里举办。李勇

水车简史

受刘总之命，前来跟村里接洽，村支书就把张琴推到了前台，理由是她策划的实践站讲座，已经开启村委和公司合作的先河，这次当能再展身手。张琴知道村干部无力担当这些文化活动的筹备，加上李勇的鼓励，就慨然应允，两口子唱起了二人转。

张琴的想法是，签约只是一个内容，那些领导致辞又过于庄重，还得弄一些文艺节目，既添喜庆，又让客商感受到浓浓乡情。但究竟穿插哪些节目呢？张琴一拍脑袋，正好想请戏精来为村民献艺，二合一，戏精也就更有动力了。何况这一天，县里的领导和电视台的记者，是肯定少不了的。

李勇跟张琴一合计，时间就定在霜降那天，那正是油茶开采的最佳时节，顺便把活动变成首届油茶文化节。这样一来，活动内容越来越丰富了，作家采风，即兴山歌，品尝小吃，戏曲表演。方案报上去，就成了全县性活动，报纸电视也推送了预告。

张琴埋怨李勇说，这么一折腾，我们可真是引火烧身，事儿越搞越大！

李勇说，这是为你找到一个更大的舞台！你看，刘总的致辞，你能否帮忙？张琴说，就别再给我添乱了，公司那么多文案高手，还能轮到我？何况，你自己还是营销高手，这致辞不在话下！

说实话，张琴给大单的回放视频中，我只对戏精的节目感兴趣。虽然那天的活动充满浓郁的地方色彩，但最吸引我的还是木偶戏。妻子倒是兴致广泛，唱山歌、喝擂茶、吃炸馃子，让她陷入对梅江的疯狂追忆。而我，则独个儿欣赏起戏精的新剧本。

舞台在河湾的新村里，农贸市场搭起了临时的戏台。戏精的道具还是那几样，柜台一样的帘幕搬到了大舞台，这样，戏精的戏台就成了舞台上的舞台，这让戏精又为此缩小了几分。虽然跟观众扩大了一点距离，但乡亲们仍然狂热地挤在舞台前。我反复研究戏精的表演，看他如何一人独担戏中事。

锣鼓响起，戏精扯动着线偶。线偶一看就跟以前的古装不同，而换成了现代的服装。再看那脸形，真还有几分燕生的模样。观众一看身边的乡民出现在舞台上，马上轰动起来，脖颈一致拉长，睁着双眼朝那个电视屏般大小的戏帘看去。"燕生"一出场，向乡亲们问了个好，却唱起了《天仙配》的戏段：树上的鸟儿成双对，绿水青山带笑颜，从今不再受那奴役苦，夫妻双双把家还，你耕田来我织布，我挑水来你浇园，寒窑虽破能避风雨，夫妻恩爱苦也甜，你我好比鸳鸯鸟，比翼双飞在人间，在人间……

我感到奇怪，不是让戏精唱新戏嘛，怎么又唱回了老剧本？不久，我就明白了戏精的用意："燕生"不过是用一段天仙配来唤起大家追忆。"燕生"唱完，他的老伴就出场了，又是哄堂大笑，大家看了木偶又看真人，真人就在台下。当戏精捏着鼻子装出女声在后台自报家门，大家哄闹着，说，不像不像，太年轻了，穿着花花绿绿的衣服！

从李木匠做水车，到戏精唱水车，我不得不感叹高手在民间。独人木偶戏，戏精一人在后台唱念做打。该用嘴巴的器具都就近安装，伸嘴就能凑上；该动手脚的，就手拉脚踩；分不出手脚的，甚至调动了鼻子、手肘，就把那些乐器就近分布便利之处。借助一根根线绳，借助一根根钉子，戏精就成了千手观音，在后台成了仙成了精。

这些技艺，还只是技艺，关键是我还看到老戏种开出了新花，那编唱的新剧本也堪称一绝。我没想到戏精还能把新戏编排得如此出彩。

我原以为这是张琴的杰作。但张琴对大单说，这可是戏精的原创，她只是组织了一个故事大纲。怎么变成唱词，怎么配曲牌，还得戏精自己拿出专业本领来。戏精果然精。一上来就是天仙配，但人偶模样明明是身边人，弄得看戏的乡亲大喊大叫。接着，观众就明白了，原来是唱的是"新天仙配"。

根据张琴的解释，两个人光新戏的标题就争论了半天。最先，这出木偶戏叫《山高水长颂英魂》。戏精说，太像新闻了！张琴改成《忆英魂》，戏精又说，太老实了！张琴说，那改成《恋英魂》，戏精这才竖起拇指，说这就有点艺术的味道了。

张琴说，当时戏精一边做木偶，一边听我讲故事大纲。本来，他老伴建议木偶不要另做，把原来的服装行头一扎，换成现代人的，就成。但戏精说，这是我的老朋友燕生哪，我怎么也得让新戏脱胎换骨，不能只给换装，我还是做一个全新的木偶。于是，戏精选了一段老樟木，晒干，就拿起了刀子，按着燕生两口子的身形，精雕细刻起来。衣服是老伴帮他缝制的，把燕生平常穿过的服装缩小一千倍，却不是容易的事情。一针一线，都是老人的深切悼念。

张琴把大纲打印出来了，递给戏精。戏精咬着一把刻刀，却嘴里哼哼说，念吧，我不大识字。张琴只好放慢速度把故事念了一遍。张琴说，没想到，故事内容没变，戏曲表演出来就完全是另外一个模样，相当于莫言把一则社会新闻变成了长篇小说！根据张琴的介绍，故事是如此简单。张琴说自己根本就不是当作家的料，只是大致按张书记的指导，把相关历史现实编织起来。

燕生不习惯城里生活，回到老油坊和老伴过起了隐士般的日子，知道春兰的消息后，两人更是欣喜异常，准备开荒种地长久地过下去。就在开荒之际，高寨山火逼来，眼看向油坊蔓延而去，老伴面临危险，油坊即将落入火海，燕生奋不顾身拉了一根树枝，向山火扑去。不料山陡崖高，燕生掉落崖下全身着火，但由于受伤动弹不了。在烈火中走向生命终点，燕生看到了高寨的一幕幕：春兰和儒生在油坊忙碌，红军帮助春兰救火，兵工厂的手榴弹轰响，李木匠修复水车，张书记来油坊参观……最后，是春兰的孙子——香港客人，山路上远远走来，路边是漫山遍野如雪如涛的山茶花，和着吱吱的水车声越飘越远。

樟木的香气不断飘来。戏精手上的新木偶还未成形。张琴怕戏精没有听清，又再次念了一遍。张琴还想再来一遍，戏精说，够了！我一边刻偶一边想唱词，你就放心回去，等着看好戏！

果然是好戏！不但油茶文化节非常成功，而且签约活动非常顺利。尽管当天冬雨大作，但主持人却开心地说，这意味着风调雨顺，绿野公司与水有缘，引进的是最先进的水媒法，解决了手工剥壳历史，采摘茶籽也不担心雨季。当然，主持人在开幕式结束时还是感谢天公作美雨过天晴。

对于李勇来说，最好的戏是刘总致辞。这是他共同参与炮制的发言稿，对"油茶文化"做了精练的概括。刘总说，何为"文化"？就是人文、化及、天下这三个词！

关于"人文"，刘总说绿野公司的文化，就在红色、绿色、蓝色"三色"方面。坚定信念、求真务实、艰苦奋斗、争创一流，是红色的原中央苏区文化。枝繁叶茂、四季常青、生命旺盛、厚积薄发，是绿色的油茶文化。吃苦耐劳、勇于开拓、溯本思源、怀乡爱国，是蓝色的客家文化。

关于"化及"，刘总介绍说，绿野做的是品牌，既是物质的也是精神的，文化与产品互相成全，故曰"化及"。

关于"天下"，刘总阐述说，现在从中央到地方都在强调发展油茶产业，油茶林也成为脱贫致富的摇钱树，每一滴茶油都凝聚山高水长，都通向天高地阔。

刘总这样的致辞，在我所见之中自然算是佼佼者了，但我看得太多，在沿海城市，这样的致辞天天发生，我实在听不大进去。但这段致辞与戏精的新戏，可谓是相得益彰。因为戏精的新戏本，也是按这个主线来编故事的。

"燕生"在舞台上神采奕奕，唱词大开大合，一会"自从盘古开天地，三皇五帝到而今"，一会儿唱起新时代之类的现代词。我看出来了，戏精编唱的《山高水长恋英魂》，整体构架是燕生与老伴的对唱，讲述守护水车开荒种地的晚年生活，表达建设家园的喜庆，演绎不料天不假年遇到山火的悲剧。戏精倒把《天仙配》的曲调用得恰到好处。故事展开得非常充分，生动曲折，不断反转，如高寨水车转动自如。

戏曲既是现实，又加以了想象。燕生自己一心盼着"梦想家园"，不料进城之后却发现不是自己想过的日子；由于想念梅江决定回归山寨安度晚年开荒种地，却山火无情葬身火海；救火反而被火伤，老伴近在咫尺，但呼救声被溪涧和水车声掩盖；水车仍然转动，贵客就要到来，燕生心留遗憾也心生宽慰。人间正道是沧桑，水车转动好人间，燕生在烈火中跟老伴告别，说自己要去九泉之下跟父亲汇报春兰的消息。

戏精充分利用了无比催情的悲剧手段，把舞台下的观众弄得泪水涟涟。哭得最厉害的，当然是燕生的老伴，台上的木偶和台下的真人，互相印证。张琴担心阿姨伤心过度，早就安排了妇联主席前往劝慰。而对现场观众的安慰，则是紧接着安排了一个喜气洋洋的竹杠舞，县里请来畲族歌舞队。

新戏落幕，但见舞台上张挂着一块大背景，正是山高水长的画面。画面上没有一人，只有一个巨大的轮子，在山高水长之中滚动。这是广告公司的创意，水车像颗太阳在村庄升起。那水车，已经成为村庄的符号。

33. 猎　枪

燕生去世之后，老伴虽然留恋着那座油坊，但最终被儿子接到城里的"梦想家园"。根据老伴的想法，儿子把燕生葬在了油坊边。燕生从此可以天天看着那座油坊，看着那架水车。

燕生的生死关头经历了两次烈火。一次是山火，让他变成了木炭，献出了生命。一次是在殡仪馆，烈火再次让他变成了骨灰，缩小在一个盒子里，寄存在村子祠堂里。为了给燕生守灵，他儿子和妻子临时住在祠堂的厢房里，一点也不知道油茶文化节为油坊带来的热闹。

为了让油坊保持节日的喜庆，嘉欣的爷爷和奶奶跟张琴商量，替燕生妻儿在油坊住几个晚上。作家采风，即兴山歌，品尝小吃，张琴策划的一部分活动，就是在油坊里举行的。人们品尝的油炸小吃，就是嘉欣奶奶的手艺。

那天，张琴开车送两位老人去往油坊。爷爷和奶奶一起搬着炊具和食物，张琴意外看到了爷爷的猎枪。那是一杆锈迹斑斑的铁家伙。奶奶不让带，但爷爷坚持要带，说是要为猎枪找一个去处。爷爷还说，以前打猎的时候，他经常带着猎枪在油坊里躲雨，甚至过夜，他可没少跟着油坊师傅一起折腾吃食呢！

张琴不知道爷爷说的"去处"是什么意思，只知道爷爷把铁家伙随便搁在了房梁之上。张琴不由得想起大学老师说过的一句话：电影或小说里如果出现了一支枪，那就一定有"出现"的意义，就是说一定会有打响的时候。张琴在想这杆枪"出现"的意义。

照理说，打响，这是不可能的事情。虽然山上如今经常可见野猪出没，油坊不时会有野生动物光临，但仍然不需要猎枪来保护自己。爷爷在节日那天要在游客面前露一手？这可是不允许的事情。张琴当然不允许爷爷节外生枝。

幸好，爷爷那杆猎枪一直安静地搁在房梁之上，直到油茶文化节结束。张琴开着车子去油坊接老人回村。东西都搬好了。张琴等着爷爷的枪。果然，爷爷把猎枪从房梁上取了下来。爷爷拿来一块布条，沾了沾用剩的山茶油，认真地擦起了猎枪。很快，猎枪又恢复了往日的雄风，光亮闪闪，仿佛一条刚刚游到水面上的鱼。

张琴心里紧张起来。爷爷要干什么呢？

奶奶已开始催爷爷，说，快走吧，你还想打猎去吗？嘉欣他们在家里等着我们呢！

爷爷把猎枪端了起来，眯着眼睛瞄准了一下，拉动了扳机。咔嚓声过后，猎枪没有响声。油坊里一片安静，只有水车在吱吱呀呀地唱着歌谣，瀑布的轰鸣声时重时轻。爷爷端着猎枪，朝水车瞄准了一会儿，又停下。突然，他举起这杆猎枪朝一块石头上重重地砸了下去。

张琴和奶奶一阵惊呼。

爷爷捡起猎枪，朝溪涧里用力抛去，猎枪顿时没了影子。老人在水车边站立了一会儿，沉默不语。最终，爷爷仿佛跟一位老朋友说完了告别的话，回到车边，对张琴说，走吧，我们回家去！

张琴说，这猎枪是无罪的，而且还能发挥作用，大叔不该这么处理！

爷爷说，早就禁猎了，猎枪早就应该上交给派出所，否则不会一遇到什么气愤的事情，就拿出猎枪来撑腰。自从留下了这猎枪，我发现它就不安生，时时在房梁上看着我，似乎等着我要找个什么机会出手！我不能再留下它了，这样还会被它怂恿！

爷爷说，这猎枪，也有它自己的命运！丢了就丢了，说明它就不该在这个世界存在了！

张琴就在水车边跟大单回忆那天的情形。张琴对大单说，当然也是对直播屏幕前的粉丝们说，老人与猎枪的告别仪式，其实包含着沉重的悔意。

在回村的路上，张琴不断地问爷爷，为什么要给猎枪安排这样一个"去处"。爷爷说，他怕留在家里，终究有一天会"走火"。让张琴知道"走火"是什么意思的，是奶奶。在回村的路上，奶奶告诉张琴，那次嘉欣妈妈偷偷出走，而且从此坚决不再回到村子里来，可能就跟这支破枪有关。那天，这支破枪差点"走火"了！

那天，嘉欣的妈妈骑着自行车跑了老远的路，到小镇为嘉欣买了蛋糕，但一路摇晃之后，蛋糕却没能成为一家欢乐。看着破碎的蛋糕，爸爸骂妈妈乱花钱。两口子吵了起来，平素的积怨都一时滔滔奔涌了出来。

嘉欣妈妈是个有脾气的人。她把破碎的蛋糕朝爸爸身上扔了过去，破口大骂。她本来就心疼蛋糕被破公路摇坏了，如今爸爸不但不安慰自己，反而说自己乱花钱。妈妈不断数落着爸爸的无能。爸爸毫不示弱，说当初不是他强迫她嫁到村子里来的，是她自己愿意来的。嘉欣为生日过成了这样而伤心。她不但没有吃成蛋糕，反而看到爸爸妈妈吵了起来，家里闹得乌烟瘴气。

两个妹妹躲在一边，不敢吭声。奶奶在外放牛去了，还没有回家。嘉欣于是去河湾找爷爷，叫爷爷回家劝架。爷爷收拢了竹筏上岸。远远就听到儿子媳妇打得很凶。爷爷回到自己的房间，从房梁里拿下了那把土铳，朝两口子大吼一声，再吵再闹，我们这个家就散了！他朝空中放了一枪，轰鸣的土铳果然叫停了吵闹。

但同时也把嘉欣吓坏了！

村子里好久没有响起这样的土铳声了。除非是村子里举行老人的葬礼。但这声土铳来得太突然，不像是众所周知的葬礼，倒像是战乱年代的兵匪，充满不祥之气。众多的乡亲听到枪声，赶到嘉欣家的土屋里来。奶奶也回来了，冲爷爷一顿咒骂。家里更是一片乌烟瘴气了！乡亲们劝慰着一家子。

嘉欣默默注意到，妈妈从此没说过一句话。

水车简史

嘉欣倒是听到爷爷附和着爸爸。说妈妈生不出男孩子，还把女娃子当成宝贝了！说女孩子过什么生日，别把乡下的孩子惯成了城里的孩子……嘉欣不爱听爷爷的帮腔。她只是默默地看着妈妈，隐隐感觉妈妈的沉默背后一定酝酿着可怕的主意。那天晚上，嘉欣和妈妈一块儿睡。嘉欣半夜醒来，看到妈妈仍然辗转反侧，好像一直没有睡着的样子。

嘉欣后来才知道，妈妈那时心里想着的是出走，从此不再回来。妈妈被猎枪吓坏了？妈妈担心爷爷的猎枪会经常跑出来干涉他们吵口？嘉欣知道，以前爸爸妈妈再怎么吵，爷爷也没有把猎枪端出来。嘉欣不知道爷爷这次是怎么了。嘉欣习惯了爸爸妈妈一会儿吵一会儿好的样子，但不习惯猎枪跑出来"走火"的样子。爸爸妈妈绵绵不断的矛盾，就像晴天和雨天一样，那些雨啊阳光啊，大都是为了嘉欣和妹妹而落下来的。

嘉欣问奶奶，是猎枪把妈妈赶跑了？后来人们问起妈妈的事情，奶奶也总是这样抱怨，是老头子的土铳吓跑了媳妇。这个结论，爷爷听了总是一声不吭，他从此再也没有摸过这支猎枪。

张琴回想起爷爷把猎枪丢进溪涧的样子，知道老人在表达无穷的后悔。转眼七八年了，媳妇还没有回来。爷爷的这种后悔积累了七八年了，越来越沉重，就成了猎枪的克星。他把猎枪当作了发泄的对象。

那猎枪，可是陪伴神枪手的老伙计！

车子在山野中穿行，转眼来到了涧脑排，嘉欣躲避野猪的那棵桐树出现在眼前。张琴不由得想起了爷爷早年打猎的往事。

张琴不明白的是，爷爷为什么要把猎枪抛在油坊边、溪涧边、水车边？张琴于是问爷爷，你为什么不是把猎枪抛在梅江，丢在库区呢？

爷爷说，有一年冬天，大雪把山上刷得一片洁白。正是打猎的好时候。他带着狗上山去，很快发现了一只山羊的脚印。爷爷沿着山路，发现了这只动物就在前方。爷爷判断，这是一只母山羊，它或许是为给孩子寻找食物，才会在这大冷天跑出来。

爷爷一路追赶，狗也在前头狂叫着。他们追踪到了高寨的油坊边。山羊想隐藏在油坊，但油坊的门窗紧闭。它于是在油坊边一拐，顺着水渠跑到了水车边。爷爷毫不犹豫地堵在水渠边。爷爷当然知道这是一个绝佳的陷阱，山岭与油坊形成一条死胡同。

母山羊在水车边反复盘旋，找不到出路。

或者说，它唯一的生路，就是跳过溪涧。那是一条虚拟的生路，充满双重危险，要么力量不足坠落溪涧，要么起跳之时正是枪响之时。爷爷喝退了猎狗，自己堵在水渠边，抹了抹脸上的汗水和雪粉，笑着说，你倒是跑呀，看你还能往哪里跑？！

爷爷干脆把猎枪放在了雪地上。从身上摸出烟丝，卷起了烟。猎狗忠实地蹲在他身边，吐着舌头，向山羊发出威吓的狂叫。

这时，意外的一幕发生了。这只母山羊前腿一屈，朝着爷爷跪了下去，发出阵阵悲哀的鸣叫，而眼睛里流出两行泪水，让爷爷卷烟的手指也停了下来！洁白的雪地上，跪着一只洁白的母山羊，这是多么让人揪心的一幕。

爷爷颤动着心，仿佛自己顿时成了上天的神灵，意外接到了一项特殊的任务，开始了对一位动物母亲的审判。当然，这是不需要审判的，为了孩子，这位母亲已经拼尽全力！而且向人类发出了求情的信号。爷爷颤动着，是觉得自己也站在了审判台上，而审判者就是上苍，就是突然睁开了眼睛的天空！

阳光从云天射了下来，像追光灯一样打在山羊和爷爷身上。连猎狗也停止了狂叫。溪涧仍然在哗哗响着，水渠的流水没有被冻住，仍然在艰难地转动水车，发出更加清脆的轰鸣声。爷爷知道，这只母山羊不是他的猎物，而只是来向他表达动物世界的儿女情长！

爷爷准备放过这只山羊。他抹了下眼睛，对猎狗说，走吧，我们不能对一位母亲下手！爷爷猛地抽了一口烟，伏下身子，拿起雪地上的猎枪。猎枪有些冷，他习惯地拉了下枪栓，准备挎到背上离去。

意外的事情发生了！那只山羊被爷爷这几个复杂的习惯动作弄晕了。它迅速从雪地上爬起，朝溪涧一跃而去。但仓促的奔逃还没有发起充足的力量，山羊跳出了一段白色的弧线，接着便变成了抛物线，朝溪涧沉重地坠落。

爷爷听到了一声惨叫，在雪原里久久回荡！

爷爷知道，准是自己弄枪的动作让这位动物的母亲误会了！说穿了，都怪自己没有好好地安慰山羊，让它放松对人类的警惕，让它相信跪地求情的姿势已经打动了麻木的猎枪。爷爷从此经常梦到那只山羊，想起那声惨叫，想到雪原上等待母亲的那些小动物们！

爷爷告诉张琴，从那以来，他的猎枪束之房梁，很少拿出来使用，除非是一些人请他出山，为民除害。而那次儿子和媳妇吵口，拿出猎枪的后果再次让他警醒。他原想让两口子重新和好，像母山羊一样好好疼自己的孩子，让家里清净清净，没想到意外触动扳机，吓跑了儿媳妇，让嘉欣失去了母爱！

爷爷一想到后悔的事情，就会把酒喝高了。有一次，嘉欣爸爸从赶集的路上把醉得一塌糊涂的爷爷带回家里后，就跑到村委会，让村里干部为他们分户。张书记正好也在，劝嘉欣的父亲不要冲动，就是分户了，父亲还是父亲，儿子还是儿子。为此，嘉欣爸爸把户口本撕成两半，把爷爷的那几页丢在地上，揣了自己那一页，从此消失在村子外。

儿子负气出走之后，爷爷清醒了过来。在老伴的阵阵唠叨中，他果断地把酒戒了。现在，他又把猎枪抛掉了。而到溪涧抛掉猎枪，显然是向那头雪地上的母山羊忏悔！那是只有他自己懂得的仪式。

当然，张琴知道，在这份深沉的忏悔中，还有对嘉欣妈妈的歉意。为嘉欣找到妈妈，这成了张雅和张琴思谋已久的事情。

大单的到来，让张琴再次看到了希望。

水车简史

34. 大 单

　　最初看到大单，是张琴和同事一次进村的时候。在一个河湾里，张琴看到临河的草亭子里人来人往。张琴停了车子，和同事一起到亭子里观赏梅江风光。相比于自己村子里的河滨栈道，这里大河拐大弯，江面宽阔得多。

　　草亭修建在一条伸出江面的游步道上，倒像是自己村子里一样的格局。张琴有意观看了一下，地面的箱子，手中的杯子，身上的耳麦线，就知道这准是在搞直播。张琴问，你是从城里来的游客吗？直播的姑娘说，不是，我是上游村子里的村民，在梅江边各地走走，在家里没事就出来晒晒风景，拉拉粉丝。

　　张琴热情地邀请说，到我们村子里来吧，紧邻着这个村子的，我们那里的河湾虽然不如这里宽阔，但有这样的栈道和亭子，特别是还有各种各样的水车呢！

　　姑娘听了，跟张琴加了微信，推送了自己的抖音号。姑娘说，我的网名就叫大单。张琴听了笑了起来，说，名字真直率，吉利！到我们村子里来直播吧，准能吸粉的。我们村子里不但有河湾，还有村史馆，油茶林，红军油坊，够你直播一阵子的！

有了张琴的向导，大单的直播果然大获成功。但到了后期，张琴就感觉难以为继，大单也似乎在为寻找新的主题不断试水。也许是观众激发了她的灵感。她不经意地把一些镜头对准了乡村旧物，让大家猜测这些事物的名称。梅江边丰富的渔樵耕读活动，留下大批如今慢慢退出历史舞台的生产生活器物。上千种《新华字典》里也找不到的名词，让乡亲们在深情追忆中爆发哈哈大笑。比起风光片，拍摄这种承载着梅江历史人文的旧物更有难度。

网民显然看得出，这位自称回乡孝亲的大学生，为此做了不少功课。只是网民不知道，这背后还有张琴的功劳。

大单操着那种软软糯糯的客家话，不但吸引了梅江边的乡亲们，还引发全国各地粉丝一起来温习旧时代。大单读过那本著名的《寻乌调查》，她跟当年那位喜欢调查研究的开国领袖一样，对于城乡百物的记录如民俗志一般详细，否则她这个年纪讲起"竹器"来，不可能如此熟稔。

有一次，大单一口气直播了24种器物，并一一交代了用途：谷笪（即晒簟）、畚箕（挑灰粪下田的）、蠹子（盛米馃等零碎东西的）、磨栏（即栏盘）、睡床（睡椅）、掇耳子（即鸢箕，比畚箕小）、角笊（小孩子装米馃吃的小笊子）、篓（即鱼篮，摘茶籽也可用）、河子（即"得鱼忘筌"之筌，别处曰篆）、签麻（斗篷）……一种用物代表一种劳作，竹器在赣南的千形万状，反映的就是客家人的生产技能和生活本领。

直到最后，网民才发现大单的直播内容自有出处，那是梅江边一个个富有特色的民间展览馆，这些村落的展馆大都标着"文明实践站"之类的名称。姑娘故意使了个迷惑人的招数，镜头故意避开展馆那些旧物下的标签，让观众反复猜测。为此，她吸粉无数，一次次在网上感谢粉丝们打赏——她很自然地把抖音打赏功能进行了强调。

自然，张琴带领大单参观了村里的民俗馆。比别处村落不同的是，大单还跟着张琴一起，策划了一系列的水车直播。但是很快，梅江两岸风光民俗资源用完了。这时，大单向张琴讨教乡村的下一个热点。张琴不假思索地告诉大单说，下一个热点就是——寻亲。

大单也不能不佩服，这位来自城里的驻村干部，果然抓到了乡亲们追踪的热点，或者说痛点。近四十年来，梅江边的乡亲们纷纷涌向沿海城市或福建矿山，确实制造了不容忽视的骨肉分离。

第一轮是重男轻女陋习带来的。就像我姐姐，连续生下几个女孩之后，和姐夫一起躲到福建矿山里，一心要制造一个男孩。而原来生育的女孩，则暗暗送给了别人。如今家乡人的经济条件普遍好了，认女寻亲的风波在我的家乡大量地传播。

第二轮就是年轻一代的外省婚姻。梅江边的年轻一代，初中毕业之后大部分无法升学，来到沿海的工厂之后，和全国各地的姑娘小伙一起打工，在生产生活中日久生情，花前月下，在出租房或公园隐秘角落不小心播下种子，匆匆携手回到老家结婚。而破旧的故乡带给他们无法摆脱的耻辱。那些外省的家长看到梅江边破旧的土屋，一直在劝说女儿要像娜拉一样勇敢出走。于是，梅江边的村落丢下大批单亲孩子。

就这样，嘉欣被张琴带到了大单的直播镜头前。

向往是一种煎熬，告别是一种解脱，回望是一种温馨。大单站在嘉欣的土屋前，像朗诵诗歌一样地说出了这个金句。如果套用《邮差》中聂鲁达的话，每一个智利人都是诗人，可以说每一个直播网红都是诗人。大单当然是有感而发。她似乎在跟嘉欣妈妈说，又是在跟所有粉丝说。大单把嘉欣的土屋拍了又拍，特别是让嘉欣带着，在妈妈和她一起住过的那间房子晃来晃去。

不但是对于出走的妈妈，就是对于梅江边的所有乡亲，这种土屋都是一个深长的记忆了。那窄小的窗户，木格上留下了岁月的蛛丝马迹，窗台上随便搁着几盒没有用完的清凉油。笨重的橱柜，塞满了嘉欣三姐妹穿过的衣服。薄薄的石灰粉刷层不时脱落一块，像是晒粉皮的簖子上被偷吃了一块。明星的画片已经蒙尘，卷起一角像是在竖起耳朵聆听撤退的集结号。

大单说，这栋土屋仿佛特意为嘉欣妈妈留下的，看着这些生活过的现场，当妈妈的会有什么感受呢？不能不说，你的出走是一个谜！

张琴问大单，你说的是谁的诗句？大单笑了起来，谢谢你把它当作诗句，我不过是概括一种人生，包括我自己的。

张琴惊异地看着大单，说看不出梅江边人才辈出。大单站在嘉欣的土屋前，仿佛是跟嘉欣妈妈对话，又仿佛自己喃喃地说，嘉欣妈妈，我当然理解你，这土屋里有你所有的幸福和委屈，但如果你有充分的理由出走，我又为什么要回来呢？

大单说，我回来，就是为了我的三个孩子，还有我的婆婆，我不能离开他们，他们需要我照顾，不能丢下他们在村子里不管！

这一回，张琴再次傻眼了！她可没想到这大单竟然是个漂亮媳妇！菱形的耳环，淡淡口红，俊俏的鼻子，这位梅江的代言人，也太懂得打扮了！张琴后来一想，人家可是直播，哪能不装扮得漂漂亮亮的！

大单非常注意策略。她没有直通通地追问，嘉欣妈妈，你在哪里呢？你回来看看孩子吧。大单倒是先讲起了自己回乡的经历。这跟嘉欣妈妈似乎是一个反向的选择。张琴看出了大单的用意。大单面对无数粉丝，当然也可能是面对一位隐形的观众——嘉欣的妈妈，说出了自己的困惑。

大单说，我为什么要回来呢？从城里来到这偏远的乡村，连我自己都感到迷惑。

大单一直在深圳打工，跟着丈夫。三个孩子，最大的是男孩。她自己都不敢相信，居然会从深圳大城市回到小山村。大单的笑容是真诚的，那份自嘲的笑容倒不像是自嘲，而是在追问。她说，对于一位在外面大城市工作生活得好好的年轻人，回到村里确实显得"好傻"。

大单大学毕业后，就进了深圳的一家公司上班。她原来和丈夫在一个城市生活，孩子上幼儿园之后，她并没有留在家里当全职太太，而是一边接送孩子，一边找了份工。她想有独立的经济来源。但是这几年，她家里接连发生变故。她丈夫原来是公司职员，月薪上万，即使在沿海特区也算是不错的收入。由于这份工作，丈夫把户口落在了特区。但丈夫不满足于稳定的工作，要辞职自己创业。创业充满无限可能，但一切从零开始，而且需要资金支撑。为此，丈夫提出把县城的房子卖了。

丈夫事业顺遂的时候，早已为她和孩子谋划了未来，在老家县城购置了一栋房子，将来供她回去居住，带着孩子们读书。丈夫的户口迁到了深圳，但她和孩子们的户口仍然留在村里。从特区回到内地县城带孩子读书，她没有话说。突然又把城里的房子卖掉，意味着把城市的根拔去，意味可能有一天要回到老家生活。她一时无法接受。但她还是相信丈夫，相信这一切不过是跳高前蹲下的预备动作。

然而，更大的变故还有后头。她丈夫和丈夫大哥都在外面创业，家里留下了一个老母亲。她为此也要带着大哥的孩子在村子里念书。大哥的事业突然从峰顶跌落低谷，不但百万家财弄光，而且还欠下了巨大债务。更不幸的是，丈夫创业还没有稳定，突然患上一种急病，生命岌岌可危，幸亏捡回了一条命。在家庭的变故中，大单没有弃家离夫，而是带着三个孩子坚定地站在丈夫的身边。

卖房子的钱，并没有用到投资上，反而用在了应对灾难中，像精心准备的种子却变成了食粮。丈夫于是谋划在老家建房子，理由是那么充分，说母亲身体有病，不时发作，老人家也不愿意进城生活，只愿意留在村子里。而哥嫂是外省婚姻，常年在外头打工，大嫂不愿意待在家里照看。早年大哥帮助过自己，现在他需要钱还债，当然不能袖手旁观。总而言之，城里的房卖掉之后，一部分给大哥，一部分回村建房，一部分作为生活费用。

大单说，这似乎是一个非常好的盘算，似乎一计定天下，把家里的所有问题都解决了。丈夫的盘算天衣无缝，而她面临的不过是乡村媳妇的两难境地，不得不领受留守的宿命。

"我为什么要回来？"大单讲述着自己的家事。她微笑着自嘲，就像开始了一次长远的审问，对于乡村，对于城市，对于命运，对于自己——"我没有娜拉的勇气，也不可能选择离家出走。我只能回家。我似乎没有选择的权利，我能自力更生自食其力，哪怕是带着孩子也能工作，但是，丈夫终究是我的家庭的最大支柱，我只能牺牲，只能帮助丈夫分担家庭复杂的人际和沉重的负担。"

大单从悲伤迷茫中转身，接着感叹说，幸好现在村子一切都变了，我也在直播中自得其乐。现在三个孩子陆续在村里的学校念书，就像你家的三个孩子一样——大单面前似乎总有一个隐形观众，那个"你"，当然就是嘉欣的妈妈——现在，孩子成了我全部的希望。我不知道要在村子里待多久，这取决于老人的残年。即便老人走了，房子在村里，孩子上学在村里，至少还要十余年。那时，我即使进了城，也不再能像年轻时那样开始时尚现代的城市生活了。

大单的深明大义，博得了粉丝的敬重。当然，大单并不是追问嘉欣的妈妈，而是抱着深深的同情。她说，我知道你一定遇到了什么难言之痛，你有充分的理由负气和冲动，但想想，大人的一切行为，最无辜的是孩子们！所幸，母爱的缺席，还有张书记她们来补偿。但真正的母爱是无法补偿的。

所幸，还有一个勤劳善良的奶奶。

大单把奶奶拉到了镜头前。老人家倒是一个乐观的人。她微笑着，打着赤脚走在公路上，手上的牛绳一会儿紧一会儿松。她说这头牛可是政府免费送给她养的，这样可以增加一点收入。老人的乐观里，充满对时代的感恩。但当大单问起嘉欣妈妈当年为什么出走，奶奶的脸色立即变成了阴天。

35. 留　言

　　那天，疑似嘉欣妈妈的人出现了。我和妻子在评论区看到一位粉丝的发言，那人对小村子太熟悉了！妻子几乎肯定就是她，而我则通过仔细辨认，发现这种所谓的熟悉从来不涉及嘉欣十年之前的事情——这就表明不是嘉欣的妈妈。

　　我一边看书，一边听妻子手机里继续传来大单的直播。我说过对直播不大热心，但还在等一个结果。就像看一场足球赛，我不看那反复的盘带，冲锋，射门，我只关心球有没有进去。就像《树上的男爵》，无论是亲人劝告，野猫攻击，乌苏拉的爱情，薇莪拉的重逢，还是各种家族大事，男爵柯希莫就是不落地。小说就这样一直让我好奇，想看下去。

　　听到妻子真切的议论，我突然说，我知道她是谁了！妻子说是谁？我说这个粉丝，应该不是嘉欣妈妈，而是张书记！妻子听了，像鸡啄米一样点着头，表扬了我的推理能力。果然，评论区不久留下一段评论，再次验证了网名"水车爱好者"的"潜水员"，就是张书记。

　　张书记在评论区留下一段很长的评论——

对于我，这一切如此真实，又恍如梦中。嘉欣妈妈，如果你也在观看大单的直播，我愿意做一个证人，那村子真是跟以前不一样了。你完全可以找个机会回去亲身感受。无论当年发生过什么，嘉欣一直相信你会回去。到时，也许你会认为这是别人的村子，就像经常发生的那样。隔了五年，隔了十年，乡容已改，无从对证。当然，没有回不去的故乡，这就是你的故乡。

也许，我在村子里留下的都是美好回忆，所以我回城之后时常想念这个村子。两年时间，不，去掉产假，我在村子里也就待了一年零六个月。离村那天，我特意让同事开小车，带着我到村子各个地方转了一遍，并且还拍了许多视频。我说回去之后，肯定会想念这个小村子的，我需要这个。那时，我还没想到大单会去村子里做直播，否则我不需要在手机里存视频了。当然，我离别那天拍下的视频也自然不同，我还配着自己喜欢的音乐。在涧脑排，我拍下了桐树。我对同事说，可惜没时间为嘉欣做一次玩具水车了，到时，你帮她做一个，按我说的去做，做好后发我瞧瞧。

下乡的日子里，我感谢乡亲们对我的宽容和温暖。那里菜好吃，水好甜，茶好香，人好亲。那些老人是可爱的，神枪手的老兵，千手观音一样的戏精，心灵手巧的老木匠，从他们身上我看到了梅江人家的智慧和勤劳。那些孩子是可爱的，刻苦学习的嘉欣，乐于助人的雅丽，善解

水车简史

人意的晶晶，从他们身上我看到了乡村的未来。是的，我跟村子里的乡亲们吵过，争过，但我看出了乡亲们骨子里的仁义。

记得那次我散步来到山坳里，荒弃的土屋前果树成行，路边熟透的李子让我禁不住爬了上去，我品尝了酸酸甜甜的果实，但也受到了荆刺的报复。荆刺在手指里火辣辣地痛，我懊恼地回到村子里，就走进了诊所。挑刺的是医生的妻子。大姐拉着我来到了街坪上，借着傍晚的最后一点天光，一只手捏住我的指头，那枚细小的银针果敢迅速地插进了血肉里，轻轻搅动，寻找。为了剔出那枚细小的荆刺，我只得忍受那枚比荆刺还粗大的银针。那是钢铁对草木的挑战，但那枚细小的尖刺久久隐藏在汩汩冒起的血沫里。正在这时，一位乡亲被毒蛇咬伤送到了诊所，医生查看后告知必须立即送进城里。我知道进城已经没有班车，立即决定自己开车送他进城。我让大姐放弃那枚久寻未果的荆刺，但大姐一边盯着血糊糊的手指，一边安慰说，快了，快好了，不耽误事，留下难受……我和医生都焦急地等着"快了"，但大姐却没事一样沉稳地在我的指头拨拉，时间一秒一秒地过去，最终那枚荆刺从血肉里浮了出来，围观的人们都松了一口气。医生赶紧为我敷了点药水，我以最快速度带着村民进城去。

在村子里生活的一幕幕，都还在我眼前。那里生活是艰苦的，晚上会热得你无法睡觉，只能在楼顶上纳凉，看夏夜的星空。打雷的时候停电，只得准备一些蜡烛。停水的日子，要到乡亲们的压水井提水……但这些，回想起来也是一种甜蜜了！

不是吗？嘉欣妈妈，我不知道你现在的生活如何，但过去的回忆，永远是精神世界的一部分。找个机会，回去看看吧！

…………

张书记的深情告白，让大单的直播又火了几天。有多少隐身的粉丝会关注嘉欣或梅江边的水车呢？这里有太多未知的神秘。显然，大单把张书记的留言，视为直播以来最热烈的反馈，最重大的收获。

大单说：如果你是顾客，请联系我；如果你是嘉欣的妈妈，请联系我；如果你知道相关的线索，也可以转给我；如果你是一个热心的人，请你转发。我们需要流量，在这里，流量就是功德。

36. 写 信

"亲爱的妈妈，又是正月初三了，我们村子里吃年饭的日子，我在家里给你写信。"听到大单念着嘉欣写给妈妈的信，我突然鼻子一酸。我想到了小学课文《凡卡》。我知道，嘉欣像凡卡一样没有地址，却写起了信。

幸亏，有大单的直播，等于找到最好的邮差。我和妻子最近被一则寻亲新闻所鼓舞，认为大单一定能让嘉欣这封一年前过年时所写的信，传到妈妈的身边。

这段时间，另一个"嘉欣"出现在封面新闻中。刚开始，我看到朋友圈都在转这个视频。视频里一个漂亮的女孩子，说是要寻找自己的父亲，她父亲叫杨新民。我一直没转，我认为这是有人故意在赚流量，在利用人们的善良，这肯定是一则假消息。我承认转发者的善心，但我痛恨为了流量不择手段。我一直没有转发，但还在关注这个消息的真假，也就是寻找的结果。

过了四五天，我发现这则新闻竟然是真实的。因为，这个女孩子真的有了父亲的消息，澎湃新闻对此进行了报道。

报道称，寻亲视频来自河北邯郸，视频中的女子名叫杨妞妞，记忆中是在父母打工的地方被拐走。她初为人母后再次触动思亲之情，遂开始了寻亲之路，十年前就在全国公安机关DNA数据库进行了登记。半个月前，杨妞妞在社交平台发过几张自己照片，但点赞率很低。接着发布了一个寻亲视频，被各大平台转出去，没想到很快有了回应。一位自称堂妹的女孩找了过来。

我对妻子说，杨妞妞的幸运，也会是嘉欣的幸运。当然不同的是：杨妞妞是被拐，亲人之间是在互相寻找；但嘉欣的妈妈是出走，就算知道了嘉欣的寻找也不一定能有回应。

这二十来天，大单一直在追踪嘉欣的故事，在追踪嘉欣的村子。看得出来，希望似乎就在眼前，但眼前又总是一片茫然。大单直接把嘉欣一年前所写的信读出来，似乎意味着进入这次寻亲直播的尾声。我听得非常认真，为自己即将开启的接力。我将用书写的形式，来固定这一切，延伸这一切。我注意到，大单读着读着，眼睛就红了起来——

亲爱的妈妈，我已经在小镇的初中读七年级了。今天吃完年饭，就想起了妈妈。村子来的陌生人越来越多。我感到奇怪，过年的时候他们怎么不好好在家里呢？他们怎么会跑到这梅江来玩呢？难道他们都是来走亲戚的？

亲爱的妈妈，你还记得吗，我们吃年饭是正月初三，还不是走亲戚的时候，只有刚出嫁的女儿才会回到父母家里。但那些游客都是城里人，跟张书记是一个口音。他们看上去是个大家庭，有孩子，有父母，有爷爷奶奶。等我长大了，我一定像他们一样带上你们，带着全家去旅游。

水车简史

今天是过年，我没有去找晶晶，也没有去找雅丽。爷爷今天带着我们去祠堂敬神，去上香。我和两个妹妹一起去的，村里人都感到奇怪，在一边议论纷纷，说我们三个是女孩子，没有资格像男孩子一样在祠堂祭奠祖先。但是，爸爸这几年出门去了，一直没有回家，有的人说他也不回来了，生爷爷的气，跟爷爷闹翻了。

亲爱的妈妈，我的成绩一直很好，我长大了一定要报考陕西的大学。张书记来我们学校上课，跟我们讲了陈炽的故事，鼓励我们一定要立下大志走出梅江走向京城，关心天下大事。现在，我读大学不愁没钱了，老师说香港的同胞，也是我们的乡亲，建立了助学金，我可以一分钱不要，直接读到博士。但是妈妈，我还是有一件事情放心不下。如果我去外地读书了，谁来照顾爷爷奶奶呢？两个妹妹将来也要读书，爷爷奶奶越来越老了，将来该怎么办？

今天吃年饭的时候，姑妈说起了你，爷爷听了眼睛红红的。我知道，我们一家人都想着你和爸爸能回来。回来看看我们。你们暂时仍去广东打工也行，只是到时我读大学了，你们是爷爷奶奶的依靠。

亲爱的妈妈，我们村发生了很大的变化。村子里有许多水车。他们都说，这水车最先是我发现的。一年前的今天，我像张书记一样去山上散步，不小心掉落到水沟里，是村支书救起我的。奶奶说，今年高高兴兴过年了，不像去年那样，村子封了，不像过年的样子，家里少了个人，也没有过年的样子。

对了，亲爱的妈妈，奶奶说的瘟神有没有跑到陕西去呢？真是全国都这样吗？去年我们一直没有开学，都在家里上网课。可不方便了，我们家没有上网课的手机，我只能跟着雅丽一起上。如果你在家里就好了，我就不用去找雅丽了。我得感谢雅丽，让我没有耽误学习，小学顺利地毕业了。

但今天我不能去感谢她。她和晶晶一样，过年的时候都跟爸爸妈妈在一起。对了，晶晶的妈妈也回村子里来了，因为晶晶的房子是新的了。我们家也住上了新房子，所以我想你一定会回来的，像晶晶的妈妈一样。

但我不知道你在哪里。那天张琴姐姐带着我们去城里参观，我看到了一种千里眼，能看到很远的地方，城里能看到乡下，工厂能看到山上的油茶林。当时我就想，要是我有千里眼就好了，就可以看到妈妈了。但李勇叔叔说，千里眼不能只是单个的，必须让妈妈也有千里眼。

亲爱的妈妈，你什么时候也有千里眼呢？你什么时候朝我看过来呢？如果你能收到我的信，你能回复我的信，我们的千里眼，可就成功了！

亲爱的妈妈，你不在我身边的日子里，我仍然像你在时一样自强自立。是你告诉我，发奋读书才能走出这个小山村。我还不懂事的时候，你就喜欢在我耳边哼老家的民歌，你让我知道了山丹丹花就像映山红，你跟我絮叨我是

水车简史

怎样来到这个世界上的。你和爸爸在沿海的工厂里相遇，两人都来自偏僻的乡村，来自江西陕西的偏远乡村，在城里的工厂打工吃了很多苦，也是这种苦让你们互相帮助走到了一起，才有了我。但你不希望我继续这份劳苦，在流水线前面一站就是半天，腰酸背痛只能忍着。你的爸爸是乡村教师，你后悔没有听他的话，努力读书。

但是妈妈，我知道将来我要成为怎样的人了。我要成为张琴姐姐那样的大学生，即使在小村子里工作，也能把外面的精彩带进来。我要成为李勇哥哥那样的人，既热爱古老的水车又能发明现代化的钢铁水车。我要成为张书记那样的人，对每一位老百姓都亲，既能上山散步，又能下村走访，熟悉村子里远远近近的每一盏灯火。对了，你的小女儿，我的傻妹妹，那一次走访时，还真的想跟着张书记走呢，她把张书记当成妈妈了。

…………

嘉欣跟大单说，一年前决定写信，根本没想过地址问题。我知道，她就像圣诞节的凡卡一样，"乡下爷爷"能否收到并不重要，重要的是能跟亲人说话。正月初三，嘉欣的信一直没有寄出，似乎一直在等候大单姐姐的到来。

当然，也许是在等待更长远的事情。比如，她带着这封信，有一天最终走上了《等着我》栏目。

37. 沿　海

　　我和妻子在追踪大单的直播时，根本没想到自己有一天会出马，像大单一样为嘉欣她们开展直播。从幕后突然来到了幕前，这个转换太快，就像大幕突然拉开，观众变成了演员，那聚光灯弄得我有些眩晕。

　　说实话，那段时间我对大单的直播虽然紧密关注，但对故事的发展没有一点预见性。我居然没有从张琴的活动轨迹中，推导出大幕拉开的一天。我身在沿海，而梅江边的村子又是那么遥远。直播中的嘉欣，直播中的水车，直播中的村子，怎么会突然涌到虎门来呢？

　　虎门是东莞的一个镇。如果说东莞是我们乡亲聚集最多的地方，那虎门就是我们智乡人的"眷村"。这么说吧，白鹭镇四万人，有三万人在外头务工，其中有一半就在东莞的虎门。他们虽然走向虎门的路各有不同，有的是跟着亲友进厂，有的是辞职下海，有的是邀了朋友一起来办厂，有的是过来为亲友打理大大小小的公司、大大小小的企业。

　　一到过完年，梅江边的乡亲就开始迁移，白鹭镇，以前的智乡，很快被车轮搬到了虎门。在我的老乡之中，初级阶段该有的职业，在这里都会有。务工人员集中，大大小小的老板也集中，内地老家想开展工作，也容易想到这个乡民集中的地方。比如政府招商，比如僧人化缘，比如乡村筹款。对于商会，这些来自老家的规定动作，都习以为常。当商会通知我的时候，我也没有从他的口吻听出什么惊喜。

我的公司在东莞。但不是在虎门镇，而是松山湖区，到虎门不到一个小时的车程。虎门镇是纺织业强大，松山湖和相邻的直坑镇是电子加工多，当然喽，老家的乡亲们肯定更多在纺织厂打工，创业办厂也多是纺织厂。松山湖的科技含量高一些，特别是深圳的华为总部搬到这里，很快牵引了大批上下游的企业跟随而来，科创园一时火爆，那环境也大为改观，现代化的办公楼密布其中，而松山湖边的房产也跟着上涨了一倍。我原来虎门待过一段，后来就出于高端业务的变化，公司也迁到了松山湖。

在创业的老乡当中，我当然是个小萝卜头。我也想找暴富的路子，但最后跌了几个跟斗，就老老实实稳打稳扎了，虽然重新翻身，但比不了纺织业里时而暴出来的新贵。当然，我老家的新贵，还是那些做电商销售的年轻人。李会长是我的长辈，大一轮，创办的企业几经浮沉，资历比我深多了，积累的财富也比我强大。在我跌落低谷时，就是他帮了我一把，给了我一些业务，所以我是挺拥戴他的。

开年会时，有些年轻的新贵对他满不在乎，自以为身家过亿了，不把他放在眼里。比如老家来人，要接待出钱什么的，要捐款什么的，李会长一发声，我都第一个响应。当有些人满不在乎，我有时会挺身而出。毕竟我是个老师，许多年轻人还是我的学生，钱多不代表智慧高，不代表文化多，所以我的拥戴也非常管用。

听到联谊会的消息，我习惯地问李会长，来的是些什么人？我是过来喝喝酒，还是要带点什么善款过来？

李会长说，过来喝酒，善款的话，到时走着瞧。

直到老家一位商务局的老同学告诉我他会来东莞，我才知道这次联谊会，跟以往有些不同。老同学已经是商务局副局长，他说这次的活动主要是招商，主会场在东莞，但新领导要求，招商的形式要创新，可以同时开展联谊会和展销会，这样让外商或沿海的市民看到老家的变化。各个乡镇，可以自己找分会场，白鹭镇策划的联谊会，就放在虎门。但邀请的乡贤，除东莞创业的外，还有深圳、佛山、珠海、广州的，覆盖了整个大湾区。

这我理解。既然是"眷村"，展览的观众，说是市民，其实有不少就是老家的乡亲们。只是，谁会来汇报老家呢？谁是老家的代言人呢？我问同学要了份详细的活动方案，看过之后大吃一惊，竟然是我熟悉的人，熟悉的节目。比如嘉欣的水车故事，比如李勇的油茶讲座。嘉欣要来虎门？让嘉欣作为白鹭镇的代言人？这是谁的主意？这不是笑话吗？能汇报出什么成果来呢？

我既是疑惑，又有些兴奋。因为大幕拉开，看直播变成了看现场，我对梅江边的水车故事跟踪有些时日，正好有许多细节可以借机了解，让书写变得顺畅。当然，我也希望最后不需要这部书稿，如果嘉欣的妈妈突然出现，比如就在虎门，比如就在网络上，那我立即取消原来的写作计划，乐于看到故事的圆满结局。

我为此对这次联谊会充满向往。但我对此行的人员感到好奇，一个大学生，一个孩子，这样的人能有什么代表性呢？同学告诉我，这个张琴可不简单，现在不是开展文明实践站建设嘛，张琴搞的在全县的评比中拔得头筹，领导现场观看了，又有科普讲座，又有文艺活动，既搞物质文明，又搞精神文明，真是好得很！领导发话，这些文明实践的项目，完全可以跟着招商队一起往外推送，把水车故事讲到沿海去，不就把油茶推介出去了吗？就这样，领导点了将，由一个村子来代表智乡。

我听同学这么一说，立马想到了大单的直播。这相当于说，大单直播的村子直接移到了虎门，但可惜大单不能同来，虽然她以前也在东莞工作过。我立马想到了"接力棒"这个词。只是我觉得有些不对劲，我一个沿海的"大公司"，接力棒是一个来自内地的小女子！我不管那么多，立即打电话跟李会长说，听内部消息，这次活动非常特别，对宣传家乡非常重要，我打算免费提供全程拍摄宣传服务！

李会长当然非常高兴。

那天的联谊会，在虎门镇中央地带的海门酒家。我派出了公司精锐的团队，为这次晚会做直播。东莞和周边地区的乡贤，都聚集在一起，大堂里摆着七八张大餐桌，桌面上的红红桌布，与正前方舞台上大屏幕共同营造出鲜艳喜庆的氛围。我挑了最边上的一个角落，跟我的团队在一起，当然最主要是我的身份决定了，我只能坐在边角里。那些年长的，身家上亿的，自然被请到了前面的主桌上。我跟一些熟悉的乡贤打了招呼，就不打算敬酒串门，一心想观看下面的节目。

张琴果然出场了。漂亮，落落大方。虽然来自偏远的山村，但毕竟是在大城市里见过世面的。她介绍了这次活动的赞助单位，是绿野公司。而这次晚宴的宴席，也有特殊的名字，就是复制了公司的接待宴席——颐年宴，它的特色，就是全部用绿野公司生产的茶油。

代表公司出席的，竟然不是刘总，而是李勇。我心里暗暗说，两口子可真是"妇唱夫随"啊，在村子里这样，在这沿海还这样，可真是天生的一对！

只见李勇上台，给大家鞠了个躬，说，乡亲们好，我代表绿野公司而来，刘总还在东莞招商会上洽谈业务，跟香港客商签订合作协议，这次在虎门的联谊会，就由我来向乡亲们汇报公司的情况。

说完，李勇拿出一个产品包装盒，拿出一瓶茶油，一件水车小工艺品，跟大家讲起了茶油研发的故事。李勇的汇报当然别开生面，就像在村子里的实践站举行的文明讲座，虽说是科普，但却生动，真是自带流量！

我没有想到的是，九生也上台来了，他居然代表县城的园林建设公司。九生跟熟悉的乡贤打着招呼，介绍了他是如何加盟园林公司的。听得出来，他的讲稿似乎有人指点过，重点是讲政府的帮助。不过，他手上展示的景观水车真的非常漂亮，我让员工来了个特写。舞台的屏幕上也转动着一架巨大的水车，像是一轮太阳在大海中升起。

嘉欣的《水车故事》，我虽然熟悉，但却是我关注的重点，也是我员工要拍摄的重点，我们直播的焦点。整个直播，我亲自策划了预备的方案。在嘉欣的直播中，我直接插入了大单的直播。张琴与我不谋而合，在介绍嘉欣时，提到了大单这段时间的直播，场下果然有许多人响应，有一种追星者看到现场的兴奋。

联谊会的节目，跟村里那次文明实践活动相比有一个变化，就是晶晶唱过的那首《水车之歌》，换成了另外一首歌，叫《梦回梅江》。张琴介绍，这首歌是她的同事驻村之后，特意来到陈炽的家乡采风，经过认真推敲创作的。我承认，这首歌比《水车之歌》还动人，关键是与这个场合非常契合，能够深深地唤起乡愁。我注意到，我们公司的直播流量迅速攀升，很快超过了大单的最大流量。毕竟，这里是"眷村"！

晚会结束后，接着是晚宴。我当然没有马上结束直播，我找到了张琴，想对她做一个访谈。张琴在访谈中直言不讳，把自己推介家乡的目的说了出来。当然，包括她智乡爱心教育协会代言人的身份。

我问张琴，活动结束后，明天有什么打算，有什么可以帮忙的地方。张琴说想带孩子到海战博物馆走走，如果能提供方便当然最好！我立即说了自己的打算，我们想继续陪着嘉欣游览虎门，而且接着做直播。张琴想了想，说，可以，既然你们跟大单一样，出于善良的目的。

那天晚上，我安排好员工后，留在酒店里跟一些乡贤聊天。这时，我突然注意到了"墨镜"，他居然也出现在晚宴现场。

后来听张琴说，她坐动车到东莞时，在火车站遇到了"墨镜"，聊起来才知道同一趟车，又是同样来虎门，住同一家酒店。他是过虎门参加表弟的乔迁宴席，宴席也在这家酒店，时间是联谊会第二天晚上。张琴邀请他一起出席联谊会，但"墨镜"犹豫了一下，没有答应，说想自己找几个兄弟玩。但是他没想到，几个兄弟都没空，说是要参加联谊会，"墨镜"只好在酒店里待着，直到晚会收尾，才来大厅走走。

"墨镜"虽然离我不远，但当然不会注意到我在观察他。他走进来，跟几个乡贤握手，打着哈哈。过不久，"墨镜"抱着一位乡贤大哭了起来！我来兴趣了，仔细听他们聊天。这时候，我仿佛是一位偷听者，又是一位旁观者。由于写作的计划，由于对大单直播的追踪，我跟"墨镜"不认识，却仿佛是老朋友！

"墨镜"讲起了这位老友当年辞职下海的经过。他说，你还记得吗？我当年劝你不要丢了工作，毕竟这是个铁饭碗，但你不听，说欠了一屁股赌债，虽说工商部门油水不少，但仍然不够还债！领导也劝，同事也劝，你就是不听！

那位乡贤说，别人的劝告我可以不听，兄弟你的话让我犹豫了好几天！你知道吗？当年我在邻近一个小镇打牌，我输得非常惨，身上没一分钱了，小镇那帮人把我围在小店不让走，是你带着兄弟过来救场子。当时你也没那么多钱，幸好房东是个好人，知道我的名字，说她可以担保，先放我们离开。后来在虎门，我遇到了那个好人，暗中帮了她不少忙！

"墨镜"说，可惜我在老家混得不成样子！当时我们都是协管员，但你坚决地下海了！两人明显喝高了，说起话来非常冲，非常粗。

第二天，我跟李会长自告奋勇地提出带孩子们去博物馆。来到海战博物馆，张琴一边引导嘉欣参观，一边跟我聊天。

我问起村子里的情况，比如水车加工，比如油茶生产，比如嘉欣的爸爸妈妈。张琴对我这么熟悉村子里的人非常吃惊。听她介绍，九生的业务还不是非常多，幸亏张雅联系了县城朋友，可以做防腐木接园林公司的活。至于嘉欣的妈妈，一直没有出现，爸爸倒是在虎门。

这时，嘉欣久久地观看着正中那座立方体雕塑，看着炮孔和铁链，看着1840年的字样，问这是什么意思。张琴解释说，历史课不是学了鸦片战争吗？这个就是纪念这个战争的，炮孔和铁链，都是西方列强弄到我们中国来的，铁链，可以理解为不平等条约，可以理解为殖民统治。

在环形的展厅里，嘉欣看得非常仔细，特别是在二楼海战模型前，嘉欣久久地盯着栩栩如生的虎门海战图片，深受触动。列强从海上冲上岸来开着火枪，而中国人持着刀英勇抵抗。张琴指着墙上的数字，对嘉欣说，你看这虎门之战的对比，就知道清朝为什么落后了。兵力，我们清军是一万人，而英军是两千人，火炮我们是四百多门，英军是三百多门，但我们的伤亡人数是英军的一百倍，其中包括民族英雄关天培。

嘉欣说，我们的炮多，为什么却打不过英国呢？

张琴说，那是由于我们的炮不如英国呀！我们的科技不如英国，所以我们国家要富强，一定要发展科学技术！

参观完了博物馆，我们来到了海边炮台旧址。高大的虎门桥吸引了嘉欣的注意。我告诉嘉欣，虎门桥就是中国现代科技的成果，前段时间这虎门桥还在大风中晃动过，现在这高架桥只能通行小车了。

来到炮台上，嘉欣指着远处，问，这就是海洋吗？我说，这是珠江进入大海的河段，既是江河，又是大海，这就是虎门洋。我问嘉欣，有没有听过一位叫陈炽的家乡人？嘉欣说，听过，张书记为我上过一堂课，专门讲陈炽写我们梅江的诗歌。

张琴笑着对我说，张雅读的书多，跟你有得一比！我又问，那她有没有讲过陈炽写海洋呢，比如写虎门洋的诗歌呢？嘉欣想了想，摇了摇头。

我说，算起来我们老乡最早来虎门的人，可能就是陈炽。那时他年纪轻轻，却沿着我们祖国海岸线一路考察，北到辽宁湾，南到北部湾，在过虎门洋的时候就想起了林则徐，你知道的，历史上有虎门销烟这大事，所以他写了首《出虎门洋有感》，对林则徐充满敬意。这首诗是这样写的，来，我站在这个大岩上朗诵，看看有没有当年陈炽写诗的样子。岂有珊瑚贡，空余豺虎邻？开关自延敌，谋国彼何人？海气秋闻警，星芒夜不春。杞忧何太亟，天末有微臣。

嘉欣说，我听不大懂，张雅书记都给我们解释，我才懂了陈炽写梅江的诗，你也跟我解释解释吧！

我说，这诗里说呀，我们清朝当惯了帝国，等着周边国家的进贡，但海洋时代来了，英国工业革命了，我们等不到那些珊瑚之类的贡品，等来的是豺虎一样的侵略者。面对强敌，不敢像关天培一样奋勇抵抗，把敌人放了进来，那些朝廷里的人真不知道是些什么人。秋风吹来，海上又传来敌情，星空闪烁，中国一片黑暗，难以看到春天。天下兴亡，并不是杞人忧天，每个中国人都应该着急起一为，就像林则徐一样，敢于担当。

嘉欣说，我听懂了，是纪念林则徐虎门销烟的。那后来陈炽也去打英国人了吗？我说，是的，不过不是用炮，而是用笔。他用心研究西方，写了两本书，要唤醒中国人团结起来改变贫穷落后的局面，重新站立在世界的东方！我的员工非常敬业，乘机就把对话的场景拍摄了下来。

张琴听着我们聊天，说，你还真是个当老师的料！

我说，我以前就是当老师的！

38. 相　聚

　　张琴：虎门是乡亲们集中的地方，你们的想法，也肯定是别人的想法。对了，我看昨天的晚宴，商会请来的乡贤，都是一些有头有脸的人呀！听"墨镜"说，今天晚上他亲戚的乔迁酒宴，请的还是这些人！

　　我说，虎门这地方，出面的人当然是这些人，一直以来政府的人来了，都是跟商会联系，难不成还请那些打工的人来？他们也辛苦，不愿意来参加。

　　张琴说，我就觉得这次组织的联谊会，乡贤代表结构不理想。这次是绿野公司出钱办的宴席，又不是商会出的钱，应该请到各个阶层的乡贤来，才能跟我们的活动相对应！

　　我说，理是这个理，但你们的目标是什么？难道那些打工的人，能看得上绿野公司那么贵的茶油？想玩那些景观水车？能捐钱给爱心协会？政府的活动，不都是盯着这些有钱人的腰包吗？

　　张琴说，这可不能这样绝对，我们虎门既然是个"眷村"，分化自然也非常明显，有钱的当老板，没钱的做工人。但乡亲们都是出门在外，就得团结，各个行业，各个身份，都要有代表，才能听到大家的心声。

我说，出门在外？有钱人都在虎门安居买房了，怎么是外呢？打工者的家门才在家里。听说，嘉欣的爸爸就在这虎门打工，那我们安排见个面吧。

张琴说，早就安排好了，嘉欣的爸爸这几天忙，一直在加班，说是晚上抽空带孩子过去，他带孩子逛街。

我想了想说，我们一起过去吧，你既然说加强团结，我虽然只是略有家财，算不上资本家，但还是我来做东吧。希望你跟嘉欣的爸爸商量一下，最主要是想继续拍点视频接着直播，你知道的，这样增加希望，帮嘉欣找到妈妈。

张琴觉得有道理，就拿出电话，跟嘉欣的爸爸商量了下，并问嘉欣愿不愿意。孩子听话地点了点头。她显然听懂了我说的增加希望是什么意思。

晚上，我们来到了离服装厂不远的美食街。地点是我选的，也是乡贤开的一家夜宵店，做的全是老家的食品，什么芭蕉米粿，什么全精肉丸。一方水土，养一方人，我曾经针对东莞的乡亲，做过不少宣传老家美食的宣传视频，点击量非常高。当然，虎门才是"眷村"，才是家乡美食集中的地方，所以我特地从直坑镇跑到虎门来拍。我们当时就是跑这条美食街拍摄的，为此这里的店老板，我大都认识。

张琴听到家乡风味，自然非常兴奋。我开着车，叫上张琴、李勇，陪着嘉欣，往虎门边缘的地段开去。一路上，跟张琴聊起了家乡的美食。我们一问一答，不知不觉就到了。嘉欣的爸爸早就在等了。父女俩抱成一团，嘉欣兴奋地介绍张琴，说，做梦都想看到爸爸，没想到能在爸爸打工的地方看到。

嘉欣的爸爸叫振生，看上去还非常年轻，但也看得出充满疲惫。我把家乡的特色小吃都点了一份，振生赶紧说吃不完，我就说吃不完带回厂去，算是对乡亲们的一点心意。

我开了几瓶啤酒，张琴也非常豪爽，酒量不错。嘉欣吃了点东西，拿起爸爸的手机，跟奶奶视频起来，非常得意，非常开心。我们三个大人一边喝酒，一边聊天。我问起振生跟嘉欣的妈妈是怎么认识的。

振生没有说话，我知道问到了他的痛处。但借着酒劲，这点挫折根本不在话下，我知道振生不会发火。果然，过了一会儿，振生说，你找的地点非常对头，当年，我和嘉欣妈妈刚认识时，就喜欢来这家小店吃米馃。

振生说，她的老家在陕西的乡村，比我们老家还苦。她初中毕业来虎门打工，还是向亲戚借的路费。那时，我们在一个厂子里上班。

有一年，我们这里闹金融危机，工厂的生意不好，老板要大量裁员。我知道她非常担心，知道老板是我们老乡，就对我非常好，时常找我聊天，跟我套近乎。她长得好看，我也乐于她接近我。知道她的担心后我就跟她保证，一定没事。

但是，她最后还是被裁掉了，原因是老乡在厂子里已经宣布，除了老家的员工，其他的暂时只能离开。当然，如果跟老乡

水车简史

结了婚也可以。我听到消息，跟她提出赶紧结婚。她说这么突然简直就是趁人之危，她还没有想好，如果我真对她有心，就跟老板说情我们过一段时间结婚。

但是，老板最终没有给我这个面子。我知道老板的难处。我怪自己跟她许下诺言，结果自己落得个不是。她被裁掉之后有一段时间不大理我，我也感到非常没面子，再次跟老板求情没成功。为此，我帮她又找了一份工作，向她道歉。

振生说，就在这家小店里，我请好吃芭蕉米馃。吃东西的时候她还说，这虎门是你们的天下，舌头也是归你们管的，你们想吃家乡的小吃到处都是，而我想吃肉夹馍没地方去。

张琴说，看来这米馃有魅力，否则就不会有嘉欣了。

我说，弱弱地问一句，不许生气啊，那一次你道歉能成功度过危机，而在村子里她一气之下怎么就永不回头了呢？你们现在到底有没有联系？她到底会不会想自己的孩子？我可是替我的妻子问的，这段时间她老问这个问题，叫我找到答案。

振生低下了头说，我也希望她回头，但一直没有消息。这时，嘉欣把手机拿到振生面前，让妹妹跟爸爸视频。张琴看了嘉欣一眼，叹了口气，说，等着吧，说不定会有消息的。

嘉欣拿着手机到处晃动，让妹妹看看东莞的夜色。邻近的一桌，肯定是东莞本地人，被嘉欣吵得不耐烦，就用广东话骂了一句脏话。振生听到了，冲了上去，扭住衣领，就要挥起拳头。

我赶紧跑过去助阵，借着酒意，随手拉起一张凳子。就在拍下去的一瞬间，我和对方同时喊了起来，是你！

振生停下了拳头，说，你们认识？

对方赶紧说，何止是认识，他是我的老师呀！

我问，莲英呢？你俩可让我好找！连生说，她还在深圳，这几天出差去了，我是特意过来看望老乡的。

我们重新摆酒，开始了又一轮的狂喝和海聊。得感谢这"夜宵摊事件"！真不是山不转水转，我来虎门一趟，竟然遇到了学生。这学生可不是一般的学生，我当年在白鹭镇再也待不下去，就是这两位学生搞的鬼，最后只好跟着一起逃到沿海来谋生。

连生的出现，让我再次陷入了青春回忆。二十世纪九十年代初，我刚从师范学校毕业，回到了梅江边。那几年，到处飘荡着下海的消息，梅江边的小镇同样无法安定。有路子的老师都走了，有的直接辞职，有的悄悄请假。而我的朋友李卡夫，却下海后回到了学校。聊天，打牌，喝酒。当然，他打算回来上班。

他回来后似乎安心了，要了几节杂课，开始上班。我正起了下海的冲动，看到李卡夫安心上班，又安心下来。但谁知道，家长就不让我安心。

起因是中考到了。我班上有两个学生，没有钱报考。他们就是连生和莲英。他们家长不让报考，说考上了也没钱念书。我就对家长说，报考费和路费，我出，不就是一两百元的事情吗？得让孩子知道自己是不是优秀的，至于考后读不读书，读什么学校，可以再说。

那时，初中毕业考高中不容易，上中专倒是容易，到处是来做广告宣传的，动员一位学生去中专，学校给五百元的奖励。两个孩子能考上什么，能不能读书，我心里没底。我出钱只是因这两个学生的学科成绩，正好是我班上最优秀的。成绩单是全县公开的，那是我的面子。当然，我也喜欢这两个孩子，真希望他们不要在中考的时候，就被抛了出去。

我们从小镇集体包车去县考试。但开考发准考证时，直到最后时刻，直到第一场考完结束，两个学生也没有出现。

我们回到小镇，当晚家长就来找人。我开始哄他们，在县城找亲戚去了。但家长说城里没亲戚。第二天，家长又来找人，我只好说，两个孩子不见人，没有参加考试！

幸亏有校长护着我。两位家长冲我扯衣服，要人，说当初他们不同意报考，那实在是多此一举，老师居心不良，就是为了让他们考个成绩出来，将来卖给中专学校，一个可以卖五百元！

我听了全身发抖，没想到好心没好报，但又无可反驳，说，我会找到他们，到时他们会告诉你，你这是污蔑！

一连几个月，家长都来学校要人。幸亏暑假开始了，我躲着不敢见家长。我思谋着，这两个学生是下了狠心，乘中考的机会出城，拿着我送他们的钱，双双逃走了，让我独自面对这难堪的局面。我终于跟李卡夫说，我要下海，没办法在小镇待了！

李卡夫同意，而且决定一起下海。

我们来到了一个海滨城市。我尝够了找工作的苦楚，最终在一个印刷公司落脚，从事文秘工作。在学校的时候，我就和校长的女儿处过对象。她和父亲一起为我丢掉了工作而气愤，一度不再联系。我来到海滨城市，遇到了我的大学同学，开始了恋爱。但是，内地的对象突然有一天找上门来，说是怀上了我的孩子。我痛苦地结束了我跟同学的恋情。

李卡夫当然吃不了打工的苦，跑了一圈，又回到父亲的企业，我和他慢慢失去了联系。而我一直在寻找连生和莲英。这两个孩子，其实只比我小五六岁而已，我深知他们在沿海也像我一样要吃尽苦头。

连生听我讲起当年的故事，不断端起酒杯来敬酒认罚。我讲完了，连生开始接续当年的回忆。我在找连生的时候，他其实就在同一座城市。

那年中考前一天，他们俩约好了半夜起来，偷偷溜出了酒店，钻到了汽车站，一早就往沿海进发。两人一同出逃，却在汽车站出站时被挤散了。还没出过门，面对人潮自然恐慌，没有手机，连生一直没莲英的消息。

连生后来走了几个城市，最后在深圳字画店当推销员。他白天上班，晚上学了一手吉他，到街头卖唱。莲英就是听到吉他声，意外看到了连生的。

听完连生的故事，我有些哭笑不得。相比于"墨镜"同事，我的下海也算是因为负债，虽然欠的不是赌债，而是两位家长的人情！我恼怒地对连生说，当初你们一走，就那么决绝，可把老师我害苦了！

连生说，我回家为奶奶送葬，知道你被家长闹得没办法，倒是步我们的后尘跑沿海来了，这真是学生带动了老师，老师你不是成功了吗？我可天天关注你们公司的消息，只是，我一直没敢来找你，怕你不原谅我！现在你放心了，我和莲英说好，明天我就叫她来一起向你请罪，不，就现在！

我赶紧制止，说，我没说要追究你们的过错！我们的命运是那年代注定的，你看，如果当年有张雅和张琴这样的人在梅江边工作，你和莲英至于没钱读书吗？我们师生三个至于跑到这沿海来吗？

连生说，我也是追着大单的直播，我也是这样感叹的！那天大单播出了嘉欣写给妈妈的信，老师你注意没有，我在下面留了言，我说得跟你一模一样！你看，我翻手机给你看！

张琴也喝高了，拉住李勇的手，说，你看看，我们俩是不是走反了？年轻时往老家跑，他们当年呢，都往沿海跑！在伟大的上苍面前，我们小人物都是赫耳墨斯，每个人的命运都是额外赠送的。

李勇说，但有的时候，对赠送的东西，反而更加珍惜，比如我们茶油的礼盒，茶油吃完了，那水车的小玩意，却留下来了！

张琴指着我和连生，说，你……你们……你们就别埋怨了，该埋怨的是我，现在替你们在老家待着！你们就安心地在外头闯荡吧！

我对张琴说，你可以重新下海呀！给你说吧，如果你下海，我公司副总的位置给你留着！你这样的人才难得，会组织活动，会策划主题，正是我们传媒公司最需要的人才！老家需要你，我们公司也需要你！

张琴春色明媚，脸泛桃花，扭头对李勇说，听到没有？听到没有？我要重新下海，把你丢在老家！我知道，张琴是故意在气李勇。

李勇只是笑笑，任张琴酒性发作。他是整个晚上最清醒的一个人。在虎门的喧嚣市井中，他一直旁观着。他一点酒也没喝，他说等下替我当司机，省得叫代驾。

39. 尾 声

　　我的书写与美丽的大单一直保持平行，像她所置身的梅江每天流向我所在的大海，滔滔不绝。当然，大单原不知道有个粉丝隐身在这座沿海城市，把她的直播内容记录下来。但我一直希望我的书写能够中断，那意味着嘉欣的妈妈出现了。我一直期待大单的直播能让一个人出现，从隐身的粉丝变成我们共同瞩目的主角。

　　那就是嘉欣的妈妈。

　　但是，随着大单越拉越长的直播节目——我们为此理解了要做一期《等着我》是有多难——我们这些隐身各地的粉丝渐渐失去了耐心，甚至认为那位虚拟的粉丝根本不存在。是大单直播的影响力不够？是嘉欣妈妈从来不上网？还是，嘉欣妈妈的心太硬，彻底死心了？——最后这个原因，是妻子果断做出的判断。

　　我们在虎门的直播，显然被大单关注了。她特意加了我的微信，我们聊了起来。我们仿佛是战友，为着共同目标奋斗。大单提醒我，一定要注意读者的留言和反应。特别是注意关心嘉欣的那一个人。

有一天，张琴打来电话，说协会收到一笔爱心捐助，指定给嘉欣。但没留下任何信息。可能是嘉欣妈妈，也可能是同情嘉欣的人。我听了非常兴奋。大单同样如此。但我跟大单说，没有确定的消息，最好不要在网上发布。可以等一阵子再看看。如果捐款的确实是嘉欣的妈妈，那她终究还会联系的。

我回家把这个消息告诉了妻子。妻子并不像我想象的那样关心。我看出了一点什么，就问她，是不是你认识这个人？就在东莞？她让你保密？

我妻子什么也没有说。只是说，既然人家要保密，你就保密。我明白了什么，说，好吧。那我这书稿还写吗？妻子说，写。

大单有点失望，一直没有听到捐款者的后续反馈。关于嘉欣妈妈的直播主题就要走向尾声。大单遗憾地跟粉丝说，她相信终有一天，会有隐身的粉丝们把嘉欣的消息转知给她妈妈。当嘉欣和妈妈重逢的时候，自己一定会把好消息告诉这几个月来忠实守候的粉丝！

大单说的那个时候遥遥无期。而她的直播早就转到了另一个寻亲故事之中。那是沿海城市创业有成的青年在寻找他的初恋情人。不久，又是一个七〇后母亲在寻找送养的女儿。大单有意识地偏离《等着我》节目的风格，每天根据主角提供的线索，来到梅江边各个角落，把难忘的青春岁月与美丽的自然风光交织在一起。

还是那菱形的耳环，淡淡口红，糯糯的客家话。梅江一样亮丽的眼睛。

当然，大单的直播取得了一个意外收获，是让嘉欣的村子涌来大量观光的游客。这些游客有些是大单的粉丝，有些当然不是。但他们走进村子，围着水车拍照，发抖音，购买景观水车或玩具水车，仿佛在接续大单未竟的事业。特别是他们不时冒出一句"这就是嘉欣的村子，嘉欣发现的水车"，成为大单影响力的证明。就在这些"次生"直播里，我再次看到嘉欣的身影。

那则抖音，当然不是大单制作的。它是一位游客偶然发出来的，只是妻子眼尖，立即叫我一起观看。视频里，嘉欣和村子里的孩子们追着一个女精神病人看热闹。

女精神病人在垃圾桶里扒拉着，搜索到一只废弃的金色话筒，异常兴奋地紧握手里送到嘴边，像是找到了当明星的感觉，迅速登上一座舞台。舞台后面，油茶节的背景还在，一架高大的水车在溪河中转动。女精神病人激动地比画着手势，享受着一个人的舞台。不明真相的观众越来越多，女精神病人唱完之后，又高喊着再来一首，于是在舞台上又开始了引吭高歌。观众听出来了，女精神病人翻来覆去演唱的其实是同一首歌，就是油茶节那天县歌舞团演唱的。观众看到女精神病人反复地唱，慢慢厌烦了，陆续散去。

女精神病人见观众散去，也跳下舞台，手里仍然握着那支话筒引吭高歌，旁若无人地穿过一条条街巷。

让我惊异的是，嘉欣追着追着突然停了下来，目送女精神病人远去。我和妻子不明白嘉欣停下的原因。是女精神病人塑料袋中鼓鼓囊囊的垃圾？还是她嘴里大声哼唱的歌曲？——那支歌，女精神病人嘴里翻来覆去清唱的歌，甚至让我怀疑游客拍录视频并非为了嘉欣，而只是为了那个女精神病人。女精神病人唱的，是一段举国流行的旋律。

这则引吭高歌的视频，妻子接连刷了几遍。她略作沉思，最后猜测了嘉欣追随女精神病人的几个原因。她说，要么是这女精神病人像嘉欣的妈妈，要么是这女精神病人让嘉欣想起了妈妈，或许，这女精神病人就是嘉欣的妈妈！

我惊讶地说，你是说，嘉欣的妈妈可能变成了女精神病人？如果这样，她根本无法进入正常人的世界，包括网络世界！难怪大单的直播一直徒劳无功，那我的写作还有意义吗？！

妻子安慰说，至少这视频中的女精神病人不是，否则大单怎么一直没有播报嘉欣找到妈妈的消息呢？她看到我犹豫起来，鼓励说，你就放手写下去吧！我忧心忡忡，朝妻子点了点头，回到书桌前，自言自语地说，难道大单忘掉了嘉欣？难道所有人都忘掉了嘉欣的事？

有一段时间，我打算彻底回到没有抖音的生活，对这部书稿进行精心的艺术加工。视频和文字，真是各有短长，转换起来非常费劲。既要记述大单的直播，又要切入村子的历史。大单的视频是零碎的，有时是她自己在讲述，有时是村里人在回忆。特别是张书记、村支书，这些干部一个也没有出现在大单镜头中。我理解她，美丽的大单毕竟只是一个外村人，毕竟不是官方采访，只是民间的自媒体，不大好请他们出镜吧。

水车简史

因此，我始终没有看到张书记，对于嘉欣，她是母爱的替代或弥补。对于村庄，她又是水车的转动者，乡村的发动机。

这不能不说是一个遗憾。当然，这既是一个寻亲故事，但又是一部村庄简史，我无法把两种紧密的内容分开。但是为让故事更通畅，很多时候我只能把大单推送的顺序打乱，根据故事讲述的需要重新组织，有时甚至把大单的直播丢开，直接记述她或她镜头中乡民所述的内容。

这不能不说这是一次艰苦的写作，就像李木匠修复那架破旧的老水车一样。大单的直播，就像水车的叶子，只是哗哗哗地吃水送水，可以率性而为。而我的写作，则要耐心地摆布那些水车的叶子、条辐、圆轮，把它们用坚固的木头建构起来。

我在日复一日的写作中发现，岁月就像水车自身的结构，一个圆套着另一个圆，无数的人和事都在围绕着那个圆心转动。

所幸，耳边总会不时传来妻子手机中抖音的声音，有时我也乐于停下聆听。那仍然是关于嘉欣和水车的抖音。比如，有一天传来了一则音乐视频，歌名就叫《水车之歌》，而视频中出现的画面则是嘉欣村子里的风景，风景的元素当然突出了那架高寨的水车。我慢慢看出来，这应该是当地文艺工作者油茶节的采风作品——

群山中有架水车在转动/那是乡村童年的面孔/升起的炊烟抹去岁月的沉重/转山转水，天高地迥/送走了烽火，迎来了安定/啊，一架水车转动了人间正道/转动了大地苍穹//溪流中有架水车在转动//那是乡村复兴的面孔/清澈的语调放下岁月的沉重/日出日落，天高地迥/远去的苦难，更新的文明/啊，一架水车转动了人世沧桑/转动了富庶贫穷……

歌曲通俗生动，妻子不久也跟着唱起来。我深受感染，一段时间反复刷这条抖音，一来二去竟然也学会了这首《水车之歌》。但有时抖音视频里出现的是诗朗诵，虽然也有水车的影子，高寨的风景，妻子则很快滑过去，不听。这时，我会说，停停，一起听听。比如舒婷的《祖国啊，我亲爱的祖国》：我是你河边上破旧的老水车/数百年来纺着疲惫的歌……这让我回到青春的时光，校园时光。我为梅江边的水车富含了诗歌的意味而高兴。

有一次，我刷到一个非常特别的视频，叫《水车简史》，居然把地球当作一架宇宙中转动的水车，还说到了水是生命起源，又说起水车和村庄。我怀疑是张雅所作，但妻子没有耐心一起欣赏，因为视频中配着一首小长诗，在水车的图像中缓缓推送，我只好叫她发到我的手机里，我认真存了下来，待有空时自己慢慢欣赏。

嘉欣和水车渐渐远离了我的生活。根据妻子的创意，我把这部书写了下来，投寄给一家有名的出版社。我一直在等待出版的消息。接下来，我还将和出版社一起把这些书投放全国各地，希望有一天嘉欣的妈妈，或者她的亲友能够读到它。

这不只是一部《水车简史》，还是一个充满希望的寻亲故事。如果有一天，嘉欣长大了，在大学图书馆的一个角落读到了这本书，我希望这时候的嘉欣，能惊喜地告诉她的妈妈。作为一

水车简史

个难忘的纪念，她和妈妈一起收藏这份蕴含着梅江边乡亲祝福和岁月热心的礼物。而不是把她的寻亲故事送到《等着我》栏目。

当然，我知道书籍会有自己的命运，就像嘉欣的前路还很漫长，充满变数。美国作家苏珊·奥尔琳在《亲爱的图书馆》中说，人类焚烧图书馆的历史，几乎与建造图书馆的历史一样悠久，从战争和火焰中幸存下来的书，不过是亿万分之一。想到这，我无比忧伤，甚至再次失去写作的动力。幸好，此书并非为了挤入图书馆而作，它可能只是在孔夫子旧书网上打转，在废品收购站里露面。

尽管这样，嘉欣的妈妈或她身边的人，仍然是可能的读者。我跟大单一样，寻找这位隐形的读者，就是一份真正的动力。

人类只要有了一个美好的心愿，就会像水车置身于活水之中，有着转动起来的希望。我希望所有人的心愿，都能像水车一样欢乐地转动。